El último caso de William Parker

Alexandre Escrivà (Valencia, 1996) es originario de Tavernes de la Valldigna y siempre quiso ser escritor. Cursó estudios superiores de música y ha sido miembro de numerosas jóvenes orquestas, como la Joven Orquesta de la Generalitat Valenciana y la Joven Orquesta Nacional de España. Su trabajo musical ha sido reconocido con importantes galardones, como el primer premio en el V International Music Competition «Grand Piano in Palace» de Rusia (2021) o el segundo premio en el International Music Competition 2019 «Paris» Grand Prize Virtuoso de Francia (2019). Actualmente colabora con la Banda Municipal de Barcelona, y, cumpliendo su sueño, se dedica a la escritura. *El último caso de William Parker* (Alfaguara Negra, 2023) fue finalista del Premio Morella Negra a un escritor novel; su segunda novela, *El misterio Hannah Larson* (Alfaguara Negra, 2025), está ambientada en Nueva York. *El secreto de Victor Black* (Alfaguara Negra, 2026) es el título de su último trabajo.

ALEXANDRE ESCRIVÀ

El último caso de William Parker

DEBOLS!LLO

Papel certificado por el Forest Stewardship Council®

MIXTO
Papel | Apoyando la
silvicultura responsable
FSC® C117695

Penguin
Random House
Grupo Editorial

Primera edición en Debolsillo: marzo de 2026

© 2023, Alexandre Escrivà
© 2023, 2026, Penguin Random House Grupo Editorial, S.A.U.
Travessera de Gràcia, 47-49. 08021 Barcelona
Diseño de la cubierta: Penguin Random House Grupo Editorial
Imagen de la cubierta: © Keith Hayes

Printed in Spain – Impreso en España

ISBN: 978-84-663-9009-5
Depósito legal: B-1.192-2026

Compuesto en MT Color & Diseño, S.L
Impreso en Black Print CPI Ibérica
Sant Andreu de la Barca (Barcelona)

P 390095

Para mis padres, por darme alas.

Prólogo

El sol aún no ha salido. Una densa niebla Tule con tintes blanquecinos se arrastra lentamente por las calles de la ciudad haciendo que la visibilidad sea casi nula. El silencio reina a lo largo de las largas avenidas, solo se percibe el rumor de las olas de la bahía a lo lejos. El olor a café y pan recién hecho empieza a abrirse paso entre la humedad. Hace frío. La Navidad se acerca y se nota en los huesos.

Un hombre alto, con una mochila a hombros y vestido con un traje de chaqueta azul marino, se dirige al trabajo escuchando «Don't Stop Me Now» de Queen por los AirPods. A pesar de no ver a más de dos metros de distancia, camina cabizbajo revisando las tendencias de Twitter en su iPhone: nada que le interese en realidad. De pronto tropieza torpemente con algo, está a punto de caerse, pero, cuando recobra el equilibrio y baja la mirada no encuentra nada a su alrededor. «Qué extraño», piensa.

De repente, un grito ahogado surge entre la niebla. Los pocos transeúntes que hay se giran hacia una mujer horrorizada, inmóvil ante la entrada de un callejón. A medida que se acercan preocupados, se multiplican los gritos, aunque pesa más el silencio.

La cabeza cortada de una joven está rodando por el suelo hasta detenerse delante de ellos.

Tiene los ojos y la boca abiertos en una mueca sorprendida. Su cabello, largo y rubio, baila y se enreda al capricho del viento de diciembre. No hay rastro de su cuerpo; una cabeza que parece un juguete macabro es el único

testigo de su existencia. Entre los pocos presentes deso-
rientados, sin saber por qué, se cierne como una sombra
oscura la certeza de que nadie está a salvo en la ciudad de
San Francisco.

1
William Parker
20 de diciembre de 2018, San Francisco

No sé cuántos cigarrillos llevo y son solo las siete de la mañana. Una idea me ha quitado el sueño y he sentido el impulso de escribirla, así que he preparado café y me he puesto a teclear en mi despacho. Me he estancado en la segunda página. Algo es algo. Llevo meses con esta novela y en ningún momento he llegado a sentir que por fin tengo algo bueno. Me falta inspiración. Para ser escritor, hay que vivir, o eso dicen. Pero últimamente no hago más que fumar y escribir. Y lo segundo se me da de pena.

Apago lo que queda de cigarrillo en el cenicero atestado de colillas y me enciendo otro al instante. Me acerco a la ventana y la abro, entra un aire frío y brumoso. Observo a la gente deambulando entre la niebla espesa que hoy cubre San Francisco. Todos se apresuran hacia alguna parte. Al trabajo, claro. Todos tienen un trabajo.

Intento no pensar en ello. Me imagino que van a otro sitio, uno más inspirador. Me fijo en un hombre vestido con traje azul. Lleva unos auriculares que lo mantienen alejado de la realidad. O deberían hacerlo. Hay algo en él que lo diferencia del resto. Parece haber visto un fantasma. Está parado y, tras una mueca, se quita los cascos, los guarda en el bolsillo del pantalón y revisa su reloj. Se dispone a cruzar la calle con el semáforo en rojo, pero finalmente se detiene delante del paso de peatones. Tras una corta espera, el semáforo da luz verde y él se adelanta a la pequeña masa hasta desaparecer de mi campo de visión.

El cigarrillo se consume solo y le doy un golpecito con el dedo índice. La ceniza cae y se disuelve en una ráfaga de viento invernal.

Me vuelvo a concentrar en las personas de la calle. Venga, segundo intento. Una chica destaca por su gorro de lana rojo. Una mochila bambolea colgada del hombro. Irá a la universidad. No. Tampoco me vale. Va a conocer al amor de su vida y no lo sabe. Sí, eso está mejor. Mírala, oculta una sonrisa tonta. Está recordando algo. Puede que ya conozca al amor de su vida. Anoche el chico intentó besarla en el portal de su casa y ella lo esquivó. En realidad, quería besarlo, pero los nervios la llevaron a apartarse en contra de su voluntad. Hoy será más fuerte que ellos. Hoy será el día.

Un chico se acerca y le planta un beso que ella no rechaza.

¿Y el chico de anoche? ¿Lo vas a dejar tirado?

Cierro la ventana y regreso al escritorio. Sostengo el cigarrillo entre los labios y miro el teclado con indecisión. Mis dedos bailan en el aire, amenazando con sacar un revólver de la nada. El humo sube como una serpiente encantada de la India que me nubla la vista. Cierro los ojos y suspiro. Esto no es lo mío.

El teléfono suena y doy un respingo. ¿Quién llama a estas horas? Apago el cigarrillo y bajo las escaleras a trompicones. Sí, es el teléfono fijo del salón. Y no, no tengo móvil. Antes tenía el del trabajo, pero ahora prefiero vivir sin esas cadenas invisibles. La relación con mis padres se enfrió hace ya más de cinco años, y no tengo hermanos que me busquen para que les ayude a pagar la hipoteca o las primeras letras de un coche que no se pueden permitir. Mi único amigo es Alfred Chambers, y él sabe perfectamente dónde vivo, de modo que no necesito móvil alguno. ¿Será él? Sorteo las cajas de la mudanza, esas que debería haber deshecho hace días tras volver de Oakland, y descuelgo.

—¿Sí?

—¿William Parker?

—¿Quién pregunta?

—Soy la teniente Alice Watson.

Cuando el teniente Fallon se jubiló el año pasado, fue Watson quien lo relevó, pero yo apenas coincidí con ella, lo dejé justo después de su fiesta de bienvenida. ¿Por qué me llama?

—¿Qué pasa?

—Quiero que se reincorpore al cuerpo.

Esto sí que no me lo esperaba.

—Ya no soy policía.

—Un policía nunca deja de serlo.

—Ahora soy escritor —sostengo.

—¿Escritor? —Advierto el sarcasmo en su voz—. ¿Qué ha escrito?

—...

—Me lo suponía. Déjese de chorradas, Parker. Ni siquiera ha cumplido los cuarenta, un año sin trabajar es demasiado. Su cuenta bancaria necesitará un respiro, ¿no cree?

«Y que lo diga». Pero la cultura no es una chorrada. Y estoy seguro de que, en un futuro no muy lejano, en los momentos más duros, la gente se aferrará a ella como a la pócima de la eterna juventud. Aunque, por otro lado, podría escribir miles de páginas y no cobrar ni un miserable centavo. Lógico, si no publico nada. Pero es que aún no tengo una historia que sea digna de ser publicada. Es solo cuestión de tiempo. Solo tengo que...

—¿Parker?

Bajo la mirada, decepcionado.

A quién voy a engañar, yo no soy escritor. He querido pensar en otras cosas, olvidar lo que pasó. Pero es imposible. El recuerdo permanece como una herida abierta. Al principio acudí a un psiquiatra. Era un tipo majo, pero sus métodos no me convencían. Yo quería superarlo por mí mismo, sin depender de unas pastillas que traían aparejados más problemas que soluciones, de modo que a los pocos meses dejé de visitarlo. Hice lo propio con el lorazepam. Ahora consigo dormir, más o menos, aunque aún tengo pesadillas. Me gustaría vivir en paz, pero no puedo.

—¿Sigue ahí?

—¿Por qué ahora?

—Mejor se lo cuento en persona. Ábrame.

—¿Cómo?

El timbre suena.

Joder. No estoy presentable. Cuelgo el teléfono y voy al recibidor. Me miro en el espejo de la entrada y él me devuelve la imagen de un hombre delgado con el pelo corto y desaliñado, ojos marrones y facciones rectas. Mis treinta y ocho años parecen haberse escondido bajo una barba de tres días y unas ojeras marcadas. Me peino un poco con las manos. No debería aceptar lo que sea que me vaya a ofrecer. Lo que pasó no puede volver a ocurrir. No lo soportaría. No. El trabajo de escritor, si se le puede llamar así en mi caso, es mucho más tranquilo, menos peligroso. Lo tengo claro: le voy a decir que estoy muy bien como estoy, que no me interesa.

Reviso mi horrible aspecto una vez más. Cojo aire y abro la puerta.

2
William Parker
20 de diciembre de 2018, San Francisco

Guío a la teniente Watson al salón y la invito a sentarse en el sofá. Yo lo hago en el sillón que está frente a ella. La escruto unos instantes, esperando a que arranque con lo que venga a decir para despacharla pronto. Está igual que cuando me fui: pelo sobre los hombros, cara redonda, agradable, y cuerpo de nadadora olímpica.

—Bueno, Parker. Vayamos al grano, no tenemos mucho tiempo. Quiero que se reincorpore ya.

—Eso ya lo ha dicho. Y lo siento, pero no tengo intención de hacerlo.

—¿Por qué?

Aparto la mirada.

—Es complicado.

Ahora es Watson quien me escruta a mí.

—Leí el informe del caso de Los Ángeles, ¿sabe? —Según lo dice, el corazón me da un vuelco—. Me sorprendió que se pidiera una excedencia cuando yo llegué. Le reconozco que pensé que era porque no quería estar bajo las órdenes de una mujer. Pero luego leí el informe. Y la prensa. Es difícil no hacerse una idea de lo que pasó. —Aprieta los labios, como tratando de contener la pregunta; no lo logra—: Es por ella, ¿verdad?

—No se atreva a mencionarla —arremeto contra la teniente.

Watson asiente muy despacio.

—Así que es eso. —Hace una pausa y echa un vistazo al salón antes de volver la mirada hacia mí—. Quedarse aquí encerrado no le va a curar las heridas, Parker. Debe olvidarlo. Trabajar le mantendrá la cabeza ocupada. Y está de suerte, tengo un caso para usted.

—No me interesa.

—Aún no le he dicho de qué se trata.

Cierro los ojos. ¿Debería volver? No. No podría. Los recuerdos serían más intensos.

—Siento que haya perdido el tiempo viniendo aquí, teniente. Pero... no puedo. Ya no soy el mismo.

—Déjeme al menos exponerle el caso. Acabaré pronto, lo prometo —insiste con un tono más suave—. Luego, si sigue sin interesarle, me iré por donde he venido y aquí no ha pasado nada.

Suspiro, rendido, y asiento.

—Está bien.

La teniente Watson se da una doble palmada en los muslos en señal de victoria y saca su móvil. Juega con él unos segundos y me lo tiende. Lo que veo me impacta. Es una foto. La cabeza decapitada de una chica yace sobre un rastro de sangre. Tiene los ojos y la boca abiertos.

—¡Joder! ¿Qué ha pasado?

—Todo apunta a un asesinato. El cuerpo no estaba en el mismo escenario.

Se me revuelve el estómago y le doy el móvil. Hacía mucho que no veía una imagen semejante.

—¿Dónde ha aparecido?

—En un callejón de North Beach. Sobre las 6.35 de la mañana.

North Beach. Eso está a tan solo unas manzanas de aquí. Regresa como un flash a mi memoria el rostro asustado del hombre con traje azul que he visto antes. No habría visto un fantasma, pero quizá sí un muerto. O medio.

—¿Algún testigo?

—No. Unas personas han encontrado la cabeza tirada en el suelo y han llamado al 911.

—¿Ha aparecido por arte de magia?

—La magia no existe, señor Parker.

«Claro que no existe». Frunzo el ceño y pienso. El rastro de sangre abre dos posibilidades: o bien la chica ha muerto allí mismo, o bien se ha depositado la cabeza allí después de separarla del cuerpo. Pero no hay cuerpo. Puede que el crimen se haya cometido en plena noche. Sin embargo, se ha dado el aviso hace poco menos de una hora. Curioso. Por desgracia para unos y fortuna para otros, hay mucha gente con un horario laboral inhumano que habría visto la cabeza decapitada a una hora más prudente en lo que a un asesino se refiere. Pero no ha sido el caso. Por tanto, todo indica que la chica ha muerto poco antes del aviso. ¿El asesino la ha decapitado en North Beach y se ha llevado el cuerpo sin que nadie lo haya visto? Incluso con esta niebla, lo dudo mucho. Lo ha hecho en otro sitio. Aunque la cabeza aún sangraba: ha tenido que ser un lugar cercano. Muy cercano.

—El cuerpo aún sigue allí —adivino.

—¿Allí, dónde?

—La chica vive en la misma calle. La han asesinado en su domicilio y se han llevado la cabeza para dejarla en el callejón cuando nadie mirara. La sangre indica que ha sido separada del cuerpo minutos antes. El asesino podría haberla matado dentro de un coche y lanzar la cabeza por la ventanilla, pero me parece demasiado arriesgado. El coche quedaría lleno de sangre y el conductor tendría que escapar exponiendo el vehículo ante todos los transeúntes. No. El cuerpo debe de permanecer en alguna vivienda cercana. Lo único que hay que hacer es identificar a la chica. El cuerpo la esperará en casa.

Watson muestra una sonrisa torcida.

—La chica se llama Sarah Evans, veintiún años. Unos vecinos de Filbert Street que salían a trabajar muy temprano la han identificado inmediatamente. Y sí, su cuerpo está en casa, en el edificio de enfrente de donde se ha encontrado la cabeza.

—¿Lo sabía? —No puedo evitar sorprenderme.

—Sí, pero, como comprenderá, tenía que ver de qué era capaz después de un año inactivo. No me ha defraudado, Parker. Le felicito.

—¿Sabe algo más que no me haya contado? —pregunto, molesto.

—No. Por ahora, eso es lo que tenemos.

—¿Por qué ha venido a verme, teniente? No soy el único que se dedica a esto.

—Verá, hace tiempo que estoy buscando el momento para hablar con usted. Como le he dicho, su excedencia me llamó mucho la atención y quería asegurarme de que aún dispongo del mejor investigador criminal de la plantilla.

—Yo no soy el mejor.

—No sea modesto, Parker, los datos hablan por sí solos. —Ella resopla y eleva los ojos al techo—. Bien, usted lo ha querido: el inspector Harris quedó herido hace una semana en una operación especial y está de baja ahora mismo. Como comprenderá, el Departamento de Policía de San Francisco no está como para prescindir de inspectores en una situación como esta, y más si su excedencia no es estrictamente necesaria.

Clavo los ojos en la alfombra. Mi resolución inicial vacila y digo:

—¿Qué es lo que quiere que haga?

—Encontrar al asesino, por supuesto.

Una suerte de boceto se plasma en mi cerebro. Es un hombre. No estoy seguro de su sexo, pero los porcentajes juegan en contra de los hombres. ¿Quién es? Aún es pronto para saberlo. ¿Por qué ha matado a Sarah Evans? Lo primero que se me ocurre, lo más típico, es que sea su pareja: relación sentimental que acaba en tragedia. O no. Puede que no fuesen pareja. Puede que ni siquiera se conociesen. A lo mejor, para el asesino no es tan importante el quién sino el cómo.

Watson empieza a decir algo pero alzo una mano:

—Espere.

Tiro de ese hilo del pensamiento, cada vez más lejos del salón. Ahora solo veo la mirada inmortal de Sarah Evans. Su boca. Su expresión de terror. El asesino podría haberla matado y esconder el cadáver en cualquier parte. O simplemente dejarla en el domicilio. Tarde o temprano alguien se daría cuenta del hedor que emanaría de la vivienda. Pero no. Le ha cortado la cabeza y la ha colocado en la calle para que todo el mundo la vea.

—Esta muerte es algo más que un simple asesinato.

—¿A qué se refiere?

—El asesino ha exhibido su obra, no ha tratado de ocultarla. Quiere decirnos algo, infundir miedo. Podríamos estar ante algún tipo de amenaza, incluso una venganza. En cualquier caso, apuesto a que la muerte de esa pobre chica es un mensaje a la ciudad o a alguien en concreto. De lo contrario, no tendría sentido montar este espectáculo. Lo primero que hay que hacer es investigar a la víctima, averiguar cómo era y con quién se relacionaba. Y hay que darse prisa. Si no, puede que el caso se complique más de la cuenta.

Watson asiente varias veces, masticando mis palabras.

—¿Insinúa que puede volver a matar?

—Esperemos que no... Pero sí, eso es justo lo que creo.

—¿Otra decapitación?

—Cabe la posibilidad de que el cómo no sea importante para él, pero...

—Creo que no le sigo.

—Lo que digo —intento explicarme— es que, si lo importante es la muerte en sí y no el modo, puede que el asesino recurra a otros métodos, ¿entiende? Esto es solo una hipótesis. De todas formas, no es relevante ahora mismo.

—¿Qué es lo más importante?

—Detenerlo.

—¿Y cómo pretende hacerlo?

—Conociéndolo.

—¿Perdone? —dice inclinándose hacia mí.

—Debemos tirar de hasta la más mínima pista que haya dejado en la escena del crimen.

—Entiendo que acepta el caso —me sorprende.

No debería, pero ahora me siento obligado a hacerlo. Sarah Evans merece que se le haga justicia y los vecinos de San Francisco querrán tener la certeza —imposible por otro lado— de que no van a morir decapitados de un momento a otro.

Suelto un profundo suspiro. Qué demonios.

—Sí. Acepto el caso.

3
William Parker
20 de diciembre de 2018, San Francisco

Pasamos por debajo del cordón policial que corta la entrada a Filbert Street y las luces estroboscópicas de los Ford Taurus Interceptor nos dan la bienvenida. La niebla es ahora más ligera con los rayos de sol ganando fuerza ahí arriba. Hay dos coches delante del callejón, situado a media calle, y otros dos al otro lado de la calzada. Una decena de reporteros habla a las cámaras con sus respectivas credenciales colgadas del cuello. Saludamos a varios agentes uniformados y nos acercamos al callejón con paso firme. Que la teniente venga a la escena del crimen es un tanto extraño, pero Watson se ha empeñado en acompañarme y no voy a contradecir a mi jefa en mi primer día de vuelta al trabajo.

—¡Parker! —grita el oficial Ian Davis, que aparece por detrás de uno de los coches. Lleva el pelo engominado y sostiene un vaso de café humeante en la mano—. ¿Has vuelto?

—Eso parece.

—Me alegro de verte —dice al tiempo que me suelta un suave puñetazo amistoso en el pecho—. Siento lo que te pasó en Los Ángeles, debió de ser duro.

—Lo fue. Yo siento haberme ido sin despedirme. Después de aquello, necesitaba darme un tiempo, ya sabes.

—Tiempo... Eso me dijo mi mujer antes de largarse. Todos necesitamos tiempo, ¿no? Vamos por la vida a mil por hora y el trabajo nos absorbe. Pero ¿desde cuándo tu marido te quita tiempo? No, en serio, dímelo.

La teniente le lanza una mirada fulminante.

Ian es un buen policía, pero nunca ha sido un hombre ejemplar.

—No sé, Ian. Nunca he estado casado contigo. No sé cómo de capullo puedes llegar a ser.

Watson reprime una sonrisa. Ian se queda un poco aturdido. Luego ríe a carcajadas y me pega de nuevo, un poco más fuerte que antes.

—Veo que no has perdido el humor, Parker. Eso me gusta. Bienvenido.

—Davis —dice Watson—, ¿ha llegado Charlotte?

El oficial niega con la cabeza.

—Aún no.

Watson maldice para sus adentros molesta.

Me pregunto quién será esa tal Charlotte.

Tras saludar a un par de antiguos compañeros, llegamos por fin a la escena que nos ha traído a todos aquí. La cabeza cortada de Sarah Evans mira al cielo desde un suelo sucio y ensangrentado. Su piel es pálida, casi morada. El cabello se ha adherido en buena parte a la sangre que lo rodea, pero algunas hebras se elevan como queriendo escapar, al son que marca el viento. La fotografía que me ha mostrado Watson no es nada comparada con esto. Las atrocidades humanas siempre son mucho más espeluznantes cuando las miramos a los ojos.

—Y ¿dice que nadie ha visto a un tipo con una cabeza cortada en las manos? —pregunto, incrédulo.

—Nadie lo ha confirmado.

Me acuclillo y examino el escenario con cautela. Aparte del evidente corte del cuello, el rostro está intacto. Hay salpicaduras escarlata en una mejilla y en la frente.

—El asesino también debe de haberse salpicado —murmuro. Miro hacia atrás, hacia delante y a los lados—. No hay rastro de sangre más allá de este escenario.

—¿Cómo dice? —pregunta Watson, absorta. No para de revisar el móvil. Parece preocupada.

—Mire hacia la entrada del callejón. No hay ni una gota de sangre. Tampoco por el otro lado. Solo aquí: un pequeño charco pulcro y tres metros de rastro hasta la cabeza.

—Se ve que alguien ha tropezado y la cabeza ha rodado hasta la posición actual. Quienquiera que haya sido, se ha esfumado entre la niebla antes de ser visto.

—Y ¿qué me dice de la ausencia de sangre desde el edificio hasta el charco?

—Lo habrá limpiado.

—No lo creo. Ya se la ha jugado bastante trayendo la cabeza al callejón. La habrá escondido en una bolsa, mochila o algo similar. No puede ser que...

—¡Perdón! —grita una voz femenina. Me vuelvo y veo a una chica vestida con una bata blanca que se acerca apresurada—. No he podido venir antes.

—¿Sabes qué hora es, Charlotte? —suelta la teniente.

Me incorporo. Creo que es momento de presentaciones.

—Sí, sí. Ya he dicho que lo siento, ¿no? —replica levantando las manos.

Watson resopla. Parece que no es la primera vez que esto ocurre.

—Hola. —La chica me tiende la mano—. Yo soy la forense.

—Inspector William Parker. —Aprieto los labios a modo de sonrisa.

—Lo sé —confiesa—. ¿Habéis visto el cuerpo ya?

—Aún no —responde Watson—. Estamos a medio camino de la excursión.

—*Okey*. Id yendo si queréis. Aquí tampoco hay mucho más que ver.

—¿Está de acuerdo? —me pregunta Watson.

—Desde luego. Vamos a ver ese cuerpo.

Me adelanto unos pasos hacia Filbert Street y oigo cómo la teniente se queda hablando con la forense:

—¿En qué estás pensando? Que sea la última vez que...

—¿Qué te parece, Parker? —me pregunta Ian con los brazos cruzados—. De locos, ¿no?

—Sí. La verdad es que quien lo ha hecho no tiene muchos escrúpulos.

—Pues espera a ver el cuerpo. Eso sí que es una locura.

—¿Por qué?

—¿Vamos? —me apremia Watson, que ha salido del callejón sigilosamente.

Asiento por toda respuesta.

Caminamos hacia el estrecho edificio de tres plantas que custodian los otros Ford y los periodistas nos asaltan por el camino.

—Buenos días, teniente Watson. ¿Tienen alguna idea de quién ha podido hacer esto?

—¿Por qué lo ha hecho?

—¿Puede confirmarnos el nombre de la víctima?

La teniente levanta una mano y responde sin detener sus pasos:

—Aún es pronto para decir nada.

Fuera del edificio nos recibe la oficial Madison Bennett, no tan alegre como Ian. Y mucho menos que Charlotte.

—Me alegro de verte, William —dice sin una pizca de entusiasmo. Está casi tan pálida como la muerta.

—Lo mismo digo, Madison.

—¿Estás bien, Bennett? —pregunta Watson.

—Sí. Solo que... —mira un momento al portal del edificio— esto es horrible. Y, cuando eres policía, ver de cerca lo que algunos son capaces de hacer te hace temer por tu familia cada segundo de vida.

Entiendo perfectamente a Madison. Con este ya son cuarenta y cuatro homicidios en lo que llevamos de año. Más de dieciséis mil en Estados Unidos. Es normal que tema por su familia. Yo también lo haría... si tuviera una.

—Lo sé —dice Watson.

Basta con mirarla para saber lo que está pensando, lo que todos pensamos: la triste realidad es que no podemos impedir que se cometan estos crímenes.

Madison se aparta para cedernos el paso y entramos en el edificio. Veo a Watson dirigirse al ascensor. Solo hay tres pisos. ¿Quién pone un ascensor aquí? No puedo entrar. No pienso hacerlo.

—Yo subo andando.

Watson vacila.

—Como quiera.

Al llegar al tercero, nos encontramos con dos agentes en la puerta de la vivienda. Los saludamos con la cabeza y pasamos dentro. La cerradura parece intacta. Las paredes están pintadas de blanco. Hay un espejo en el recibidor, como el mío. Me miro en él. Watson ha tenido la amabilidad de dejarme unos minutos para arreglarme antes de salir de casa y ahora tengo un aspecto más amable, menos desaliñado. Pienso en la memoria del espejo. Aparte de Sarah Evans, probablemente haya sido el único que le ha visto la cara al asesino. Me lo imagino revisando su aspecto, como hago yo ahora, buscando algún rastro de sangre en su ropa.

—¿Han hablado con la gente del edificio? Puede que alguien haya visto u oído algo.

—No hay vecinos. Las dos viviendas restantes pertenecen al banco. Y, después de esto, dudo que alguien se interese por ellas en un tiempo.

Recorremos el recibidor y pasamos al salón, minimalista, conectado con la cocina, el cuarto de baño y dos habitaciones. Unos técnicos de Criminalística fotografían cada centímetro del piso. Hay sangre por el suelo y muestras de arrastre que se pierden por una de las habitaciones. Antes de ver su interior, Watson me advierte:

—Coja aire.

—¿Por qué iba a...?

Las palabras mueren en mi garganta. El sol se cuela débilmente por las rendijas de las contraventanas. El ambiente está cargado. El aire enrarecido. El cuerpo de Sarah Evans se muestra ante nosotros sin cabeza, desnudo y arrodillado, ligeramente inclinado hacia delante. De las paredes laterales sobresalen dos argollas de las que se amarran unas cuerdas que sujetan con fuerza las muñecas del cadáver, obligando a que los brazos permanezcan extendidos en todo momento y el cuerpo adopte una postura de rendición eterna.

4

Fernando Fons
20 de diciembre de 2018, San Francisco

Café con leche, descafeinado, de máquina, la leche de soja, caliente pero no mucho, con sacarina, y rápido, que tiene prisa.

Será gilipollas.

Muelo los granos de café, apisono el contenido en el molinillo, meto la manivela en la cafetera, pongo debajo una taza con las iniciales de la cafetería y le doy al botón de inicio. El elixir de la vida, de un color oscuro precioso, cae lentamente sobre el blanco de la porcelana consiguiendo un contraste digno de exponerse en el MoMA. Giro la llave de vapor y espero un segundo a que salga la poca agua que lo puede arruinar todo, luego meto la jarra de leche de soja y la caliento, pero no demasiado. Detengo el chorrito de café. Saco la taza de debajo de la cafetera y la dejo encima de un platito de los de la barra. Vierto un poco de la leche que acabo de calentar y pongo una cucharilla y dos sobrecitos de sacarina.

Listo.

El café no es descafeinado, que le den.

Se lo acerco al cliente a la mesa y, al despegar los ojos de su móvil, dice:

—Ah, lo quería para llevar.

La sonrisa se me tensa.

Si es para llevar, ¿por qué te sientas a una mesa?

Le echaría el café por encima, pero no me compensaría. Me limito a asentir y vuelvo detrás de la barra. Vuelco el café dentro de un vaso de cartón y veo con el rabillo del ojo que el cliente se levanta de la mesa para acercarse a la barra. Por fin aprende.

Le pongo el vaso delante:

—Tres cincuenta.

Se rasca el bolsillo y me entrega un billete de cincuenta dólares.

Lo que faltaba. No protesto. Inspiro, espiro, y a trabajar. Le tiendo el cambio y, como suponía, no me da ni las gracias.

Este trabajo me tiene harto. El salario es malo. El horario, mucho peor. Los clientes..., bueno, hay de todo. Mi jefe es un sinvergüenza. Siempre se las apaña para que le salgan las cuentas aunque eso signifique pedirme que trabaje unas cuantas horas por la cara. Quién me habría dicho que con treinta y cuatro años acabaría trabajando en una cafetería de tres al cuarto en la otra punta del mundo. Aún me siento un extraño en San Francisco. Nací en Tavernes de la Valldigna, una pequeña localidad de la Comunidad Valenciana, en España. Tavernes es un lugar muy peculiar. Es una ciudad, pero la gente de allí se refiere a ella como el *poble*, como si todo el mundo se conociese entre sus calles y formaran una familia con la que uno se siente protegido en todo momento, lo cual lo hace más entrañable si cabe. Me encantaría seguir viviendo allí, pero, después de lo que pasó hace seis meses, tuve que coger el avión con el destino más lejano que pudiera pagarme sin tocar mis ahorros, sabía que los iba a necesitar. Me subí al de Los Ángeles y crucé el Atlántico con mi gato Mickey a mi lado. Una vez en territorio californiano, pasé la noche en un hotel de mala muerte y seguí mi camino al día siguiente. Viajé hasta Bakersfield, en el condado de Kern, donde me quedé unos días, y luego llegué a San Francisco. Encontrar trabajo y alojamiento en Estados Unidos es tremendamente complicado con las leyes de inmigración de Donald Trump, y más si no quieres pasar por el proceso probatorio del Departamento del Trabajo y de la petición de residencia. ¿Que cómo lo hice entonces? Con talento y suerte. Bueno, y con la ayuda de alguien que me consiguió todo el papeleo a cambio de un buen fajo de billetes. Al final solo tienes que buscar bien. Hay delincuentes en todas partes.

Alquilé una casa en Saint Charles Avenue y me puse a buscar un trabajo digno y discreto, pero eso no existe por aquí. Así que me decanté por el puesto de camarero en el Golden Soul Cafe, situado en una esquina de Fillmore Street. No está cerca de mi casa, que se diga. De hecho, el trayecto es de una hora cogiendo un metro y un autobús. Pero es mucho mejor que estar encerrado injustamente en una cárcel española. Hace un par de semanas nos hicieron una inspección laboral en la cafetería y temí lo peor, pero sorprendentemente todos mis papeles estaban en regla. ¡Bendito falsificador!

—Oiga, camarero —dice una mujer sentada a una mesa, la del té negro—. Súbale el volumen a la tele, por favor.

Le echo un vistazo a la televisión, colgada de una pared. Una reportera de la FOX le habla a la cámara con una credencial alrededor del cuello. Por su expresión, no es portadora de buenas noticias. A su espalda, dos coches de policía cierran la entrada a un callejón. Busco el mando a distancia y subo el volumen.

«... esta mañana, en el distrito de North Beach. Las autoridades aún no han facilitado más información, pero la noticia es muy clara: hay un asesino suelto en San Francisco. Les pedimos que anden con mucho cuidado y no duden en avisar a la policía si tienen alguna pista sobre quién puede haber hecho esto. Les seguiremos informando».

El hombre que ha desayunado dos dónuts y un café solo suelta un soplido.

—Ni que eso fuera noticia hoy en día, la gente se mata por cualquier cosa. La vida ya no vale una mierda.

—No digas eso, Carl —dice la mujer del té negro—. No podemos permitir que el asesinato se normalice.

—Eso cuéntaselo a la Asociación Nacional del Rifle. Así cualquiera se convierte en un asesino. A mí que me digan que los Giants van a ganar la liga. ¡Eso sí que sería noticia!

La puerta de la cafetería se abre y una corriente de aire gélido me estremece. Otro cliente. Sonríe, Fons. Deberías pedir un aumento de sueldo, el trabajo de actor no se te está pagando.

5
William Parker
20 de diciembre de 2018, San Francisco

Cuando me recompongo del impacto, me enfundo los guantes que me facilita la teniente y me acerco despacio al cadáver. No sería muy profesional por mi parte dejar las huellas de mis zapatos dibujadas en la sangre del suelo, así que avanzo como si recorriese un campo de minas. Watson me observa desde el marco de la puerta. No dice nada, solo me deja trabajar en silencio. ¿O me está evaluando?

El cuerpo de Sarah Evans no presenta ningún tipo de magulladura, ni un rasguño. ¿No hay signos de lucha? Qué extraño.

—La puerta no estaba forzada —señalo.

—Así es.

—Tampoco aquí hay signos de forcejeo, es un trabajo muy limpio. Pero, por otro lado, el corte del cuello es un tanto impreciso, titubeante.

—¿Le dice algo?

Hago una mueca.

—Diría que nuestro asesino no tiene adiestramiento militar.

Watson coincide con un asentimiento.

Me agacho para pasar por debajo de las cuerdas. Una vez detrás del cadáver, recorro con la mirada su espalda, luego sus piernas flexionadas y finalmente los brazos. Todo parece intacto. Las muñecas, presionadas por los nudos de las cuerdas, se muestran de un color morado que contrasta con la palidez del resto del cuerpo.

—Parece que...

—Agentes —se oye desde el recibidor seguido de unos pasos cada vez más altos hasta que Charlotte, la forense, aparece por el vano de la puerta. Lleva puestos unos guantes de látex y muestra una sonrisa de oreja a oreja. Cuando ve el cadáver, vocifera—: ¡Madre mía! Esto sí que es un recibimiento. Nunca se habían arrodillado ante mí. Qué honor. Levántate, mujer, que me da reparo.

Silencio.

—Era una broma —aclara la forense.

Su comentario es del todo inapropiado en una situación como esta. Los familiares de Sarah Evans se pondrían histéricos de haberla oído. Sin embargo, hay algo en esta chica que me impide tomarme a mal sus palabras. Se ve que no tiene maldad.

Watson suspira y se dirige a mí:

—Parker, ¿iba a decir algo?

—Sí. Decía que la única herida es la del cuello. Así que, a falta de los resultados de la autopsia, me aventuraría a decir que ha muerto con el cuchillo clavado en la garganta.

—En efecto —dice Charlotte, que se ha puesto a observar el cadáver más de cerca—. Hay una hendidura que entra por el cuello y sigue hacia arriba. Parece una estacada fuerte y certera, que posiblemente haya impedido que la víctima gritara antes de morir.

—Con eso, la sangre del salón y los signos de arrastre hasta aquí, podemos confirmar que a la víctima la ataron después de muerta.

Watson frunce el ceño.

—Pero ¿por qué ha hecho esto si ya estaba muerta?

—Supongo que es parte del espectáculo.

—¿Cree que lo ha hecho para nosotros?

Me encojo de hombros.

—¿Por qué si no? La cabeza es para las masas. El cuerpo, para su público más selecto.

—Nunca he tenido entradas VIP para nada —comenta Charlotte.

—Se está burlando de nosotros —murmura Watson entre dientes.

—Eso parece.

—¿Qué cree que significa?

Miro el cuerpo, las rodillas sobre el suelo, los brazos extendidos hacia los lados, la ligera inclinación del tronco hacia delante.

—Creo que la doctora nos ha dado una pista muy buena sobre lo que el asesino ha querido transmitir con esta escena.

—¿Yo? —dice la forense, acuclillada y con una mano en el pecho.

—Su primera impresión ha sido que el cadáver se arrodillaba ante usted, como haciendo una reverencia. Posiblemente eso sea justo lo que el asesino quería representar. Quiere que nos postremos ante él.

Watson niega con la cabeza.

—Otro psicópata con aires de grandeza.

—¿Y esas argollas metálicas de las paredes? —pregunta Charlotte—. Si las ha puesto el asesino, ha debido de hacer bastante ruido.

—No hay vecinos —explica Watson—. Nadie ha escuchado el taladro.

—¿Puedo preguntarle algo, Charlotte?

—Solo si me tuteas.

—De acuerdo. Necesitaría que confirmaras mi impresión inicial, que me dijeses si estoy en lo cierto.

—¿Sobre qué?

—Sarah Evans lleva muerta más de cuatro horas.

La sonrisa de Charlotte reaparece con todo su esplendor.

—Yo diría que murió entre las once y las doce de la noche.

—¿Qué? —pregunta Watson, desconcertada—. Entonces ¿la cabeza llevaba siete horas en la calle cuando han dado el aviso?

—No lo creo —digo—. El asesino la habrá dejado en el callejón esta mañana.

—¿Y la sangre?

—La cabeza no sangraba cuando la ha dejado allí. Ha debido de embotellarla para derramarla en el callejón, en el lugar donde iba a colocar la cabeza. La hora de la exhibición se justifica con la afluencia de las calles. Es un poco retorcido, pero encaja.

—¿Por qué haría una cosa así? Una cabeza cortada ya es bastante impactante, ¿no?

—Por el morbo. Es un simple decorado para que su obra luzca más de cara al público. Y creo que no me equivoco si digo que la ha desnudado con el mismo fin.

Watson hace un ademán.

—Eso si no la ha...

—De eso me encargo yo —la interrumpe Charlotte, a quien no parece interesarle ni lo más mínimo la conjetura de la teniente. Está inmersa en otro pensamiento. Watson y yo reparamos en ello y la dejamos cavilar—. Si la mató anoche —dice por fin—, no creo que se llevara consigo la cabeza para dejarla esta mañana a veinte metros de aquí. No tiene sentido. Ha tenido que volver a la escena del crimen a por ella.

Aprieto la mandíbula y miro a la forense a los ojos.

—O más bien ha permanecido aquí toda la noche.

6
William Parker
2017, Los Ángeles

Cuando el teniente Fallon le habló sobre el caso de Los Ángeles, lo primero que hizo William fue llamar a Alfred Chambers. Hacía mucho tiempo que no tenía la oportunidad de visitar a su viejo amigo, y esta ocasión no podía desaprovecharla. Chambers no trabajaba en Homicidios, ni siquiera estaba en la plantilla del Departamento de Policía de Los Ángeles. Había trabajado muchos años en Tráfico, pero sus años en activo habían terminado. Era una de esas personas a las que coges cariño automáticamente, casi sin darte cuenta. Se trataba de un hombre sabio, con mucha paciencia y una sonrisa perpetua en la boca. William lo conoció en su primer día como policía. Alfred estaba en San Francisco por ocio y, justo como el caprichoso destino quiso que sucediera, se dieron de bruces en una esquina de Union Street. A Alfred se le cayó el café por encima, manchando su camisa de arriba abajo, y el joven policía, nervioso, le invitó a otro temiendo que denunciase el incidente ante su superior.

William subió al avión, un Dassault Falcon 900, y se dirigió a Los Ángeles esa misma tarde. Los asientos eran de piel marrón, con un acabado brillante, muy cómodos. Sin embargo, a William nunca le ha gustado subirse a un pájaro gigante de hierro que juega en contra de la gravedad, y la comodidad de sus asientos no le produjo la menor satisfacción. Él siempre había preferido coger el coche, sentir las ruedas sobre el asfalto y viajar con la seguridad de que no va a caer en picado desde diez mil metros de altura.

Aterrizó en el Aeropuerto Internacional de Los Ángeles y vio un taxi esperándolo en la salida. El taxista, que sostenía en alto un cartel con su apellido, enseñó sus dientes disparejos y le abrió la puerta trasera del coche inclinando la cabeza. No hizo falta que le indicase la dirección, puesto que el detective al mando Daniel Cox, del Departamento de Policía de Los Ángeles, ya había hecho lo propio y el taxista lo llevó a Chinatown sin articular palabra. El día estaba gris, pero las nubes no le arrebataban ni un centímetro de encanto a la ciudad.

Nada más llegar, se encontró con Cox. Era un hombre de mediana edad, alto, de complexión fuerte y con un lunar en la parte superior derecha del labio. Era la antítesis de Chambers, que lucía sus setenta años largos en un cuerpo diseñado para leer novelas de wéstern sentado en una hamaca de mimbre. William no pudo evitar sonreír al pensar en él.

—Bienvenido a L. A. —lo saludó, estrechándole la mano—. Es un honor para mí tenerle aquí, inspector Parker. No sabe lo afortunado que me siento ahora mismo.

Aquel fue un halago que William no supo contestar. Hacía poco menos de un mes, había detenido a un tipo que se dedicaba a secuestrar niñas y matarlas después. Cuando la última niña desapareció, toda la ciudad de San Francisco esperaba angustiada la noticia de su muerte. No obstante, fue la de la detención de su secuestrador la que acaparó los titulares y la cara del inspector la que apareció en las portadas de los periódicos. Según le había dicho Chambers en una de sus conversaciones telefónicas, se había hecho famoso por hacer bien su trabajo, y eso era algo de lo que muy pocos podían presumir.

—Acompáñeme, por favor —dijo Cox al reparar en que no obtendría respuesta.

Lo siguió por una calle decorada con decenas de farolillos rojos que dejaron que su imaginación volase entre ellos en forma de dragón chino. Había numerosos bazares abiertos con gran parte de su inventario fuera de la tienda, pintando el ambiente con colores vivos. Una cítara sonaba desde alguna parte y una melodía que Parker aún tiene clavada en la cabeza danzaba suspendida en el aire. Caminaba entre la multitud fascinado, inmerso en la cultura oriental, olvidando por completo por qué se encontraba a más de seiscientos kilómetros al sur de su hogar en esos instantes.

Llegaron a un edificio de ocho plantas, con la fachada de ladrillo marrón y el portal de madera vieja, una estética bastante alejada de lo que suponía Chinatown. Dos Tesla escoltaban la entrada. Las interferencias de la radio pusieron principio y final a un «Ya están aquí» que uno de los agentes dijo por el aparato desde el interior de un vehículo. Cox saludó a sus hombres y entraron directamente en el edificio. De repente, la temperatura bajó varios grados.

—Hemos de subir por las escaleras —apuntó Cox—. El ascensor está bloqueado.

Por el camino, el detective al mando lo puso al corriente sobre el caso. Se habían efectuado dos crímenes violentos con bastante similitud en los días anteriores, por lo que pensaban que se trataba de un asesino serial. La prensa se le había echado encima a Cox, y este, que quería demostrar la efectividad que su puesto requería, quitó del caso a la detective asignada, a la que consideraba inexperta en este tipo de asesinos, y solicitó la colaboración del especialista de San Francisco. Lo que no esperaba era que, pocas horas antes de que William Parker aterrizara en Los Ángeles, se cometiese otro crimen con el mismo patrón. Llegaron al cuarto piso y se detuvieron ante la puerta metálica cerrada. Una pantallita situada a la derecha del tirador marcaba una «X» en color verde. Cintas policiales impedían el paso.

—¿Le gustan los ascensores, inspector Parker?

La pregunta le extrañó.

—¿A quién no? —preguntó con indiferencia.

Cox no respondió. Despegó las cintas negras y amarillas antes de agarrar el tirador de la puerta y abrirla para que pudiese ver el interior de la cabina.

7
William Parker
20 de diciembre de 2018, San Francisco

Aparco en Pacific Avenue y tiro la colilla al suelo para apagarla con la suela del zapato. La carrocería negra del Mini reluciría bajo el gélido sol de invierno si no fuese por la capa de polvo que la cubre de arriba abajo. No sabía si iba a arrancar, la verdad, pero el pequeñajo se ha portado. Es un Cooper SD de tres puertas. Una preciosidad. Watson quería que cogiese uno de los coches del SFPD, de los que están sin marcar, pero he insistido en que el mío era mejor que cualquier otro. Eso sí, del móvil no me he librado.

La localizo enseguida: una casa de arquitectura victoriana, con la fachada gris y ventanas de color blanco, una entre tantas. Un millón de lucecitas la decora con un gusto exquisito, aunque están apagadas en estos momentos. Me acerco y subo los escalones de piedra. Ya no recordaba lo que era sentir la SIG Sauer P226 con cada paso. Llamo al timbre y trago saliva. De todas las situaciones desagradables por las que tengo que pasar, esta es, sin la menor duda, la peor con diferencia.

Una mujer abre la puerta con una sonrisa que se borra nada más verme. No llevo uniforme. ¿Será verdad eso de que a los policías se les cala enseguida?

—¿Es usted Grace Evans?

—¿Qué pasa? —pregunta sin apenas mover los labios.

—Inspector William Parker. —Le enseño mi nueva placa—. ¿Puedo pasar?

La señora Evans se hace más pequeñita y asiente con el rostro desencajado. Cuando la policía se presenta en tu casa y te pide pasar antes de explicar el motivo de su visita, no trae nada bueno. Me conduce al salón, donde un gran árbol de Navidad se yergue junto a la chimenea. El fuego crepita tras un cristal grueso. Un hombre trabaja con el ordenador en una mesa redonda situada en un rincón. Al vernos, deja lo que está haciendo y se levanta de la silla.

—Es policía —informa la mujer antes de que él diga nada.

El hombre me mira a los ojos unos instantes, como si en ellos pudiera encontrar la respuesta a la pregunta que le quema los labios.

—¿Qué le ha pasado a Sarah?

—Siéntense, por favor.

La pareja, algo aturdida, se sienta en el sofá. Ella busca la mano de su marido y al instante se aferran tan fuerte el uno al otro que veo cómo sus dedos cambian de color. No sé muy bien cómo decir esto. Por muchos años que lleve uno en el cuerpo, nunca es fácil explicarles a unos padres que su hija ha muerto y que no van a poder abrazarla ni una sola vez más. Puedes memorizar algunos discursos, pero de tanto repetirlos suenan fríos y distantes. Y eso es lo último que las familias necesitan en momentos como este.

—Siento decirles que Sarah ha sido asesinada.

Grace suelta un grito ahogado. Libera la mano de la de su marido y se tapa la boca, reprimiendo algo inevitable. Él no sabe cómo reaccionar, o simplemente no puede hacerlo.

—¿Está seguro de que era...?

La pregunta flota en el aire y asiento antes de que la complete:

—Hemos encontrado su cadáver esta mañana...

El sonido de un vibráfono se cuela en el salón. Es la notificación de un teléfono. Pero nadie le hace caso. Las lágrimas empiezan a brotar de los ojos de Grace.

—¡No!

—Les doy mi más sincero pésame.

El hombre niega nerviosamente con la cabeza.

—Se equivoca —afirma—. Mi hija no está muerta.

38

Entonces se levanta y saca su móvil. Marca un número y se lo pega a la oreja. Da vueltas sobre sí mismo. El llanto de Grace es cada vez más sonoro.

—Señor Evans, la policía ha confiscado el teléfono de Sarah. Le pido por favor que cuelgue. Su llamada puede entorpecer el rastreo de datos.

El hombre me ignora y espera caminando por todo el salón con los nervios a flor de piel. Luego guarda el móvil y se mantiene rígido ante mí. Su mujer se encuentra muy alejada de la situación. Llora desconsolada, hecha un ovillo en el sofá. Ella ya lo ha aceptado. Él aún no.

El vibráfono suena de nuevo.

—¡No me creo ni una palabra! Además, ¿quién demonios es usted? ¿Cómo se atreve a venir a nuestra casa y decirnos esto? ¡No tiene ningún derecho!

—Señor, cálmese. Soy el inspector William Parker, de Homicidios. —Vuelvo a sacar la placa—. Estoy al frente de la investigación de la muerte de su hija y le aseguro que daré con el responsable. Pero necesito que colaboren conmigo.

—No vamos a colaborar con nadie porque Sarah no está muerta.

Es difícil recibir a un extraño en casa y creer todas y cada una de las palabras que este diga. Y más si habla de la muerte de una hija.

Dudo un momento.

—Pueden venir a identificar el cuerpo si lo prefieren, aunque les aseguro que va a ser muy duro.

Ni siquiera les he dicho aún que su hija ha muerto decapitada.

—Está bien —accede el señor Evans.

—Arthur —susurra la mujer. Mira a su marido con los ojos desorbitados—. Tengo miedo de que sea ella.

—Grace, debemos ir para resolver esto. Es un malentendido. Se han equivocado de persona, estoy seguro. Sarah no está muerta.

—Dios, Arthur. ¿Y si no se han equivocado? ¿Y si es Sarah la que está allí?

Otra vez la notificación del teléfono. Empieza a ser molesto.

—Grace, escúchame. —Arthur se sienta otra vez junto a ella—. Sarah está bien. No ha cogido el teléfono porque estará ocupada. Sabes que le pasa a menudo. No hay por qué alarmarse.

El sonido del vibráfono se cuela de nuevo en el salón. Y otra. Y otra. Y otra.

—¡Apaga eso de una vez! —grita Arthur—. ¿Quién te envía tantos mensajes?

Grace lo mira con ojos temerosos. Intenta decir algo, pero no lo consigue.

Otra notificación.

Grace saca su teléfono y lo desbloquea pasando el dedo por los puntos de la pantalla. Entonces Arthur se lo arrebata de un tirón y se levanta del sofá.

—Arthur, por favor.

Pero Arthur Evans no hace caso y revisa los chats de Grace como un perro enrabietado. Quizá no debería, pero intervengo:

—Señor Evans, devuélvale el teléfono a su mujer. No puede hacer eso.

De pronto, Arthur se queda paralizado. Tiene el móvil en alto y lo mira entre pequeños jadeos. ¿Qué ha visto? Le tiemblan las manos y, como si un rayo le recorriese todo el cuerpo, pierde las fuerzas y cae de rodillas. Tiene la boca entreabierta y los ojos cristalinos. La furia se ha esfumado.

—Mi niña... —susurra. Una lágrima le recorre la mejilla.

El temblor de sus manos se intensifica y el móvil cae al suelo dejando al descubierto lo que ha provocado esa reacción. En cuanto lo veo, me apresuro a recoger el móvil, pero ya es tarde. Por los gritos de Grace, deduzco que también lo ha visto. Es una foto de la cabeza cortada de Sarah.

8

Fernando Fons
20 de diciembre de 2018, San Francisco

La calefacción está a máxima potencia, aunque la puerta de la cafetería se abre cada dos por tres y no deja que el calor permanezca en ella. Thomas limpia las mesas que van quedando libres mientras yo preparo cafés sin parar. Oigo dos «perdona» a la vez. ¿Quién lo ha dicho primero? Escojo al hombre de la camisa marrón antes que al del polo rosa y aspecto de pijo.

—¡Eh! Estaba yo antes —se queja el del polo rosa.

Lo ignoro y preparo el café solo que ha pedido el de la camisa marrón.

—Perdona, es que tengo prisa —oigo a mi espalda.

—Todos tenéis prisa —reprocho.

El calor que desprende el café me reconforta por unos segundos.

Atiendo, aunque no quiero, al del polo rosa y no me extraña para nada lo que pide: té verde con leche templada y un cruasán.

Mientras preparo la pijería del día, oigo un gruñido en la barra.

—Otra —dice la mujer de la cerveza.

Lleva tres ya. ¿O son cuatro? Es una clienta habitual, más de lo que desearíamos. Su propósito vital consiste en sentarse en uno de esos taburetes y beber cerveza hasta reventar. Una vez le propuse a Thomas hacer uso del derecho de admisión y negarle la entrada, porque se emborracha cada día y da muy mala imagen al negocio. Pero él se negó en redondo. «Esa mujer supone un veinte por ciento de los ingresos y no voy a prescindir de su dinero». Me pregunto de dónde lo saca, si se pasa todo el santo día aquí metida.

—Creo que ya tiene bastante por hoy, ¿no le parece? —le digo todo lo amable que puedo llegar a ser.

—Pero ¿tú quién coño te crees para decirme lo que tengo que hacer? Ponme otra cerveza y cierra el pico.

Noto cómo me ruborizo. Los clientes se han quedado anclados en el sitio, expectantes de mi siguiente movimiento. Me siento observado. Tras un segundo de indecisión, cedo, abro el frigorífico y saco un botellín, le quito el tapón con el abridor y se lo acerco.

Thomas pasa a mi lado de la barra y me echa una mano. Repara en el botellín lleno de la mujer y cruzamos miradas. Yo me encojo de hombros, vencido. Él niega con la cabeza, pero no hace nada al respecto.

Entre un café con leche fría y otro «perdona», me dice:

—Voy a estar unos días fuera, Fernando.

—¿Qué? —exclamo.

Thomas es mi jefe. Es un sinvergüenza.

—Van a operar a Evelyn mañana y necesitará a alguien a su lado.

—¿Mañana? Pero... ¿operarse de qué? Nunca me has dicho que le pasara algo a tu mujer.

—No tengo por qué contar los problemas de salud de Evelyn por ahí.

—Por supuesto, tampoco quería ofenderte, Thomas. ¿Es grave?

—Reparación valvular —dice según encaja tazas y platitos en el lavavajillas. Al advertir mi mirada de incomprensión, aclara—: Es una operación a corazón abierto.

—Joder. Lo siento, Thomas. Espero que todo vaya bien.

—Gracias, Fernando. Los médicos nos han asegurado que van a utilizar técnicas poco invasivas, que dentro de lo que cabe es una operación sencilla, así que no tiene por qué haber problema.

—Genial, me alegro. Entonces... ¿cuánto tiempo vas a estar fuera? Pronto llegará la Navidad y no podré dar abasto solo.

—Un par de semanas, quizá tres. Pero, tranquilo, no estarás solo.

—¿Quién vendrá?

—Alguien nuevo.

Debe estar tomándome el pelo. Thomas es un sinvergüenza, pero no es un mal empresario. No puede dejar el negocio en mis manos y en las de alguien nuevo.

—Estás de broma, ¿no?

—Dime una cosa, Fernando. ¿He bromeado alguna vez desde que trabajas aquí?

Lo pienso un segundo. Creo que no lo he visto reír ni en una sola ocasión.

—No.

—Pues eso.

Me rasco la coronilla, nervioso. No me gusta la idea. No me gusta ni un pelo.

—Tendrás que escoger bien a quién contratas. No tienes ni idea de la gentuza que hay por ahí. Si te descuidas, te dejan limpio, Thomas. Te lo digo yo: no te puedes fiar de nadie.

—Ya está hecho —confiesa.

No hay vuelta atrás.

—Y ¿quién es?

—La hija de una amiga de mi mujer. La conozco, no te preocupes, es de confianza. Seguro que os lleváis bien. Le he dicho que venga esta tarde. Así te la presento y le enseñamos esto.

Resoplo. Espero que la chica sea decente.

—¿Cómo se llama? —pregunto sin ilusión.

—Amanda.

9
William Parker
20 de diciembre de 2018, San Francisco

El llanto de los Evans se prolonga varios minutos. Arthur ha vuelto al sofá y se ha fundido en un abrazo con su esposa. Son unos momentos largos e incómodos en los que me mantengo en silencio. La foto que ha aparecido en el móvil de Grace es bastante parecida a la que me ha mostrado la teniente Watson, aunque no igual. Esta está hecha desde otro ángulo. Alguien ha debido de hacerla antes de que llegara la policía. Durante un segundo he tenido la esperanza de encontrar la fotografía en un chat privado junto con mensajes de odio y un nombre propio, pero nadie es tan ingenuo como para delatarse de esa manera. La realidad es mucho peor. La foto ha entrado por dos grupos de WhatsApp y otros tres chats privados acompañada de preguntas y mensajes de incredulidad: «¡Decidme que no es Sarah!», «Esto está retocado, ¿no?», «Qué mal gusto tienen algunos». Esto es un problema muy gordo, la foto se ha hecho viral. Los medios y las redes sociales van a arder pronto, si no están en llamas ya.

Enjugándose las lágrimas, Arthur se vuelve hacia mí y habla con la voz rota:

—¿Quién le ha hecho eso a mi pequeña?

—Eso es justo lo que voy a averiguar, señor Evans. —Saco mi libreta Moleskine y un bolígrafo y me preparo para escribir—. ¿Saben quién podría querer hacerle daño?

—Nuestra hija no tenía enemigos —consigue decir Grace.

Es curiosa la forma en que se refiere cada uno a Sarah. La madre habla de ella como la hija de los dos, mientras que el padre ha utilizado tres veces un posesivo singular.

—¿Saben si había discutido con alguien recientemente?

—No.

—Y ¿hay alguien que quisiera hacerles daño a ustedes?

—¿Quién querría hacer tal cosa? —pregunta Arthur.

Watson me ha informado sobre el piso de Filbert Street. Es propiedad de los Evans. Por tanto, Sarah tenía llave y había ido allí por alguna razón.

—¿Cuándo la vieron por última vez?

Las lágrimas vuelven a brotar de los ojos de ambos.

—Anteayer —dice la madre—. Fuimos a visitarla. Hace unos meses que ya no vive..., vivía... Oh, Dios. —Se cubre los ojos con las manos—. Quería ser más independiente, empezar a tener una vida más madura.

—¿Vivía en Filbert Street?

—Sí —afirma el padre—. El piso no es gran cosa, no sé por qué quiso hacerlo. ¿Dónde puede estar mejor que en casa, con sus padres? En ningún sitio. Y ahora está... —Niega con la cabeza, reprimiendo el dolor—. Si no se hubiese mudado, ahora estaría viva.

—Arthur, por favor —dice Grace—. No la culpes de esto. No sabemos qué hubiera pasado.

—¿Tuvo un comportamiento extraño, fuera de lo común? —los interrumpo. Sé que en estas situaciones los ánimos pueden incendiarse en cualquier momento.

—No. —La señora Evans se enjuga las lágrimas—. Bueno, ella siempre ha sido muy reservada.

—Entiendo. Supongo que tienen llave del piso.

—Naturalmente.

—¿Alguien más dispone de una copia?

El señor Evans frunce el ceño, parece molesto por la pregunta.

—No.

Escribo en mi libreta: «Llave - padres - ¿sospechosos?».

—Señor Evans, ¿podría ir a buscar la llave del piso de su hija?

—¿Para qué?

—Por favor.

El hombre se levanta pesarosamente del sofá. Se pierde por la puerta del salón y vuelve con un llavero de los Golden State Warriors con dos llaves. Me lo enseña y se vuelve a sentar junto a su esposa.

—¿Está seguro de que no hay otra copia?

—Sí, seguro. Solo hay dos: la de Sarah y esa. ¿Me puede decir qué pasa?

—La mataron en su piso, ¿verdad? —adivina su esposa. Asiento, con gesto serio.

—La cerradura del piso no estaba forzada.

—¿Qué quiere decir con eso? —pregunta Arthur.

—Nada. Me limito a exponer los hechos.

—¿Está insinuando que hemos matado a nuestra hija? —se indigna.

«¿Ahora es "vuestra" hija?».

—Es pronto para insinuar nada, señor Evans —le quito hierro al asunto—. Mi trabajo me obliga a sopesar todas las posibilidades, es simple protocolo. ¿Dónde estuvieron ayer entre las once y las doce de la noche?

—Aquí, en casa. ¿Dónde íbamos a estar?

—¿Pueden demostrarlo?

—Pues no —dice enfadado—. Nos acostamos sobre las diez y media, más o menos.

—¿Y esta mañana? ¿Aún dormían a las seis y media?

Grace se levanta y se va a la cocina.

—Afortunadamente, tengo un trabajo que me permite estar en la cama a esas horas —dice Arthur, hinchando el pecho.

—¿A qué se dedica?

—Soy programador en la Contemporary Services Corporation.

—¿A qué hora empieza su jornada?

—A las nueve de la mañana.

—¿Y usted, señora Evans? —le pregunto a la mujer, que vuelve al salón con una taza llena de agua.

Grace se sienta de nuevo en el sofá y me dedica una mirada herida.

—¿Qué?

—¿Dónde estaba a las seis y media de esta mañana?

Le da un sorbo al agua antes de contestar. La taza tiene grabadas las siglas CSC: Contemporary Services Corporation, deduzco.

—Dormía —dice al fin.

—¿A qué hora se ha levantado?

—No sé.

—¿No lo sabe?

Se encoge de hombros y hace esfuerzos por no llorar.

—¿Qué más da? ¿Qué importa nada ya? —murmura derrotada.

—¿Dónde trabaja?

Grace vacila.

—No trabajo —confiesa tímidamente.

Los Evans tienen llave del piso donde se ha cometido un crimen atroz y no pueden demostrar que estaban en la cama ni a la hora del asesinato ni cuando ha aparecido la cabeza de Sarah en ese callejón. No serían los primeros padres que reinterpretan la expresión «vínculo de sangre», pero el modo en que se cometió ese asesinato... Aunque las cartas jueguen en su contra, ¿cómo iban a hacerle eso a su propia hija?

—Bien —digo—. Supongamos que Sarah conocía a su agresor. Era alguien de confianza y le dejó entrar en casa. ¿Quién podría ser esta persona?

Los dos permanecen callados.

—¿Y bien?

—Sarah no tenía amigos —confiesa Grace entristecida—. Terminó el grado de Odontología en junio. En la universidad se llevaba bien con sus compañeras, pero no hizo lo que se llama una amiga. Al menos, el último curso fue bastante difícil para ella. Estaba pasando por un momento de introspección. No trabajaba aún.

—Entonces, tampoco tenía pareja —me aventuro a decir.

—No —zanja Arthur.

Grace aprieta los labios. ¿Qué quiere decir eso?

—¿Están seguros?

—He dicho que no tenía pareja —sostiene el hombre.

Grace aparta la mirada.

—Miren, no sé si son conscientes de la situación. Sarah ha muerto y necesito que me digan todo lo que saben para encontrar a su asesino. Cualquier cosa, por irrelevante que parezca, puede contribuir a encarrilar el caso en la dirección correcta. Así que les pido que no se guarden nada.

—Pero ¿usted está sordo? —lanza Arthur.

Me muerdo la lengua.

—Cálmese, señor.

—¡No quiero calmarme!

—Arthur... —dice Grace.

—¿Qué?

—No te pongas así. Él solo quiere ayudar.

—¡Se cree que conoce a mi hija mejor que yo!

—Arthur, escúchame. —Hace una pausa—. Sarah se veía con Karla.

—¿Cómo dices?

La mujer suspira, rendida.

—No te lo dije para que no te enfadases con ella.

—¿Me estás diciendo que me mentiste?

—¡No! Solo... me callé la verdad.

Arthur hunde un puñetazo en el sofá y se levanta de un salto.

—Pero ¿cómo has podido? —vocifera.

—Tranquilícese, señor Evans —insisto dando un paso hacia delante por lo que pueda pasar.

—¡Arthur, ella la quería! —grita Grace entre lágrimas.

—¡No, maldita sea! ¡Ya hemos hablado de esto, Grace! ¡Lo hablamos, joder!

De acuerdo. Arthur Evans no aceptaba la relación de Sarah con esa tal Karla, y Grace ayudó a su hija a sortear las órdenes de su padre. Tal vez le mintiera en varias ocasiones a Arthur para que Sarah pudiese quedar con Karla. Puede que la independencia que buscaba la chica al mudarse le hiciese más falta de lo que parecía. Quería sentirse libre, dueña de sus pensamientos y sus decisiones.

—Arthur, abre los ojos de una vez —sigue Grace—. ¡Tu hija estaba enamorada de una chica! Y ni tú ni nadie puede... —Se detiene y no termina la frase. Ahora mira a su marido con los ojos bien abiertos, como si se hubiese dado cuenta de que alguien ya ha impedido esa relación de la peor forma.

Me pregunto si el padre estaba al tanto de todo y ahora está haciéndose el sorprendido. ¿Hasta qué punto puedo fiarme de él? Por desgracia, hay demasiada gente con la mentalidad de Arthur Evans. Solo el año pasado se contabilizaron 7.175 incidentes de crímenes de odio en Estados Unidos.

—Ha sido esa chica —dice Arthur entre sollozos—. Mi hija le diría que no la quería, que no era como ella, y esa arpía la ha matado. ¡Estoy seguro!

—Me gustaría hablar con Karla, si es posible —intervengo de nuevo.

—Sí —dice Grace—. Tengo su número en el teléfono.

Me lo facilita y lo escribo en la Moleskine.

—Bien. Gracias por su colaboración. Sé que es duro, pero intenten tener la cabeza fría. Sarah no querría que se comportasen de manera imprudente. —Miro a Arthur Evans—. Les aconsejo que eviten la prensa y las redes sociales durante un tiempo. Haré todo lo que esté en mis manos para que esa foto desaparezca de la red. Y les prometo que daré con quienquiera que le haya hecho esto a Sarah. Si recuerdan algo que les parezca pertinente, lo que sea, no duden en llamarme. —Les doy una tarjeta.

Los dos asienten desolados.

Me dispongo a salir de la casa cuando la voz de Grace me detiene:

—Inspector Parker.

¿Habrá recordado algo? ¿Habrá algo más que no me haya dicho? Cuando me vuelvo, la media sonrisa de Grace me desconcierta.

—Me alegro de que sea usted quien le dé justicia a Sarah.

10
William Parker
2017, Los Ángeles

El interior de la cabina del ascensor contenía una de esas imágenes que se quedan grabadas en la retina. Una imagen que pinchó a William como un alfiler y se abrió paso a mordiscos hasta llegar al cerebro.

Una mujer asiática, de mediana edad, estaba recostada en el suelo, justo en el centro, con las piernas retorcidas y la cabeza apoyada en la pared enfrentada a la puerta. Su cuerpo estaba apuñalado por todas partes de forma que el resultado era una deformidad espeluznante.

William notó cómo la bilis le ascendía por la garganta para depositarse amargamente en su boca.

—¿Saben quién es?

—Wen Wang —respondió una voz femenina a su espalda.

Los dos se giraron y vieron a una mujer joven, de tez tersa, ojos verdes y el pelo castaño recogido en una coleta, que subía las escaleras y se acercaba hacia ellos con paso firme.

—Cuarenta años, casada y con hijos. Vecina del edificio y antigua propietaria de uno de los espectáculos orientales más visitados de Los Ángeles.

William permaneció en silencio, mirando desorientado a la recién llegada. Ella le devolvió la mirada con una pasividad embadurnada de ciertos resquicios de malicia que llamó mucho la atención del inspector. ¿Quién era? El detective al mando Cox, que no enseñaba la mejor de sus sonrisas, lo sacó de dudas:

—Esta es la detective Jennifer Morgan.

La palabra «detective» resonó varias veces en la cabeza de William como una pelota de ping-pong. Él sabía lo que era tener un colaborador externo, listillos que venían de otras ciudades creyendo ser el milagro que todo lo cura y lo único que conseguían era estorbar. Y no fue agradable sentirse uno de ellos.

—Y este —Cox lo señaló— es el inspector William Parker, de San Francisco.

Ahora William esperaba por parte de la detective Morgan uno de los típicos halagos a los que solía enfrentarse esas semanas. Sin embargo, sus palabras fueron de todo menos halagadoras:

—Su presencia aquí no está justificada, inspector Parker. Le pido por favor que se vaya y que no mee sobre mi terreno.

Se podía decir más alto, pero no más claro.

—Jennifer —dijo Cox—, ¿qué haces aquí?

—Los chicos me han dejado pasar.

—No me refiero a eso.

—No entiendo cómo has llamado a otro para hacer mi trabajo —replicó ella, enfadada—. Este caso era mío. No puedes apartarme sin más.

—No tengo por qué darte explicaciones.

—Después de tanto tiempo trabajando juntos, ¿ahora me cambias por él?

Dado que William estaba delante, aquello fue un tanto incómodo.

—Las circunstancias mandan, si es lo que quieres saber —repuso Cox.

—Si crees que no estoy a la altura del caso, ten los cojones de decírmelo a la cara.

—Interprétalo como quieras, Jennifer, porque es lo que hay.

La discusión duró un buen rato, pero William dejó de escuchar y volvió la mirada hacia la cabina del ascensor, cuya puerta permanecía abierta por una suerte de mecanismo que había accionado Cox. Se quedó observando el cadáver desde la distancia, pues se sentía incapaz de dar un paso hacia él. De hecho, en un momento dado retrocedió sin darse cuenta, tropezó con el detective al mando, y cayó de espaldas al suelo. Entonces se oyó un ligero crac.

—¡Parker! ¿Está bien?

William hizo una mueca de dolor desde el suelo y, más avergonzado que dolorido, se incorporó torpemente y se sacudió los pantalones al tiempo que asentía:

—Sí. No sé qué me ha pasado.

—¿Por este tío me has relevado, Cox? ¿En serio? —soltó Jennifer con incredulidad.

Había notado un pinchazo en el glúteo derecho. Se llevó la mano atrás y sacó el móvil del trabajo: la pantalla estaba rota en mil pedazos. Le dio al botón de desbloqueo, pero no ocurrió nada: siniestro total. «¿Cómo voy a quedar con Alfred ahora?», pensó. Guardar el teléfono en el bolsillo trasero de los pantalones nunca ha sido una buena idea. Y que William no estaba hecho para los móviles ya no podía ser más evidente.

Después de aquello, la detective Morgan se esfumó del edificio echando humo y William se vio obligado a inspeccionar el cadáver. Aparte de los cortes profundos, el cuerpo presentaba varios arañazos en el cuello y las manos y unas pequeñas marcas rectas en un brazo.

—Las muertes anteriores no fueron tan violentas —comentó Cox.

—¿Cómo murieron?

—Apuñalados, como esta mujer, pero una y dos veces respectivamente. Esto es demasiado. Es ensañamiento.

—Y ¿qué le hace pensar que se trata de un asesino en serie?

—Los tres crímenes se han cometido dentro de un ascensor.

—¿Nada más?

Cox señaló una de las paredes de la cabina. Había una marca que William había pasado por alto. Se trataba de una «W» escrita con sangre.

—La hemos encontrado en los tres escenarios.

En efecto, aquello era una prueba irrefutable de que existía una conexión entre los asesinatos.

—¿Han hablado con los vecinos?

—Sí —afirmó Cox—. No han visto nada.

—¿Han hablado con todos?

—Sí.

—Pues hagámoslo de nuevo —dijo incorporándose para salir del ascensor.

Uno de los hombres de Cox se quedó haciendo guardia en la cabina mientras visitaban a todos los vecinos puerta por puerta. La batida fue extraña, sobre todo porque William tenía al detective al mando siguiéndole como un perro faldero. Puesto que hizo solo las preguntas estrictamente necesarias, la visita por todas las viviendas no les llevó mucho tiempo. Una probabilidad en su contra le advertía de que el asesino quizá no se hallara en el edificio, pero tenía que probar suerte.

Llegaron al octavo piso y llamó a la puerta número 15. Les abrió una mujer de unos treinta y tantos años con un corte de pelo estilizado teñido de blanco. El maquillaje de su rostro se arrugó sutilmente nada más verlos y el sonido de su respiración cesó de golpe. Lucía ropa cara y joyas Swarovski alrededor del cuello y las muñecas, tacones incluso dentro de casa. ¿Tal vez iba a alguna parte?

—Buenas tardes. Soy el inspector William Parker, de Homicidios. Y usted es...

—Emma Clark.

—Encantado de conocerla, señora Clark. —Le tendió la mano.

Ella le correspondió el saludo y William pudo observar las uñas de gel rosa al final de sus delgados dedos. Entonces recordó las marcas en el brazo de Wen Wang. Esbozó una sonrisa y preguntó:

—¿Podemos pasar y hablar un momento con usted?

—Ya han venido unos policías.

—Oh, lo sé, lo sé. Pero ahora es distinto.

La mujer no había soltado la puerta y se escondía en parte tras ella. Quería que se fuesen de su casa, que la dejaran en paz. ¿Por qué? ¿Acaso tenía algo que ocultar?

—¿Qué ha cambiado?

—Que ahora soy yo quien hace las preguntas.

11
William Parker
20 de diciembre de 2018, San Francisco

Karla Mendoza vive con otras dos chicas en Irving Street, muy cerca del campus de la UCSF. Según me ha dicho, sus compañeras de piso van a estar fuera todo el día, y ella, tras enterarse de la terrible noticia, se ha pedido el día libre en el trabajo, de modo que podemos hablar tranquilamente en su domicilio.

Encajo el Mini entre dos camionetas, me apeo y llamo al timbre. Mientras espero, me vuelvo orgulloso hacia el coche. De camino aquí he pasado por un lavadero y ahora el pequeñajo reluce como se merece. Se oye un zumbido y abro la puerta con un leve empujón. No le dedico ni una sola mirada al ascensor y subo al segundo piso por las escaleras. Una chica me recibe como si arrastrara su vida con cada movimiento. Es mayor que Sarah Evans. Tiene la tez pálida y unas ojeras muy marcadas. Lleva un rato largo llorando.

—¿Karla?

La chica me mira a través de unos ojos brillantes, conscientes de que nada de lo que pueda hacer va a devolverle a Sarah. Al final asiente y me deja pasar.

Esto es lo que se diría el típico piso de estudiantes: sencillo y pequeño, no muy ordenado ni limpio, pero habitable. El salón está compuesto por un sofá de dos plazas, una mesa, cuatro sillas y un mueble para la televisión. Hay algunos libros y apuntes encima de la mesa. Karla se hunde en el sofá. Yo me siento en una de las rígidas sillas de madera.

—Lamento mucho tu pérdida.

Karla llora cabizbaja. Va vestida con ropa ancha, algo arrugada. Por su apariencia, parece rondar los treinta años, aunque sospecho que es más joven.

—Hay una foto —empieza a balbucear.

—Sí. Lo sé. Me ocuparé de ello. ¿Dónde están tus compañeras?

Karla hace un gesto con la mano.

—De fiesta con los de la facultad, celebrando el fin de exámenes.

—Entiendo. ¿Tú no estudias con ellas?

—No. —Hace una pausa—. Yo trabajo en un súper. No fui a la universidad.

Saco mi libreta y comienzo a anotar.

—Pero que no haya estudiado no quiere decir que sea menos que otra persona que sí lo haya hecho.

Frunzo el ceño.

—Yo no he dicho eso.

—Pero lo ha pensado. La gente como usted piensa así, como si los que no tenemos dinero para pagarnos un grado fuéramos más propensos a delinquir o... qué sé yo.

—Tranquila, Karla. No tengo intención de acusarte de nada.

—Yo nunca le haría daño a Sarah.

Hay que ser delicado, sin presionarla.

—Te creo. ¿Me puedes contar cómo era tu relación con ella?

Karla se limpia la cara con la manga de la sudadera y se encoge de hombros.

—Si le digo la verdad, no sé muy bien qué éramos.

—¿A qué te refieres?

—No sé. Creo que ella nunca estuvo segura de nada.

La tristeza la carcome. Se nota que está haciendo un gran esfuerzo por hablar de esto conmigo. Sus palabras salen huecas, casi inaudibles.

—Cuéntame cómo os conocisteis, por favor.

Karla asiente lentamente.

—Nos conocimos en el Andronico's, el supermercado donde trabajo. Ella buscaba la crema de cacahuete. Le encantaba, ¿sabe? —Suelta una risa nostálgica—. Me pregunté dónde estaba y la acompañé. Pensará que es una tontería, pero pasó algo entre nosotras. Nuestras miradas, la forma en que hablamos. No sé cómo explicarlo, pero sucedió y las dos nos dimos cuenta. Ella comenzó a venir más veces. Por aquel entonces Sarah estudiaba un grado de Odontología y el súper le pillaba cerca. Siempre encontraba una excusa para preguntarme algo, lo que fuera. Un día me lancé y le propuse vernos después de mi turno. A partir de ahí empezamos a tener una relación. Bueno, en realidad, no sé si llegó a serlo.

—¿Por qué dices eso?

Karla suspira. Mira al suelo para recordar.

—Sarah no sabía lo que quería. Nunca había estado con una chica y yo sé que no llegó a encontrarse del todo a gusto conmigo. —Las lágrimas ruedan por sus mejillas ardientes—. Pero todo por culpa de Arthur. —Aprieta los puños—. A él no le entraba en la cabeza que Sarah estuviera con otra mujer y en una ocasión llegó a decirle que lo había decepcionado como hija. El muy... —Intenta serenarse—. Su madre era diferente. Fue Grace quien la sacó de la jaula, al menos por un tiempo limitado.

Levanto la mirada de la libreta, sin comprender.

—Verá —dice—, como Arthur trabajaba desde casa, era complicado vernos sin que él hiciera mil preguntas. Algunas veces Sarah decía que iba a la biblioteca de la facultad a estudiar. Otras, Grace salía con ella y decía que iban a algún sitio juntas. De esa forma, Sarah y yo podíamos vernos mientras Grace hacía algún recado, daba un paseo o se tomaba un café en cualquier sitio. Lo único que tenían que hacer era salir de casa juntas y volver juntas. Era un plan perfecto para que Arthur no sospechara nada. —Hace un amago de sonreír—. Grace es una mujer excepcional, siempre le estaré agradecida por todo lo que hizo. Aunque, cuando Sarah estaba conmigo, sentía que no estaba haciendo lo correcto. Para ella era difícil dejarse llevar sin pensar en lo que su padre opinaba al respecto.

—Entiendo. ¿Qué pasó entonces? —pregunto, consciente de que la historia aún no ha acabado.

Los ojos de Karla viajan por el suelo, como decidiendo qué parte debería encajar ahora en el puzle de recuerdos que está construyendo.

—Yo sabía que tenían el piso de Filbert Street. Así que... le dije que se fuera de casa.

«Karla - independencia - Filbert Street - ¿oportunidad?», garabateo.

—Era una forma de escapar de las manipulaciones de su padre —explica—. Sarah rechazó la idea al instante, pero llegó un día en que Arthur se pasó de la raya. Hace tres meses llevó un chico a casa, el hijo de un amigo suyo, para que Sarah tuviera relaciones sexuales con él. Está loco. Creía que de esa forma su hija volvería al «camino correcto», a ser, según él, «una mujer como Dios manda».

Me quedo sin aliento.

—¿La obligó a tener relaciones con ese chico?

—Grace se interpuso.

Una parte de mí descansa, agradeciéndole a Grace Evans su mera existencia.

—¿Recuerdas cómo se llamaba ese chico?

—Sí, se llama Logan Owens.

Lo anoto en la Moleskine.

—¿Crees que, si no hubiera estado Grace en casa, Sarah se habría acostado con Logan?

Karla lo piensa con pausa.

—No lo sé. Tenía la cabeza hecha un mar de dudas por lo que decía su padre y por lo que sentía, y muchas veces se comportaba como un autómata, sin emociones, sin opiniones, sin nada. Cuando se independizó, le costó conseguir estabilidad emocional. Al principio me rehusó, no quería saber nada de mí. Pero yo no me di por vencida. Sabía que Sarah no estaba bien, que necesitaba ayuda profesional, y le recomendé a varios psicólogos que encontré por internet.

—¿Visitó a alguno de ellos?

Karla niega con la cabeza.

—Era incapaz de abrirse a nadie y no fue a ningún sitio. Yo no quería verla así, de modo que, cuando acababa mi turno en el Andronico's, me presentaba en su casa para hablar con ella un rato, para que no se sintiese sola. Quería que fuera la misma Sarah de antes y, solo entonces, que decidiera si quería estar conmigo o no. Pero supongo que esa es una cuestión que nunca resolveré.

Se me forma un nudo en la garganta.

—Sarah estaba enamorada de ti, Karla. Su madre lo ha dicho esta mañana.

Karla rompe a llorar sin consuelo. Yo me compadezco de ella hasta sentir las lágrimas subir hacia mis ojos, pero, antes de perder la compostura, carraspeo y digo:

—¿Cuándo fue la última vez que la viste?

—Ayer. Cenamos juntas en su piso.

Me sorprendo tremendamente.

—No puedo creer que ahora esté muerta. Yo...

¿Me está diciendo que estuvo con ella ayer por la noche? ¿Durante la hora estimada de su asesinato?

—¿A qué hora? —me limito a preguntar.

—Fui sobre las siete de la tarde.

—¿Puedo preguntarte si pasaste la noche allí?

—Ojalá. Me fui después de cenar. Hacia las ocho y media. La vi mejor, estaba volviendo a ser ella. Pero no llegamos tan lejos. Me pidió ir poco a poco. Nos besamos —recuerda en voz alta—. Nada más.

—¿Puedes demostrarlo?

—¿El beso?

—No. La hora en que te fuiste de allí.

—Sí, volví a casa pronto. Puede preguntarles a mis compañeras de piso. ¿Soy sospechosa? —Le tiembla la voz.

—De momento no. ¿Dices que la viste mejor?

—Sí, dentro de lo que cabe. Estos meses viviendo lejos de su padre le estaban viniendo bien. Era como si se estuviera desintoxicando de una droga muy dura. Me costaba sacarle una sonrisa que no fuera fingida, ¿sabe? Pero estaba progresando y ella misma admitía que se encontraba mejor. Sus padres la visitaban a menudo, aunque Arthur nunca sacaba el tema amoroso. Y creo que Grace tenía mucho que ver en eso.

—¿Sabes si Sarah esperaba a alguien? —digo mientras tomo nota de todo.

—No. Ella no me contó nada. ¿Fue anoche? ¿En su piso?

—Creemos que sí. Puede que te cruzaras con su asesino de vuelta a casa.

—¿Qué?

—No te culpes, Karla. No podías saberlo.

—La dejé sola... —murmura.

—Hiciste lo que ella necesitaba en ese momento. Hazme caso, no vale la pena. No vas a conseguir nada culpándote de ello.

—Y ¿usted qué coño sabe?

Le mantengo la mirada, pero no articulo palabra. Preparo el bolígrafo y sigo:

—¿Entraste en la habitación de la izquierda del salón? La que da a Filbert Street.

—Entramos un momento a cerrar la ventana. Hacía frío. ¿Por qué?

—¿Viste las argollas?

—¿A qué se refiere?

—¿No había argollas en las paredes laterales?

—No. Esa habitación siempre ha estado vacía, y sus paredes desnudas. ¿Qué ha...?

—¿Conoces a alguien que quisiera hacerle daño?

—No.

—¿Estás segura?

—Sí.

—¿Sabes si Arthur se enteró de que estabas viendo a Sarah para que rehiciera su vida sentimental contigo?

61

—No. No lo sé —rectifica.

—¿Dirías que es una persona peligrosa?

—¿Arthur? Sí. Lo pondré por escrito si hace falta.

Aprieto la mandíbula. Me inclino en la silla y digo:

—¿Crees que Arthur sería capaz de matar a su propia hija?

El silencio inunda el salón. Karla no pestañea, fija su fría mirada en la mía. Donde antes había lágrimas, ahora hay tristeza, miedo, desesperación y soledad, pero sobre todo ira y frustración. Tras unos segundos de espera, me dispongo a levantarme de la silla para despedirme cuando Karla responde:

—Sí. Estoy segura de que él la mató.

12

Fernando Fons
20 de diciembre de 2018, San Francisco

Después de una jornada interminable, el sol ha caído y las primeras farolas iluminan Fillmore Street con una luz tenue. La cafetería está prácticamente vacía. Solo queda una pareja, y ya hace veinte minutos que se han terminado el zumo de naranja. No sé de qué hablan durante tanto tiempo. ¿No ven que es hora de cerrar?

Thomas me hace una seña con la cabeza y accedo a su petición con gusto. Salgo del local y echo la reja metálica hasta dejar un pequeño hueco para que los clientes puedan salir por él. El frío penetra en mi piel hasta llegar al hueso, pero solo es un momento. Vuelvo dentro y veo que la pareja ni se inmuta. Paso al otro lado de la barra y me dirijo a la radio, que emite una canción de jazz relajante por los altavoces del techo. El volumen de la música no está alto, pero se crea un silencio tenso cuando le doy al botón de *off*.

Nada, oye.

Practico la sonrisa falsa detrás de la barra. Esta no. Esta tampoco. Esta. Me acerco a la mesa ocupada, me agarro las manos por detrás de la espalda y carraspeo antes de decir:

—Siento molestarles, pero estamos a punto de cerrar.

Los dos se vuelven hacia mí y asienten, como si ya lo supieran, y siguen hablando de sus cosas.

Relájate, Fernando.

Voy a la caja registradora y saco la cuenta de la mesa. Vuelvo con la pareja y les dejo el tíquet a la vista.

—Son cinco cincuenta —les digo, con la misma sonrisa de antes. O parecida. No me sale igual de bien siempre.

—¿Quieres esperarte? Estamos hablando —dice el hombre, molesto.

La vena de mi frente aparece.

Relax.

—Vamos a cerrar —repito amablemente.

—Pero ¿qué trato hacia el cliente es este?

—Creo que no le he tratado mal, señor.

—Quiero la hoja de reclamaciones —dice enfadado.

—Pero vamos a ver... —Descruzo las manos de la espalda y separo ligeramente las piernas.

—No se preocupen —interviene Thomas, que ha venido apresurado. Ha debido de ver mis intenciones—. A esta invita la casa. Perdonen nuestros modales, no volverá a pasar. Pero necesitamos cerrar ya. Si viene inspección y ve que no seguimos el horario estipulado, nos puede caer una gorda —se inventa.

El hombre se dispone a seguir con la protesta, pero la mujer lo detiene:

—Déjalo, cariño. Vámonos.

Él se rinde y se va agarrado de la mano de su mujer, lanzándome miradas acusatorias, como si me afectasen lo más mínimo. Cuando la pareja desaparece por la puerta, me vuelvo y veo a Thomas lanzándome la misma mirada que el cliente, con los brazos en jarra.

—Te juro que no le he dicho nada.

Entonces oigo que la puerta se vuelve a abrir.

Entrecierro los ojos. Ese tipo no ha tenido suficiente.

Me vuelvo con los puños apretados, pero mi fuerza se desvanece cuando reparo en que no es el engreído quien ha entrado en la cafetería, sino una chica. No la pareja de ese indeseable. Otra. Es más guapa. No, no es tan guapa. Aunque eso tampoco importa. Se acerca algo avergonzada.

—Por fin —dice Thomas—. Pensaba que ya no vendrías.

Ella no responde. Solo sonríe.

—Bueno. Fernando, ella es Amanda. Amanda, Fernando.

Nos damos un apretón de manos. Cordial. Frío. Esta es a quien voy a tener que aguantar durante semanas. Pensaba que sería más joven. Cuando Thomas ha dicho que era la hija de una amiga de su mujer, me he imaginado a una veinteañera que no sabe dónde caerse muerta. Pero esta chica solo tendrá un par de años menos que yo, pasados los treinta, por tanto.

—Encantada.

—Igualmente.

Ahora nos quedamos los tres callados. Qué incómodo. Quiero decir algo, pero no se me ocurre nada. Amanda mira hacia otro lado, consciente de lo embarazosa que está siendo la situación. De pronto, Thomas nos saca del hoyo:

—Ven. Te enseñaremos esto.

Vamos detrás de la barra y Thomas le explica cómo funciona todo: la cafetera, la caja registradora, el lavavajillas, el exprimidor. Luego nos dirigimos a la cocina, un cuartito diminuto que tiene lo justo para sobrevivir a la temida hora punta. Thomas hace literatura describiendo el horno y la plancha. Se lo ve orgulloso. Finalmente, le explica la disposición de las mesas y avisa de que el cerrojo de la puerta da problemas a veces, que nos aseguremos de que hemos cerrado bien siempre.

Los dos asentimos, aceptando todos los términos.

—Bien. Pues eso es todo —dice Thomas—. He dejado las llaves en su sitio. Cerrad vosotros hoy, ¿vale? Si pasa algo, no dudéis en llamarme. Pero, si me llamáis, que sea importante. No querría pensar en el trabajo estos días.

—No te preocupes, Thomas. Lo tendremos todo controlado.

Qué poco convincente puedo ser a veces.

—No lo dudo —dice mientras se acerca a la puerta.

—Dale un beso de mi parte a Evelyn.

—De nuestra parte —interviene Amanda.

—De acuerdo —canturrea—. ¡Feliz Navidad! —Y se va.

Eso no me ha hecho ni la menor gracia. Intento no maldecir con la nueva delante. Otro silencio incómodo. Si siempre va a ser así...

—¿Te puedo hacer una pregunta? —rompe ella el hielo.

—Prueba.

—¿De dónde eres? No sitúo tu acento por aquí.

—Ah, ya. Bueno, soy de Tavernes de la Valldigna.

—¿De dónde? —Arquea una ceja, extrañada.

—De España.

—¡Vaya! Y ¿cómo es que has venido a vivir a San Francisco?

Dudo. Luego bajo la mirada, incómodo.

—Eso para cuando haya confianza. —*Si es que llega a haberla*, me remarco.

—Oh, sí, claro. Perdóname, he sido una maleducada. No quería...

Hago un ademán.

—No te preocupes.

—Y... —señala las mesas— ¿hace mucho que trabajas aquí?

—Unos seis meses, más o menos.

—Y ¿qué tal?

Suelto un bufido.

—¿Qué expectativas tienes? —me intereso.

—No lo sé, la verdad. No estudié para esto.

—Nadie estudia para esto.

No contesta. Mira las mesas una vez más. Tiene un perfil bonito. No, no lo tiene. Es muy del montón. Nada extraordinario.

—¿Qué has estudiado? —le pregunto.

—Periodismo.

Me sorprendo. No puede ser.

—¿Eres periodista?

—Bueno, ahora soy camarera. —Ríe—. Pero sí, mi idea era ser periodista.

El corazón me late más rápido. Ahora la veo con otros ojos, unos más dóciles. No puedo contener las palabras:

—Yo también soy periodista.

13
William Parker
21 de diciembre de 2018, San Francisco

Me he pasado la mañana entera investigando a todos los Logan Owens de San Francisco y, después de revisar varios perfiles en Facebook e Instagram, creo que he dado con él. Me ha llevado mi tiempo, eso sí. Esas páginas no hay quien las entienda. Es un chico de la misma edad que Sarah Evans, con pelo largo y cuerpo delgado y marcado. Se siente orgulloso de sus abdominales. Lo sé porque no ha dudado en enseñarlos unas ciento veinte veces en las redes. Trabaja en la ferretería de su padre, Robert Owens, en Mission Street. Por lo visto, el señor Owens fue al mismo colegio que Arthur Evans. El año pasado subió la foto de un anuario escolar en el que aparecen ambos etiquetados bajo la frase «Recordando viejos tiempos». Es él.

Los dos cafés que me he tomado como único alimento no parecen estar haciendo efecto, o al menos no de la forma esperada. A pesar del sueño que me hace arrastrar los pies con cada paso, tengo el pulso bastante acelerado.

Entro en la ferretería y me encuentro rodeado de material de todo tipo: monos de trabajo, cascos, linternas, cafeteras, tornillos, clavos, tuercas, llaves, destornilladores. Lo que más me llama la atención es la sección de taladros percutores que ocupa parte de una pared lateral. No veo cámaras por ningún sitio. Logan Owens me sonríe desde el mostrador. La misma mandíbula cuadrada que he visto en la pantalla de mi ordenador, el mismo *piercing* negro en la oreja izquierda, el mismo tatuaje en forma de olas en la parte interna de la muñeca. Lleva una camisa azul claro dos tallas más grande con su nombre colgado del bolsillo de la pechera.

—Buenas. ¿Te puedo ayudar en algo?

—Hola, chico. Sí, la verdad es que sí.

Logan se apoya sobre el mostrador.

—Tú dirás.

Saco la placa.

—Inspector William Parker, de Homicidios.

—¿Qué? —exclama retrocediendo un paso—. Yo no he hecho nada malo, ¿eh?

—Claro que no. Solo quiero hablar contigo, Logan —digo según me guardo la placa—. Nada más.

—¿Sobre qué? Yo no tuve nada que ver con lo del otro día.

Entorno los ojos.

—¿A qué te refieres exactamente?

—Mira que se lo dije a Sam: «No le vendas la maría a esa gente, no es de fiar». Pero él no me hizo caso. Le basta con coger la pasta, no le importa a quién se la vende. Luego les hicieron la redada en esa fiesta y seguro que alguno cantó, ¿no? Por eso estás aquí. Me cago en todo, tío. Ya sabía yo que...

—No estoy aquí por eso. He dicho que soy de Homicidios.

—¿Qué? ¿Cómo que...? —Palidece en décimas de segundo—. ¿Qué ha pasado? ¿Es Sam? Dime que no es él.

—No es Sam. Es Sarah Evans.

—Ah, menos mal. Qué susto me has dado. El puto Sami está vivo. —Se ríe mientras vuelve a apoyarse en el mostrador.

«¿Menos mal?». Noto cómo el efecto del café se intensifica dentro de mi cuerpo vacío. Debería haber comido algo.

—Verás, Logan. Necesito que me cuentes una cosa.

—¿Qué pasa?

—Sé lo que ocurrió hace tres meses en casa de los Evans.

De pronto no hay ni un atisbo de color en las mejillas de Logan. Parece haberse congelado en medio de una ventisca.

—No pasó nada —se defiende.

—Ya, bueno. Solo quiero que me lo cuentes. Nada más.

—Espera. —Frunce el ceño, casi veo cómo se mueven los lentos engranajes de su cerebro—. ¿Has dicho Sarah Evans? ¿*Esa* Sarah Evans? ¿Esa chica ha muerto?

«¿Ahora te interesas por ella?».

—Cuéntame qué pasó hace tres meses, Logan, por favor.

—¿Qué quieres que te cuente? Ya te he dicho que no pasó nada.

—Lo sé, lo sé —intento tranquilizarlo—. Cálmate. No eres sospechoso de nada.

—¿Y para qué quieres saberlo entonces?

—Simplemente quiero recopilar toda la información que me sea posible sobre los últimos meses de Sarah. Saber qué hizo, con quién se relacionaba, esas cosas. Así es más fácil encontrar a su asesino.

—Yo no la he matado.

—Lo sé —repito.

Logan mira hacia la puerta para cerciorarse de que no entra nadie en la tienda.

—Esa chica no estaba bien. Llevaba unos meses de bajón, estaba hecha un lío.

—¿Sabes por qué?

Vacila.

—Sí. —Hace una pequeña pausa—. Se enrolló con una tía. Su padre le dijo que ese no era el camino, que se estaba desviando, que solo tenía que encontrar al hombre adecuado y eso.

—Ajá.

—Pero ella no lo escuchó y siguió quedando con esa pava. Arthur llamó a mi padre, son amigos desde el colegio. —Hago como si no supiera nada de lo que me está contando—. El pobre hombre ya no sabía qué hacer con su hija y le pidió ayuda a mi viejo.

—Y ahí entraste tú —adivino.

Logan me escruta con desconfianza y, tras un instante en el que temo perder su confesión, sigue con su relato:

—Sí. Mi padre me llevó de pesca un día. Me contó la situación por la que estaban pasando los Evans y me dijo que yo podía ayudarlos. En ese momento no se me ocurrió cómo, pero entonces mi padre me lo dijo: tenía que acostarme con Sarah.

—Y ¿qué le dijiste a tu padre?

—Al principio pensé que me estaba vacilando, pero luego entendí que todo iba en serio y acepté, obviamente.

—¿No te pareció algo excesivo hacer aquello?

—Hombre, estamos hablando de acostarse con una chica con el consentimiento de su padre. De hecho, Arthur me lo estaba pidiendo. ¿Tú qué hubieras hecho en mi lugar?

El café. Se me revuelve el estómago.

—Continúa, por favor.

Logan hace un gesto con la mano.

—Al final no pasó nada, ya te lo he dicho.

—Por favor —insisto.

Suelta un bufido y desvía la mirada.

—Nos plantamos en casa de los Evans y Arthur nos dio las gracias por lo que íbamos a hacer. Creo que ya se lo había contado a Sarah, porque ella no se inmutó al verme, y eso es raro, pues tengo tirón entre las pibas. —Enseña una sonrisa patética y me lo imagino allí, desnudando a la chica con la mirada—. Nos sentamos un rato en el salón, tomamos café y unas pastas. Arthur le dijo que aquello era por su bien, que seguro que lo disfrutaba y le cambiaba esas ideas tan absurdas que tenía en la cabeza. Ella no respondió. Casi ni se movió. Parecía estar ida, no sé si me explico.

—Sí, comprendo. ¿Qué más?

—Al cabo de un rato, subimos a su cuarto los dos. Ella se quedó de espaldas a mí, con la cabeza baja y los brazos pegados al cuerpo. Yo eché el pestillo y me quité la camiseta. Luego me puse enfrente de ella y le di el beso de su vida, ¿sabes?, con lengua y eso, currado. Aunque ella no movió ni un músculo. Nada. Se quedó con la boca abierta, raro de la leche. No sabía besar y alguien tenía que enseñarla.

No puedo con esto. Me está contando cómo violó a Sarah Evans como si hubiera realizado un acto de caridad. Sacaría la libreta para tomar notas, pero no quiero que se asuste. Tengo que dejar que acabe, aunque cada palabra que escupa huela a serrín y podredumbre.

—Continúa.

—Le quité la blusa, le besé el cuello, que a las tías les pone, todo muy húmedo. Pero nada, ni inmutarse. Aquello me cortó un poco el rollo, pero pensé que tenía que acabar lo que había ido a hacer, así que le di otra oportunidad. Le quité las Converse, le desabroché el botón de los vaqueros y le bajé la cremallera. Le metí las manos por dentro del pantalón y se lo bajé lentamente, recorriendo cada centímetro de sus piernas. Estaba fría. Se los quité y le pregunté si quería tumbarse en la cama. Ella no respondió, así que decidí yo y la tumbé sobre el edredón. Pero sin empujarla, ¿eh?

«Todo un caballero», pienso mientras un vapor me sube por todo el cuerpo y hago una mueca, reprimiendo el asco para no silenciarlo.

—La tía tenía un cuerpazo, te lo juro, aunque seguía como ida, yo qué sé. El caso es que iba a tumbarme yo también cuando en ese momento sonó un golpazo en la puerta.

—Su madre.

—Su madre —confirma con cara de resignación—. Había vuelto de no sé dónde y empezó a aporrear la puerta y a gritar como una loca. Tuve que abrir. Me dijo de todo y nos echó a patadas a mi padre y a mí de su casa.

Bendita Grace Evans.

—¿Viste a Sarah después de aquello?

—No. Te juro que no.

La puerta de la ferretería se abre y me vuelvo.

—Hijo, ayúdame con esto, anda.

Robert Owens carga con unas cajas que parecen pesadas. Logan lo ayuda a dejarlas detrás del mostrador y, tras un hondo suspiro, el hombre se apoya en la madera igual que lo ha hecho su hijo antes.

—¿Ya lo tiene, amigo? —dice con media sonrisa que se asoma debajo de un bigote prominente.

—Es inspector de policía, papá.

—¿Qué? —se extraña—. ¿Qué le trae por aquí?

—Ha preguntado por la hija de Arthur —informa, y veo cómo los ojos de Robert se oscurecen—. Dice que ha muerto.

—Sí, me ha llegado al teléfono... Tengo que llamar a Arthur —dice pensativo. Luego se vuelve hacia su hijo.

—Se lo he contado —murmura Logan avergonzado, sin dar más detalles.

Robert cierra los ojos, decepcionado: sabe de qué le está hablando.

—No digas ni una palabra más, ¿entendido? Se acabó la charla, inspector. Lo que le ha pasado a esa chica es una tragedia, pero nosotros no tenemos nada que ver. No diremos nada sin presencia de mi abogado.

—No se preocupe, señor Owens. Ya me iba. Solo me gustaría saber una cosa más.

—Le he dicho que se acabó.

—Logan, si Grace no hubiera interrumpido aquello —busco las palabras adecuadas—, ¿te habrías acostado con Sarah?

—No contestes, hijo.

—Solo estamos hablando.

Logan piensa en ello. Luego levanta la vista, oscura como la de su padre, y dice:

—Me la habría follado hasta quedarme seco.

14
Fernando Fons
21 de diciembre de 2018, San Francisco

Es un desastre.

El primer día de Amanda está siendo para olvidar. Se le han caído tres tazas, el contenido de una encima de un cliente, no se acuerda de a qué mesas tiene que llevar los pedidos, ha cobrado mal varias cuentas y no ha dejado de hacerme preguntas durante toda la mañana.

—¿No escuchaste lo que te explicó Thomas?

—Sí. Lo escuché todo. Pero, como te dije, no estudié para esto.

Tiene razón. Mi primer día en el Golden Soul Cafe también fue horrible. Podría decir que peor que el suyo, pero ahora soy el veterano y tengo que actuar como tal. Me gusta pensar que estoy al mando, aunque, cuando lo pienso dos veces, preferiría que no fuese así. Thomas no ha llamado. Aunque su situación sea un tanto delicada, esperaba que lo hiciera para asegurarse de que todo iba bien. No sé, es su negocio lo que está en juego. ¿Y si la nueva provoca un incendio que arrasa con toda la cafetería? Madre mía, eso también sería responsabilidad mía. Espero que no pase ningún altercado similar, porque me quedaría sin curro, por más que sea uno de mierda. Ojalá estuviese en Tavernes de la Valldigna trabajando de lo mío: el periodismo puro, sin cortar.

Ahora la cafetería está calmada. Hay dos mesas ocupadas, pero no hay mucho que hacer. Hace ya un buen rato que Amanda está metida en el almacén. Le he dicho que haga inventario mientras yo me ocupo de los clientes.

Veo el periódico sobre la barra, me lo acerco y me sorprendo al leer el titular:

A ver, no está mal, pero es mejorable. Sin duda, es un titular impactante, pero no es mérito del periodista, sino de la noticia en sí. Es demasiado objetivo. Ha pasado esto. Punto. Le falta algo. Esa chispa. Yo escribiría algo como:

ASESINO DECAPITADOR ANDA SUELTO

TRANQUILIDAD, NO PERDAMOS LA CABEZA

Mucho mejor. Dónde va a parar.

Me dispongo a leer la noticia, que, a pesar de no tener chispa, es inquietante.

—¿Qué lees? —Amanda, que ha salido por fin del almacén, me saca de mi lectura cuando voy por lo más interesante.

Levanto los ojos del papel gris y arrugado.

—Basura periodística.

—¿No te gusta?

Me encojo de hombros.

—Tampoco importa mucho, pero, ya que lo que dices, no. No me gusta la forma en que los periodistas plasman una noticia excitante en un texto sin vida ni alma.

Amanda ríe.

—Si algo no tiene vida, es imposible que tenga alma.

—Te equivocas. Un texto vivo es una historia que alguien cuenta. Alguien que ha vivido la noticia, alguien que es capaz de expresar lo que ha sucedido con pelos y señales, pero sin dejar de lado las emociones, que son las más importantes ya sea en un artículo o en la vida misma. Una obra de arte deja de serlo si no expresa nada. Es materia inerte. Por otro lado, el alma de un texto surge de la esencia del autor. Es la opinión callada de quien, sin decir nada, la deja con cuentagotas entre sus líneas. Es lo que te hace pensar. Lo que te inquieta cuando vives algo que te recuerda al artículo que has leído por la mañana.

Amanda reflexiona sobre mis palabras.

—Eso de que una obra de arte es materia inerte si no expresa nada...

—¿Qué? ¿No estás de acuerdo?

—Sinceramente, no lo sé. Pero me suena que eso no es así. Hay arte de todo tipo.

—En efecto, como la *Mierda de artista* de Manzoni. Ya me dirás qué expresa un zurullo enlatado.

—¡Eso fue la crítica del siglo! Manzoni quiso llevar a la práctica la máxima de que todo lo que hace un artista es arte. Incluso aunque su obra, aquí viene la ironía, sea una auténtica mierda.

Me gusta que conozca esa referencia, pero no voy a dejar que lo note, y replico con mi tono más borde:

—Pues que lo comparta en Facebook, pero que no lo ponga en un museo.

—En los sesenta no había Facebook.

—Tampoco debería haber ahora.

—¿Le vas a poner pegas a todo?

La fulmino con la mirada.

—No te conviene tenerme en tu contra.

Amanda levanta las manos en alto como si la estuviesen apuntando con un arma.

—Vale, vale. Usted perdone.

Pongo un dedo sobre el periódico.

—Me has interrumpido la lectura, y eso debería acarrear una noche en el calabozo.

—Pues tengo que decir algo más sobre tu discursito sobre la vida y el alma del periodismo.

Cierro el periódico. Ya no me apetece seguir leyendo.

—A ver, ¿qué? —digo a la defensiva.

—Lo que tú llamas alma es lo que se entiende por manipulación. La mano de la política siempre está detrás de cada frase en el periodismo, y lo sabes muy bien. Todo danza al capricho de determinados intereses. Te lo van a contar de manera que acabes pensando lo que ellos quieren que pienses. Tú lo has descrito de una forma muy bonita, pero esta es la cruda realidad.

—Eso no es siempre así. Yo no hacía ese tipo de periodismo.

—Y ¿cuál era tu estilo?

Vacilo.

—Uno más veraz, más profundo. De los que te dejan sin aliento.

—A veces pareces un poeta de esos antiguos.

—Solo soy alguien a quien le apasiona su trabajo. Bueno, este no, sino...

—Si tanto te apasiona, ¿qué haces aquí, sirviendo cafés a desconocidos?

¿A qué ha venido eso?

Me encojo de hombros y desvío la mirada.

—Supongo que lo mismo que tú.

No tengo por qué darle explicaciones. Lo que pasó no fue culpa mía, pero no voy a ir contándolo por ahí a la primera de cambio. Además, no hace ni veinticuatro horas que la conozco. ¿Quién se cree que es para hurgar en el pasado de los demás?

—¿Tenéis leche de avena? —dice una mujer de avanzada edad que se asoma al otro lado de la barra.

¿Tinís lichi di ivini?

—Sí. —La sonrisa, Fons. La sonrisa—. Sí, señora. ¿Con qué la quiere?

—Con nada. Me la calientas un poquito y listo.

Qué ascazo.

—Por supuesto.

En medio de mi cometido, Amanda se acerca:

—Oye, que ahora estoy intrigada por lo de tu estilo. Los profes de la universidad se dedicaban a pasar diapositivas y poco más. Me gustaría aprender algo estos días. Algo de provecho. Que los dos seamos periodistas y hayamos acabado en el Golden Soul Cafe es más que una coincidencia, ¿no crees?

—¿Quiere azúcar, señora?

—Oh, ni pensarlo —exclama la mujer arrugada—, que después me da un subidón y te limpio toda la cafetería.

—Anda, pues ración doble de azúcar.

La mujer se ríe según se acerca la taza humeante de leche de avena.

—Qué majo eres, hijo.

La verdad es que sí. Me he sorprendido hasta yo.

Me vuelvo hacia Amanda y la encuentro esperando una respuesta.

—Ah, sí. Mi estilo —digo—. Creo que tengo un estilo personal. Diría que la historia, la verdad y la sensación son los tres pilares que lo sustentan a partes iguales.

Amanda se inclina hacia mí.

—¿Sensacionalista?

—Artista, más bien.

—¿Como Manzoni?

—Mejor que Manzoni.

—Cuidado con lo que dices.

—Antes de entrar en la universidad ya hice periodismo de investigación, ¿sabes?

Amanda se sorprende.

—¿En serio? ¿A qué edad?

—A los cuatro años.

—¿A los cuatro? ¡Eso es imposible!

—No cuando estás destinado a ello.

15
William Parker
2017, Los Ángeles

La señora de la manicura los llevó al salón. William se sentó en un sofá Chester blanco y Cox permaneció de pie a su lado como si fuera su escolta personal. Emma Clark no podía esconder su nerviosismo. Se situó en el borde de una silla y esperó a que empezase el interrogatorio con la mirada perdida. Cuando el inspector se dispuso a hacerlo, su marido, un hombre que escondía un cuerpo atlético bajo un grueso chándal Lacoste, irrumpió en el salón:

—¿Qué pasa, Emma?

Ella no articuló palabra, aunque William advirtió cómo apretaba las manos contra las rodillas. Tenía la cabeza inclinada hacia delante y el pelo le tapaba parte del rostro.

—Si no les importa —le dijo William al hombre ante el mutismo de su mujer—, vamos a hacerles unas preguntas. Acabaremos enseguida.

—Ya hemos respondido a sus preguntas. Esto comienza a ser un tanto molesto, ¿saben? Mi mujer está muy afectada por lo de nuestra vecina y todo esto no la ayuda. Así que, por favor, váyanse de nuestra casa y déjennos en paz.

—Como le he dicho, señor, solo serán unos minutos —insistió.

—Lo siento, pero no. Si no tienen una orden, les quiero fuera ahora.

—Liam, no importa —dijo Emma entre dientes.

Liam iba a protestar de nuevo, pero el llanto de su mujer le arrebató la voz. La cosa se ponía interesante.

William sacó su libreta Moleskine y empezó:

—Bien, señora Clark, ¿a qué se dedica?

—Soy directora de marketing para una cadena de hoteles.

—¿Hoy no trabajaba?

—He tenido dos reuniones esta mañana, sí.

—¿A qué hora ha vuelto del trabajo?

—Sobre las doce y media de la mañana.

William miró a Cox para asegurarse de que la hora encajaba con el asesinato y el detective al mando asintió levemente.

—Supongo que conocía a la señora Wang —continuó Parker volviendo la mirada a la mujer.

Ella asintió.

—¿Qué tipo de relación tenían?

—Solo vecinas.

Liam se acercó por detrás de ella y apoyó la mano sobre su hombro. Era una forma de decirle que él estaba allí, que todo estaba bien.

—¿Alguna vez han tenido alguna pequeña disputa? —preguntó William con la mirada fija en ella, estudiando todos sus movimientos—. ¿Alguna cuestión estética del edificio, un comentario que la molestase, un alarde, una crítica, celos por algún motivo...? —Miró de reojo a su marido.

—No —contestó con la voz quebrada.

La mujer se dispuso a secarse las lágrimas y, al quitar las manos de sus rodillas, se hizo evidente que le temblaban las piernas. Sus tacones tamborilearon sobre el suelo y William percibió el gesto de sorpresa de su marido.

—Liam, ¿verdad?

—Sí —respondió él, dubitativo.

—¿Ha estado esta mañana en casa?

—No. Soy profesor de Educación física en un instituto. He venido a las cuatro de la tarde, cuando ya había pasado todo.

—Lo suponía.

—¿Qué quiere decir?

William respondió sin dejar de mirar a la mujer:

—Por cómo ha reaccionado al advertir los nervios de su esposa, deduzco que usted ignoraba que ella es la asesina de la señora Wang, vecina del quinto piso...

—¿Cómo ha dicho?

—Todos los vecinos están afectados por lo sucedido, como es normal. Pero, si le soy sincero, el desasosiego de su esposa me llama bastante la atención. Y más si su relación con la fallecida era tan distante como ella afirma. Siento decirle que Emma no es la mujer que usted cree que es. Es alguien capaz de acorralar a una persona dentro de un ascensor y apuñalarla más de veinte veces —probó. Fuese o no la persona que buscaban, estaba seguro de que sabía algo. Y tenía que tirar de ese hilo de cualquier forma.

Liam se quedó callado. Desearía decir que se había equivocado, que Emma no era una asesina, que era una buena persona. Pero era imposible afirmar tal cosa en cuanto ella no había negado ni una sola palabra de la hipótesis del policía.

—¿Emma? —preguntó, incapaz de asimilar el golpe.

William retomó la palabra:

—Señora Clark. —Ella levantó un poco la mirada, pero sin alcanzar la suya. No podía sobrepasar la altura de sus piernas. No era capaz de mirarlo a la cara—. ¿Me puede explicar qué le ha pasado en la uña del dedo anular de su mano derecha? La tiene rota.

Emma Clark cerró el puño rápidamente para esconder sus uñas, pero no dio una respuesta a su pregunta. William lo intentó con otra:

—¿Qué significa la «W»?

Fue entonces cuando sus miradas se encontraron por fin. Emma apretó los labios, con las lágrimas redoblándose en los ojos. El maquillaje se había corrido por sus mejillas. A pesar de los retoques superficiales, presentaba un aspecto deteriorado, débil y vencido.

Parker inspiró y soltó el aire por la nariz, muy tranquilo.

—¿Por qué lo ha hecho?

—El ascensor se ha parado —consiguió decir.

William entrecerró los ojos. Sintió el terror de la mujer en sus palabras y lo supo.

Claustrofóbica.

El miedo es tremendamente poderoso. El pavor por quedarse encerrada había desencadenado la furia, ese había sido el detonante del asesinato. Ciertamente, Wen Wang había tenido muy mala suerte de estar con Emma Clark dentro del ascensor cuando este decidió detenerse. Pero ¿qué relación tenía esto con los asesinatos previos? ¿Sería el resultado de una terapia de choque para superar la fobia?

—Continúe —la animó.

Ella negó con la cabeza.

—No puedo.

—Claro que puede. Tómese su tiempo.

—No.

—Oiga —dijo Liam—, déjela. No la presione.

—Liam, cállate ya —gritó la mujer.

Él separó la mano del hombro de su esposa y retrocedió un paso, algo aturdido.

—He tenido que matarla —confesó finalmente Emma Clark.

—Emma —exhaló su marido—. Pero ¿qué dices?

—La he matado, Liam —dijo sin parar de llorar—. No he tenido elección. El ascensor se ha parado. Yo...

—¿Cómo has podido hacerlo? —Seguía retrocediendo—. Tú no eres así. ¿Qué has hecho?

Ella se levantó de la silla y se volvió hacia él, que la miraba con el corazón en un puño.

—Liam, escúchame. Ya conoces mi fobia a los espacios cerrados. —Hablaba aún más nerviosa que antes. Ahora que ya lo había confesado, necesitaba el perdón de su marido. Quería estar en paz, que Liam le dijera que no pasaba nada—. La terapia me estaba yendo bien. Ben me dijo que estaba lista para enfrentarme a mis miedos progresivamente y así lo he hecho: he subido al ascensor. Me he dicho que todo el mundo lo hace y que yo no iba a ser menos. Pero se ha parado. Se ha parado, Liam.

—Y ¿eso es motivo para matar a alguien? —gritó él, fuera de sus casillas.

—Lo siento —murmuró antes de acuclillarse y llorar desoladamente apoyada en la silla—. Lo siento mucho, Liam. Perdóname. Perdóname, por favor.

Su llanto se volvió desgarrador. Sus sueños se desvanecían. Su futuro con Liam se evaporaba.

—Emma Clark —empezó Cox—, queda usted detenida. Tiene derecho a permanecer en silencio. Cualquier cosa que diga puede ser utilizada en su contra. Tiene derecho a un abogado. Si no puede pagarlo, se le asignará uno de oficio.

Emma les entregó el arma del crimen: unas pequeñas tijeras metálicas de manicura, que solía llevar en el bolso y que habían sido cuidadosamente limpiadas, y bajaron con ella, esposada, por delante de ellos. Liam no se movió. Triste e impotente, vio cómo se llevaban a su mujer de su lado.

16
Fernando Fons
1988, Tavernes de la Valldigna

Cuando tan solo tenía cuatro años, Fernando decidió que quería ser periodista. Todo surgió una tarde en el salón de su casa. Estaba con Laura, su madre. Él jugaba en el suelo con un dinosaurio de quince centímetros mientras ella leía el periódico en el sofá. Laura era una gran lectora, una devoradora de historias que se iban acumulando en lo que Fernando llamaba el mueble del salón. Su relación era extraordinaria. Solían pasar las tardes sumidos en un silencio a medias con la intención de disfrutar de su «rato a solas», como ella decía. Hablaba de esos momentos como si fuesen fugaces, algo de lo que podían aprovecharse con ilusión. Pero la verdad era que, desde hacía unos dos meses, el padre de Fernando se había acostumbrado a llegar tarde a casa y esos momentos, para el inocente juicio del niño, no tenían nada de singular.

Fernando levantó la mirada del juguete y observó a su madre con detenimiento. Leía el periódico sosteniéndolo a la altura de los ojos, porque de otro modo le producía dolores en el cuello. No obstante, su método no era del todo perfecto, pues se ahorraba el dolor cervical, pero pagaba con creces el de los hombros. Ese día, su expresión era fascinante. Recorría aquellas líneas con la mirada a toda velocidad y con la boca entreabierta. Fernando se dispuso a esperar a que terminara de leer, pero tampoco es que tuviera mucha paciencia con cuatro años:

—¿Qué estás leyendo, mamá?

Ella reposó el periódico sobre sus muslos y le dedicó una sonrisa.

—El periódico, cariño —le respondió dulcemente.

—Y ¿eso qué es?

—Es un librito lleno de historias.

—¿Como los que me lees por las noches?

—¡Exacto! Pero hay una cosa que los diferencia. ¿Sabes cuál es?

Fernando movió la cabeza de lado a lado.

—Las historias que te cuento por la noche no pasaron de verdad. Alguien se las inventó un día y las escribió en los libros, ¿entiendes? Las que aparecen en los periódicos son reales. Nadie se las ha inventado, han sucedido.

—Entonces ¿Caperucita Roja no existe?

—¡Claro que existe! Pero solo en los cuentos. En las historias del periódico salen personas como tú y como yo.

—Y ¿podemos verlas por la calle? —preguntó estupefacto.

—Sí. Incluso puedes hablar con ellas.

Fernando sonrió de oreja a oreja y Laura rio al ver su entusiasmo.

—Pero ¿sabes qué? —continuó bajando la voz—: Los malos del periódico son peores que los de los cuentos.

—¿Más que el Lobo?

—Mucho más.

—Y ¿quiénes son los buenos?

—La gente de a pie: la policía, los periodistas. Los que se encargan de encontrar a los malos.

—¿Qué es un *pediodista*?

—*Periodista* —lo corrigió—. Es quien escribe estas historias.

—Pero ¿cómo sabe esas historias?

—Un periodista es mucho más que un escritor: es un detective, un justiciero.

—¡Hala! ¿Como Batman?

—Como Batman. Pero con palabras.

Fernando había soltado el dinosaurio y no se había dado ni cuenta.

—Yo voy a ser *perionista*, mamá.

Su madre no lo corrigió esta vez. Se limitó a mirarlo en silencio, antes de hacer un pequeño gesto de desaprobación.

—Ser periodista puede ser muy duro, cariño.

—¿Por qué?

—Porque a veces descubres cosas que en realidad no quieres saber.

—¿Qué cosas?

Tras un momento de incertidumbre, ella lo miró con los labios bien apretados. Fernando sabía qué significaba aquello: su madre había tenido una idea. ¿Cuál sería? La mirada de Laura pasó a la preocupación y Fernando siguió el movimiento de sus jóvenes arrugas con interés. Le parecía la mujer más guapa de todo el mundo. Después de una eternidad, le dijo:

—¿Quieres ser periodista, Fernando?

—Sí.

—¿Quieres conseguir tu primera noticia?

—¡Sí! —dijo con más entusiasmo.

Laura asintió lentamente. Luego echó un vistazo al reloj de pared y suspiró. Fernando esperaba sus próximas palabras con ansia infantil. Quería que le dijese qué tenía que hacer para ser periodista. Ardía en deseos de contarle una noticia que la asombrara tanto como la que estaba leyendo cuando la había interrumpido, incluso más si cabía. Quería que estuviera orgullosa de él y que se lo dijera a sus amigas, como hacía a menudo.

—De acuerdo. Tu primera misión será encontrar a papá.

—¡Eso es fácil! —gritó emocionado. Ser periodista era más sencillo de lo que pensaba.

—Que no se te escape la noticia —le apresuró su madre, con aire enrarecido.

Fernando se levantó del suelo y corrió en dirección a la puerta del piso. Sabía a dónde ir. Su madre no quería que su padre fumara en casa, le molestaba mucho el humo del tabaco y decía que era muy perjudicial para Fernando, así que su padre salía todos los días para tener, como él mencionaba irónicamente, su «rato a solas». Una de esas veces lo había seguido a hurtadillas, como hacían los detectives, pero él lo acabó pillando y lo castigó sin juguetes y sin cuentos durante una semana.

Fernando dejó la puerta abierta y bajó por las escaleras del edificio agarrándose de la barandilla mientras su madre lo observaba desde el rellano. Bajó dos pisos hasta llegar al tercero. Delante de la puerta con el número 6, se puso de puntillas y llamó al timbre. Nadie abrió. Pero él insistió y llamó muchas más veces. De pronto, Anna apareció tras la puerta envuelta en una bata de seda morada.

—¡Hola! Vengo a ser periodista. —Y dicho esto corrió hacia el interior de la vivienda.

—Fernando, ¡espera! —le gritó Anna.

—¡Papá, papá!

Vio una puerta entornada y fue directo hacia ella. La empujó y allí estaba su padre, desnudo sobre la cama de Anna. Al verlo, se asustó mucho. Se puso blanco y titubeó algo, intentando explicarse, pero Fernando no lo escuchó. Volvió corriendo sobre sus pasos y se cruzó otra vez con Anna, que se tapaba la boca con ambas manos por alguna razón. Anna había sido muy buena con Fernando las veces que se habían encontrado por el edificio y él le tenía un cariño especial. Se despidió de ella antes de desaparecer con un «¡Adiós, Anna!». Sin embargo, ella no le respondió. Por un instante Fernando pensó que estaba enfadada con él, pero tenía una misión que completar y no podía detenerse a hablar con nadie. Ya lo haría en otra ocasión. Se escapó todo lo rápido que pudo del número 6 y volvió a casa. Cuando lo contó todo, su madre, con el corazón encogido, le acarició el pelo y le dijo:

—Vas a ser un buen periodista, Fernando. Ahora solo queda escribir tu noticia.

Esa noche sus padres discutieron durante horas. Él se escondió en su cuarto. Al principio asomó el ojo por la rendija de la puerta y los observó desde la penumbra. Luego dejó de mirar para solo escuchar. No cenó. Los gritos le dolían en el alma. Sus padres estaban disgustados por su culpa. Si él no hubiese bajado a casa de Anna, no habrían discutido. Si él no hubiese querido ser periodista, nada de eso habría pasado. Se querrían, como todos los papás. Pero él les había enfadado y no se atrevía a salir de su habitación para pedir perdón.

Semanas después, su primera noticia como periodista se vio reflejada en unos documentos que por aquel entonces no entendió. Su padre no volvió a dormir en casa. Su madre no paraba de llorar día sí y día también. Él llegó a pensar que el malo de su noticia era su padre porque hacía llorar a su madre y le dejó un sentimiento de culpa que aún le quema por dentro. Más tarde comprendió que su madre le había usado para confirmar sus sospechas y dejó de ser la buena para convertirse en la segunda mala.

17
William Parker
21 de diciembre de 2018, San Francisco

El despacho de la teniente Watson no dista mucho del que tenía Fallon. Ha colocado un par de plantas en los rincones opuestos a la puerta, pero, por lo demás, sigue como lo recordaba. Bueno, el olor es diferente. La ausencia de ventanas es un factor importante; también lo es que haya desaparecido el olor a sudor que envolvía al antiguo teniente. Lo de las plantas ha sido una buena decisión, vaya que sí.

Después de mi visita a la ferretería de los Owens, Watson me ha llamado exigiendo avances. La prensa le pide información y ella solo quiere quitárselos de encima. Como no podía ser menos, la foto de la cabeza de Sarah Evans ha dado mucho que hablar. Hay un equipo trabajando en ello, pero borrar una foto de la red lleva su tiempo.

—La prensa ya ha bautizado al asesino —dice Watson a modo de saludo.

—¿Cómo?

—El Verdugo.

—¿Por la decapitación?

Watson asiente.

—Y por la exposición de la cabeza. Los actos de ejecución por parte de los verdugos se volvían espectáculos a los que la gente acudía e incluso pagaba por verlos en primera fila.

Me quedo pensativo. Los motes siempre acarrean consecuencias, brindan una publicidad escabrosa a los asesinos y hacen que la gente los reconozca como figuras públicas.

—Son solo leyendas —digo molesto.

—Pero esto no lo es. Dime qué has averiguado, William —me apremia la teniente, y reparo en que de pronto me tutea; no hay tiempo para cortesías cuando un asesino anda suelto.

Me revuelvo en el asiento y empiezo:

—Sarah Evans estaba pasando por un momento muy complicado. Su padre no aprobaba la relación que tenía con una chica, Karla Mendoza, y Sarah llevaba varios meses con depresión por ello. Grace Evans es la antítesis de su marido, son como el yin y el yang: ella apoyaba a su hija y la ayudaba a quedar con Karla a espaldas de Arthur. Es una buena mujer, no sé qué pinta con ese carcamal que...

—No te desvíes —me frena ella.

—Ayer hablé con Karla. No tiene estudios, pero parece una chica bastante inteligente. Trabaja en el Andronico's de Irving Street. Estaba enamorada de Sarah y la visitaba cada día después del trabajo. Fue ella quien le aconsejó irse a vivir al piso de Filbert Street y, aparte del asesino, en principio fue la última persona que la vio con vida.

Watson arquea las cejas.

—Esa chica tiene todas las papeletas.

—No sé yo. Karla quería que Sarah huyese de las ideas anticuadas de su padre y que sanara las heridas despacio. Le buscó varios psicólogos, pero Sarah los rechazó. Si en realidad tenían una relación o algo por el estilo, después de todo lo que tuvieron que pasar por culpa de Arthur Evans, me extrañaría que la matase así como así. Y más aún que montara un espectáculo en torno a ella.

Watson tamborilea con los dedos sobre el escritorio.

—Pero, si piensas en frío —dice—, la sacó de casa de sus padres para meterla en un piso sola y sin vecinos. Luego la visita todos los días y es la última persona en verla con vida. Oportunidades no le han faltado.

—La cosa es que dice que abandonó la vivienda después de cenar, hacia las ocho y media, y sus compañeras de piso lo confirman; he hablado con ellas. Por otro lado,

Karla me contó que Arthur Evans trató de forzar a Sarah a tener relaciones sexuales con el hijo de un amigo suyo.

—¿Qué dices? —pregunta la teniente, estupefacta.

—Lo que oye. Hará unos tres meses de ello ahora. Arthur creía que así se le quitaría la homosexualidad del cuerpo, como si fuese un resfriado. El chico se llama Logan Owens. Trabaja en la ferretería de su padre, Robert Owens, en Mission Street. Lo he pillado solo en la tienda y me lo ha contado todo. Además, se ve que tiene un negocio de marihuana con un tal Sam.

—¿Y te ha contado cómo...?

—Sí. Según él, no pasó nada porque Grace Evans lo interrumpió aporreando la puerta justo cuando estaba a punto de quitarle las bragas a Sarah. Pero aquello fue una violación en toda regla, y tanto Arthur Evans como Robert Owens son tan culpables como el propio Logan. Se merecen la cárcel los tres.

—No creo que podamos hacer nada ya. Tú céntrate en la muerte de Sarah.

—¿Cómo que no? ¡Le estoy diciendo que la violaron! ¿Acaso los violadores merecen más respeto que los asesinos? Una parte de Sarah murió aquel día.

—No me levantes la voz, Parker —dice con palabras tan tensas como su mirada—. Recuerda con quién estás hablando.

—Vale, lo siento. Solo que no me parece justo.

—¿Alguien vio lo que pasó ese día?

—No. Estaban encerrados en su habitación.

—No lo vio nadie. Pasó hace tres meses. Y sin penetración. Sin contar que ahora Sarah está muerta. —Suspira—. Mira, William, no tenemos ni una sola prueba de ello. Tan solo palabras que se desvanecen en el aire. Además, nadie lo denunció en su momento: ni Sarah, ni Karla, ni Grace Evans, con tanta buena fe que dices que tiene.

—No sé por qué no lo hicieron —digo sin comprender—. No deberían haber consentido aquello.

—¿Quieres que te diga por qué no lo hicieron? Porque aquello lo orquestó Arthur Evans, el padre de Sarah, el marido de Grace. Y la gente no suele denunciar a los suyos, porque, a pesar de sus delitos, siempre van a ser su familia. No te frustres, pasa a menudo.

—Pero Karla pudo...

—Estoy segura de que Karla quiso hacerlo, pero Sarah la detuvo.

Puede que Watson tenga razón. En 2017 se contabilizaron 135.755 violaciones en Estados Unidos. Por supuesto, solo se pueden tener en cuenta las que son denunciadas. En los otros casos la víctima sufre en silencio, con secuelas de por vida y una presión en el pecho que casi no la deja respirar mientras que el agresor queda impune y con la certeza de que puede volver a hacerlo.

Daba igual quiénes eran, la maldad no entiende de etiquetas.

—Por cierto, ¿cómo te notas?

—¿Con qué?

—Con la vuelta al trabajo.

—Ah, no lo sé. Bien, supongo. Esto es una montaña rusa de emociones.

—Pero eso ya lo sabías.

—No, bueno, creo que antes no era tan...

—¿Sensible?

—Sí.

—¿Has estado pensando en ello?

Es imposible no recordar retazos de lo que pasó, ver sus lágrimas en las de los familiares de Sarah Evans, imaginar su voz diciendo mi nombre, sus ojos mirándome desde cualquier lado. Diría todo eso y mucho más, pero de qué serviría.

—Lo he recordado cuando lo ha mencionado.

—Vaya, lo siento. O no, porque eso es que la cosa va bien. Volvamos al caso entonces: ¿sabes si Logan Owens vio a Sarah después de la violación?

—Me ha dicho que no la vio más. Todo quedó allí, aquel día.

—¿Y tú le crees?

Me encojo de hombros.

—Creo que ese chico no tiene mollera suficiente para inventarse una mentira bajo presión sin que le salga humo de la cabeza.

—Entonces tenemos a Karla Mendoza como principal sospechosa. Si Sarah estaba pasando por un mal momento, puede que necesitase estar sola un tiempo. Tal vez le dijese que no quería seguir con ella y Karla, que no supo encajar el rechazo, la mató.

¿Rechazo?

Mi mente empieza a trazar bocetos de una escena que no querría volver a recordar. Logan Owens con Sarah, solos en la habitación de ella. Él quitándose la camiseta, desnudando a Sarah, besándola. Ella no se inmuta. Él no consigue que se excite. Lo intenta de nuevo besándola en el cuello, pero Sarah no quiere tener sexo con él. Aparecen sombras en su rostro y la empuja hacia la cama. Y, cuando se prepara para cruzar la línea, se oyen los golpes en la puerta y la voz de Grace Evans al otro lado.

Estuvo a punto, pero no pudo terminar su cometido. Eso no debió de hacerle ninguna gracia. Lo que al principio iba a ser una especie de «ayuda desinteresada», luego se volvió algo personal. De pronto creo que quizá Logan sí haya sido capaz de mentirme a la cara, a fin de cuentas.

Me levanto arrastrando la silla y me dispongo a salir del despacho sin siquiera despedirme.

—¿A dónde vas? —me pregunta Watson cuando abro la puerta.

—A hablar con la forense.

18
Fernando Fons
1999, Tavernes de la Valldigna

Fernando y su madre se mudaron a una casa situada en el Passeig Colón poco después de lo de su padre. Él se quedó en el piso de Anna, pero no duraron mucho y acabó alquilándose un apartamento en la zona alta de la ciudad. Al final, su aventura lo dejó completamente solo. En cuanto a Fernando, la mala experiencia no le arrebató su nueva pasión por el periodismo e investigaba sobre ello con creciente ilusión.

Un día de verano, a pocos meses del cambio de milenio, un camión de mudanzas se detuvo delante de su casa. ¡Tenían vecinos nuevos! Él se acodó en la ventana de su habitación y vio cómo entraban todas las pertenencias en la casa de al lado. Un hombre alto y fibroso ayudó a los de la mudanza con los muebles más pesados. La voz de una chica que protestaba por algo que escapaba a su entender surgió de la nada. Al cabo de unos instantes, adquirió forma física para acercarse al camión y coger una cajita de madera que, por el cuidado con que la llevaba, tenía un gran valor sentimental para ella. Era rubia y llevaba el pelo suelto por los hombros. Tenía la edad de Fernando, año arriba año abajo. Iba vestida con una camiseta de tirantes blanca y unos pantalones vaqueros anchos. Al darse la vuelta, lo vio y se detuvo en medio de la acera. Fernando se avergonzó. Estuvo a punto de esconderse detrás de la pared, pero lo había visto y no quería parecer infantil. Ya tenía quince años.

La madre de la chica salió a su vista para saludarlo:

—¡Hola! Yo soy Minerva, y esta es Andrea —dijo achuchando a su hija, a la que no le gustó nada que lo hiciera—. Parece que vamos a ser vecinos.

—Yo soy Fernando. Encantado. Mi madre no está. Le diré que habéis venido. Le encantará saber que tenemos vecinos nuevos.

Cuando Fernando se lo contó, Laura, jubilosa por la noticia, se plantó en la puerta de al lado y los invitó a cenar en su casa. Esa noche hicieron muy buenas migas. Como cabía esperar, la pregunta sobre el padre de Fernando surgió inocentemente de la boca de Minerva, y Laura, que prefería no hablar sobre el asunto, respondió un breve «Estamos separados» antes de un, este sí, largo trago de vino tinto. A pesar de que habían pasado once años desde que confirmó a través de la mirada de Fernando su infidelidad, a ella aún le pesaba en el corazón porque, a diferencia de él, sí estaba enamorada. Fernando la había pillado en un par de ocasiones oliendo las camisas que su padre no había querido llevarse en su día y ella, nerviosa, se había excusado haciendo un comentario sobre el polvo que cogían en el armario. Aunque ninguno de los dos lo expresaba con palabras, ambos sabían perfectamente lo que Laura sentía, y no era otra cosa que ese dolor que solo el amor puede producir. A Minerva se le escapó un enigmático «ah», seguido de una mirada de socorro hacia su marido; él carraspeó nerviosamente y cambió de tema al instante. Más tarde, Andrea le reveló a Fernando que Dani no era su padre, sino el segundo marido de su madre. Era el hombre con quien Minerva había incinerado su primera relación a base de mentiras e infidelidades. Para sorpresa de Fernando, Andrea vivía con la más mala del cuento. Y eso hizo que sus intereses hacia ella se incrementaran desmesuradamente.

Su amistad con Andrea fue ganando peso según pasaba el tiempo. Se veían casi a diario y se reían por todo. Era una chica muy peculiar y compartían gustos: las novelas policiacas, el periodismo, las habladurías de la ciudad, los secretos. A veces fingían estar hablando sentados en un banco del Passeig Colón, llenando el suelo de cáscaras de pipas, para espiar a sus vecinos y descubrir sus secretos más turbios. La mayoría de las veces, sus investigaciones clandestinas no iban más allá de encontrar algo decepcionante para sus propias suposiciones. No obstante, también obtuvieron pequeñas victorias, como cuando descubrieron que la señora Antonia decía en casa que salía a tomar un café con las amigas e iba al salón de juegos, donde se dejaba gran parte del sueldo en las máquinas tragaperras y, en las ocasiones más especiales, en la ruleta. Por entonces no podían entrar en el salón de juegos, porque eran menores, pero la camarera les echó una mano en el asunto cuando terminó su turno. Le dijeron que eran los hijos de la señora Antonia y que estaban muy preocupados por ella; la camarera, enternecida ante unos adolescentes que querían salvar a una madre enganchada a las tragaperras, lo contó todo. Aquello fue extraordinario. Gracias a ella Fernando descubrió la importancia de tener una buena fuente, y también la de saber sacarse de la manga un buen relato.

Con el curso empezado, Fernando se dio cuenta de que Andrea iba adhiriéndose cada vez más a las paredes de sus pensamientos. Aunque no había cambiado nada su aspecto, ahora le parecía más guapa y su sentido del humor le fascinaba. Llegó a pensar que era la chica perfecta, que estaba hecha para él sin ninguna duda. Empezó a proponerle otros planes y cambiaron los chismes por el cine y largos paseos nocturnos, y su relación pasó de ser eléctrica a ser íntima y calmada. Sus risas ya no eran tan frecuentes y enérgicas, sino que se convirtieron en sutiles premios que a Fernando le costaba cada vez más conseguir. Se ponía nervioso cuando estaba con ella. El corazón le latía con fuerza en el pecho y temía que Andrea lo oyese en cualquier momento.

Una noche estrellada, de esas que invitan a no despegar la vista del cielo, quedaron para dar una vuelta después de cenar. Ella llevaba una chaqueta de pana y pendientes de aro. Él se había puesto un poco de colonia. Era de la marca Nenuco, una colonia infantil que aún tenía por casa. Le había pedido a su madre otra nueva, una que fuera más de su edad, pues él ya era mayor para ponerse esa y le daba vergüenza que alguien pudiese reparar en que llevaba la misma colonia que su bebé. Pero Laura se negó en redondo. «Hasta que esa no se acabe, no voy a comprar otra». Fernando rechistó mil veces, todas en vano, pero como por algún motivo la colonia le parecía un detalle fundamental esa noche, acabó poniéndose la maldita Nenuco.

Pasearon tranquilamente por el largo Passeig Colón. Había árboles a ambos lados y las farolas teñían el aire con luces anaranjadas. Estaban solos, casi no se oía un grillo. Cuando se disponían a volver a casa, Fernando le preguntó a Andrea si quería sentarse en un banco unos minutos, tan solo para exprimir el tiempo que sus madres les dejaban estar fuera. Ella accedió y se sentaron a charlar un poco sobre esto y aquello, aunque sus frases quedaban suspendidas entre pausas llenas de algo que no conseguían comprender. Estaban pegados, hombro con hombro. Fernando nunca había estado tan cerca de una chica, y su primera vez le estaba pareciendo un deporte de riesgo.

En un momento dado, sus miradas se cruzaron y Fernando se quedó sin aliento. Entonces pasó algo. Andrea hizo una mueca y le miró el cuello. De pronto a Fernando le asaltó un miedo terrible: había reconocido su colonia. No podía permitirse una humillación así, no ahora. De modo que, cuando Andrea fue a decir algo, la calló con un beso.

19
William Parker
21 de diciembre de 2018, San Francisco

—Me podrías haber llamado antes, tengo esto hecho un desastre.

Charlotte me mira a través de unas gafas redondas con montura de pasta fina. Lleva la bata blanca, que le llega hasta las rodillas, guantes y el pelo recogido en una coleta.

—No te preocupes por eso. —Hago un gesto con la mano—. Necesito hablar contigo.

—Pasa.

El depósito de cadáveres, de paredes blancas y espantoso olor aséptico, está atestado de instrumentos forenses que reposan en varias mesas metálicas con ruedas. Hay una especie de camilla central con un foco móvil que sobresale de debajo de ella. Está vacía, aunque diría que no lo estaba hace unos minutos. Cuando he llamado a la puerta, he oído a Charlotte pronunciar un juramento antes de decir «Un momento, por favor». En la pared posterior hay cuatro neveras mortuorias que me producen un escalofrío. No sé si es por eso o por la baja temperatura. Hace un frío glacial aquí dentro.

—No sé cómo puedes trabajar rodeada de cadáveres.

—Y me lo dice el de Homicidios.

—*Touché.*

—Cuéntame. —Se cruza de brazos.

Le explico todo lo que he descubierto.

—Cielos, pobre chica.

—Sí. Después de hablar con la teniente, he pensado que quizá Logan Owens no quedara satisfecho aquella vez.

—Nadie se queda satisfecho cuando lo dejan a medias.

—Y más si suele tener éxito con las chicas, como él insinúa. No sé hasta qué punto me ha tomado el pelo. Sin embargo, viendo sus perfiles... Yo no controlo de redes sociales, pero me parece que once mil seguidores en Instagram son bastantes para un ferretero, ¿no?

—Y tanto. ¿Cómo lo hace?

—Enseñando carne.

—Ah, pues aquí hay un montón de eso. ¿Crees que si me hago fotos con mis chicos me haría famosa? —Señala con el pulgar hacia las neveras.

—No lo dudo, pero tendría que detenerte.

—Lástima. No me compensa.

—La cuestión es que tengo algo en mente. Solo es una idea, pero, si estoy en lo cierto, cerraríamos el caso ahora mismo.

—¿Logan? —adivina Charlotte.

—Logan. Se quedó con las ganas con Sarah. Tres meses después se entera de que vive sola y va a por ella, la viola y la mata para que no se lo cuente a nadie.

—Eso suena muy bien, o muy mal, no sé. Pero, por desgracia para tu hipótesis, Sarah no tiene signos de haber sufrido abusos sexuales. Quien la mató no hizo otra cosa con ella.

—¿Estás segura?

—¿Quieres verlo tú mismo? —Señala de nuevo las neveras mientras se acerca a ellas.

—No, no. —Levanto las manos para detenerla.

—De todos modos, aunque no la violara, pudo ser ese Logan igualmente, ¿no? —Cualquiera diría que intenta consolarme—. Ella no lo deseaba y eso le enfureció. Y, cuando tuvo ocasión, fue a su casa y la mató.

—Es posible, pero no probable. No de momento.

—Por cierto, he pensado algo —dice de pronto, animada—. No es nada del otro mundo, pero...

—¿El qué?

—La ropa que llevaba Sarah cuando la asesinaron no estaba en el piso. El tipo la desnudó y se la llevaría consigo. Sabría que la ropa suele recoger pruebas y no quiso ponérnoslo fácil. Con esto y el posible taladro, todo apunta a que el asesino usaría una mochila para guardarlo todo. Si revisas las cámaras de la zona, puede que encuentres a nuestro hombre.

—No existen cámaras lo bastante cerca del piso de Sarah como para hacer un rastreo fiable. Hay un taller de coches justo en la esquina, pero no tiene cámaras, solo alarma. De todos modos, con la niebla de ayer no se veía nada en las grabaciones de seguridad.

—Tengo otra cosa.

Ladeo la cabeza.

—Eres una caja de sorpresas.

—No lo sabes tú bien. —Me guiña un ojo—. Ven. —Me lleva a una mesa con diferentes frascos de cristal, probetas y un microscópico—. Esto de aquí —señala una probeta que contiene un líquido espeso rojizo— es sangre. Esto —señala otro exactamente igual que el anterior—, glucosa mezclada con colorante.

Frunzo el ceño.

—¿Qué intentas decirme con eso?

—¿No te parecen idénticas?

—Sí, son iguales.

—Las dos estaban en la escena del crimen. Se me ocurre que a lo mejor el asesino usó la sangre falsa para simular que estaba herido. Tal vez le pidió ayuda a Sarah cuando bajó a tirar la basura y ella, aunque estuviese depresiva perdida, no iba a dejar morir a nadie en la calle.

—Lo llevó a su piso —digo pensativo—, pero no llegó a llamar a una ambulancia. La cerradura no estaba forzada porque ella le abrió la puerta. Y lo del callejón...

—Más glucosa. La cabeza ya no sangraba por la mañana, por eso no había rastro de sangre desde la casa hasta el callejón.

—Lo tenía todo preparado.

20
William Parker
2017, Los Ángeles

Tras la confesión de Emma Clark, el detective al mando Cox la metió en uno de los Tesla y les dio unas cuantas indicaciones a sus hombres. La noche había caído. Mientras William esperaba delante del edificio, reparó en una mirada familiar que lo observaba desde la distancia. Era la detective Jennifer Morgan, apoyada en el lateral de un Audi gris con los brazos cruzados.

Cox volvió con él y le estrechó efusivamente la mano:

—Buen trabajo, inspector Parker. Ha sido espléndido.

—No ha sido para tanto —quiso quitarle hierro al asunto.

—Muchas gracias por aceptar el caso —insistió el detective al mando—. No lo habríamos resuelto sin usted.

«Eso dígaselo a la detective Morgan, a ver qué le parece».

—No hay de qué.

—Espero que esta noche lo celebre por todo lo alto. Al menos mañana no le haremos madrugar demasiado.

William arqueó una ceja.

—¿A qué se refiere?

—No contábamos con que todo se resolvería tan rápido: me temo que no hemos podido conseguirle un vuelo para hoy; su avión de vuelta a San Francisco saldrá mañana a las once de la mañana.

—Y ¿dónde voy a pasar la noche?

—En el Ritz.

«Demonios, ¿no había nada más barato? ¡Si solo voy a dormir!».

—Gracias, señor. Es todo un detalle.

William dejó que Cox hiciera los trámites pertinentes y se apartó un poco de la luz de las farolas. Sacó su Moleskine y escribió una nota. Arrancó la hoja, la dobló varias veces y se escapó un momento para acercarse al lugar donde Jennifer Morgan permanecía entre las sombras.

—Enhorabuena. —Sus cuerdas vocales eran como las de un arco a punto de disparar una flecha.

—Yo no pedí este caso: sigo pensando que era suyo, no mío. No era mi intención mear en su terreno —repitió sus palabras de bienvenida.

Ella suspiró y asintió secamente.

—He oído que la asesina ha confesado tras pocas preguntas.

—Ha sido sencillo —dijo sin querer, luego se arrepintió.

—Ya veo —admitió la detective—. Es usted tan bueno como dicen.

—Usted también lo habría resuelto. Y posiblemente con un par de preguntas menos.

Jennifer Morgan sonrió, aceptando su pipa de la paz, y enseñó un lado menos frío y más cercano.

—Le confesaré algo —dijo William, mirándola a los ojos—: Me ha llamado usted bastante la atención.

—¿Por mi numerito de antes?

El espectáculo lo había dado él con su caída, pero no quiso mencionarlo.

—No —respondió—. Porque no me trata como los demás.

—Y ¿cómo se supone que debo tratarle?

—Tal y como lo hace. Últimamente, la gente se preocupa por gustarme desde el minuto uno solo porque soy el policía que salvó a aquella niña. Me tratan como a un...

—¿... héroe?

Asintió.

—Pero la verdad es que no es así como me siento. Decepcionaría a más de uno si pudiesen ver cómo son mis domingos, en casa, solo y con bata.

Otra sonrisa afloró de la boca de Jennifer Morgan y William vio cómo sus músculos se relajaban poco a poco.

—Seguro que los medios pagarían una fortuna por grabar uno de esos domingos.

No podía descartarlo: llevaba dos semanas saliendo en la prensa; ponían tanto ahínco en alargar el chicle de la noticia que no le habría extrañado ver fotos de su infancia en algún especial de última hora, entre un *late night show* y un programa de televenta.

—¡Parker!

Los dos se giraron y vieron a Cox junto a un taxi con el motor encendido.

—¿Viene? —vociferó.

—¡Voy enseguida! —contestó superando los decibelios del detective al mando—. Me tengo que ir —le dijo a Jennifer—. Ha sido un placer conocerla.

Ella asintió.

—Lo mismo digo. Tengo que admitir que ha defraudado mis expectativas.

—¿Cómo dice?

—Le había visto por las noticias y la verdad es que esperaba que fuese mucho más... Cómo lo diría...

—¿Idiota?

—Me lo ha quitado de la boca.

—Puedo serlo, si lo prefiere.

Rio.

—No, no. Así está bien.

—¡Parker! —volvió a gritar Cox—. ¡El taxímetro está en marcha!

—Váyase —le aconsejó Jennifer—. Cox puede llegar a ser muy impaciente.

—Será lo mejor. Que pase una buena noche —se despidió mientras se alejaba.

—¿Le ha gustado Los Ángeles?

William escondió una pequeña sonrisa.

—Mucho —dijo sin cesar sus pasos.

El taxi lo condujo hacia el hotel Ritz-Carlton, situado en el 900 de West Olympic Boulevard.

Si su estrategia funcionaba, tendría una cita en menos de dos horas.

Llegó al Ritz y pidió la llave de su habitación en recepción. Mientras la buscaban, se fijó en la decoración del hotel: aquello era de otro planeta, nunca había estado en un sitio con tanta clase y se sentía fuera de lugar. Subió a la habitación y se dio una ducha; lamentó tener que ponerse la misma ropa, pero eran las cartas con las que tenía que jugar esa noche. Cuando casi daban las nueve, bajó al restaurante y allí estaba ella.

Jennifer Morgan lo miraba desde la barra, con un papel doblado en la mano y un sencillo vestido verde que le hacía juego con el color de sus ojos.

Estaba perfecta.

—No sabía si vendrías.

Ella sonrió sutilmente y le devolvió la hoja doblada.

—¿Nos sentamos?

Lo que William había hecho era simple. Cuando estaba con Jennifer y Cox lo llamó desde el taxi, aprovechó para meter en el bolsillo del abrigo de la detective la nota que había escrito antes de ir a hablar con ella. Y la nota decía:

> *Me parece que le debo una después de esto. ¿Qué tal si ahora es usted quien pisa mi terreno? Podemos vernos a las nueve en punto en el restaurante del Ritz. Yo invito. ¿Le gusta el vino? W. P.*

Pidieron el vino más caro de la carta y una selección de platos recomendados por el chef. Rompieron el hielo hablando sobre algunos de los casos con los que habían tenido que lidiar durante sus carreras, algunos por su complicidad, otros por simple curiosidad. Luego la conversación viajó por senderos más inestables, como los de la familia, sus orígenes y amoríos. El interior de la botella de vino fue bajando paulatinamente hasta llegar al suelo de vidrio y se echaron a reír sin saber por qué. Más pronto que tarde, se fueron del restaurante y llamaron el ascensor. Por un momento William temió que Wen Wang apareciera nada más abrirse las puertas, pero todo estaba extremadamente limpio y sus miedos se evaporaron de inmediato. No pudieron contenerse en la espera de los tres pisos y empezaron a besarse en el interior del ascensor. William abrió la puerta de la suite casi sin mirar, centrado solo en ella, en quitarse la ropa, en hacerle el amor embriagados por el vino y la pasión.

A la mañana siguiente se despertó con un dolor de cabeza terrible. Jennifer dormía a su lado y pudo ver cómo parte de su maquillaje se había adherido a la almohada. Sonrió y aguardó expectante a que despertara. No sabía cómo reaccionaría al encontrarse a su lado. La posibilidad de que se fuera de allí arrepentida le hacía cosquillas en la nuca. Pero, muy a su favor, Jennifer abrió los ojos y también sonrió nada más verlo.

—Buenos días —susurró.

Le dio un beso y fue a darse una ducha. William estaba en un sueño. Jennifer era una mujer increíble. Y, por lo que le había contado, una detective fascinante. Entonces sonó el teléfono de la habitación y frunció el ceño. «No me digas que nos traen el desayuno», pensó. No obstante, la sonrisa se le borró cuando la voz del detective al mando Cox se coló por el auricular.

—Parker, el asesino ha vuelto a matar.

—¿Qué? Eso es imposible. Detuvimos a Emma Clark, confesó haber matado a Wen Wang. Ella es la asesina.

—Parece ser que detuvimos a la persona equivocada.

—¿Cómo está tan seguro?

—Hemos encontrado la misma marca en la pared del ascensor donde se ha cometido el crimen. Mejor venga a echar un vistazo. Un taxi le espera en la puerta del hotel. Siento decirle que su estancia en Los Ángeles se va a alargar más de lo esperado.

21
Fernando Fons
1999, Tavernes de la Valldigna

El amor es una prisión en la que entras siendo inocente y sales culpable de todos los cargos.

Los labios de Andrea sabían a piruleta de fresa. La gente dice que estás como en una nube cuando besas a alguien a quien quieres. Fernando no sabía si se sentía así. Lo que sí sabía es que el tiempo se había detenido. Todo desapareció a su alrededor y olvidó hasta su nombre. El beso fue rápido, pero muy intenso. Todo lo intenso que puede ser un primer beso.

Pero luego...

Andrea separó los labios de los suyos y le soltó una bofetada para devolverle a la realidad más fangosa. Él se llevó la mano a la mejilla, terriblemente dolorida.

No debió hacerlo. Evidentemente, se había equivocado. No entendía cómo había interpretado las señales, si es que alguna vez las hubo. A lo mejor todo estaba en su cabeza. Se habían hecho muy buenos amigos, pasaban mucho tiempo juntos y su madre había empezado a bromear con ello: «¿Tengo que dirigirme a Minerva como consuegra?». Él respondía con negativas, pero en el fondo algo le decía que aquello era justo lo que quería en realidad. Cuando sus encuentros se volvieron más íntimos, creyó que había algo más. Pensaba que ella sentía lo mismo que él y que solo era cuestión de valentía que uno de los dos se lanzase de una vez por todas.

Ojalá uno pudiera rebobinar en el tiempo para devolver un beso robado.

Los ojos azules de Andrea parecieron nublarse y lo miraron con rabia.

—¿Qué haces, Fernando?

Solamente se vio capaz de devolverle la mirada. No sabía qué decir, cómo actuar en un momento así. El bombeo ajetreado de su corazón se había parado por completo. Ahora solo había una máquina vieja y estropeada detrás de sus costillas.

—No tenía que haberle hecho caso a mi madre —dijo ella, enfadada.

—¿Cómo?

—No me caes bien. Nunca me has gustado.

Fernando no entendía nada. El dolor de la mejilla desapareció, aunque la tenía encendida.

—Tú no me conoces, Fernando.

—¿Por qué dices eso? Claro que te conozco. Hace meses que somos amigos.

—He estado fingiendo todo este tiempo.

—¿A qué te refieres?

Andrea suspiró y Fernando vio en su mirada una mezcla de rabia y culpa.

—En mi casa las cosas no van bien desde hace tiempo, desde que mis padres se separaron. Me arrebataron la felicidad, ¿entiendes? Y desde entonces discuto con mi madre a diario. Yo no acepto a Dani como su pareja, y él lo sabe, pero me da igual. Se supone que nos mudamos para empezar de cero, con una nueva casa, nuevos vecinos, nuevas amistades. —Negó con la cabeza—. Cuando mi madre te conoció y vio que llevabas bastante bien la separación de tus padres, me obligó a ser tu amiga. Pensó que serías una buena influencia para mí, que a lo mejor cambiaría también mi forma de ser y estaría menos enfadada con ella. Después de muchas discusiones y amenazas, tuve que hacerle caso. Pero ha sido un error, ahora lo veo.

Fernando se quedó paralizado. Humillado. Ella se dispuso a volver a casa sin esperar una respuesta por su parte, pero él la llamó por última vez.

—Andrea.

Ella se volvió hacia él.

—Todos estos meses, esas tardes que hemos pasado juntos, esas risas... ¿Ha sido todo mentira?

Fernando vislumbró una lágrima en la mejilla de Andrea, lo que le produjo un efecto salvaje en el corazón, que retomó con fuerza sus latidos. Fue como un hilo de esperanza del que estaba dispuesto a tirar con todas sus fuerzas. No quería que se fuera. No quería perderla.

Con el rostro aún enfadado, Andrea dijo:

—La vida es mucho más complicada de lo que tú piensas, Fernando. Cada uno se enfrenta a sus problemas como puede. Unas veces sale bien. Otras, el problema es más grande que tú y mueres en el intento.

—Pero, Andrea, no puede haber sido todo un engaño. No puede ser —repitió, más para sí que para ella—. Olvida el beso. Empecemos de nuevo. Te lo suplico.

—Fernando, déjalo. No compliques más las cosas.

—Somos vecinos. Vamos a vernos todos los días. Seamos amigos al menos, por favor.

Andrea vaciló un momento que se le hizo eterno. Fernando pensó que iba a perder la conciencia si no cogía aire, pero le era imposible respirar hasta que no oyera una palabra de la boca de Andrea. Sus esperanzas se agrandaron un poco más en algún recoveco de su mente. Recapacitar era de sabios, o eso le había oído decir a su madre alguna vez.

Tras una larga espera, Andrea dijo:

—No. Nunca podría ser tu amiga y mucho menos tu... —Se detuvo al no encontrar la palabra adecuada—. No hables de esto con nadie, ¿vale? No me llames. Ni me mires. Y, por supuesto, no intentes besarme nunca más. —Hizo una pausa—. Me das asco, Fernando.

Y se fue sin mirar atrás.

22
William Parker
22 de diciembre de 2018, San Francisco

Junto las manos debajo del grifo. Cuando veo que el agua rebosa, me acerco y me la echo por la cara. Repito el proceso un par de veces. Cierro el grifo y me miro en el espejo del cuarto de baño. Las ojeras se marcan cada vez más debajo de mis ojos. No he dormido bien. Los sueños son cada vez peores. Ahora las imágenes del caso de Los Ángeles se mezclan con otras más recientes. Aparece Sarah Evans, viva y feliz. Luego surgen unas sombras oscuras: Arthur Evans y Robert y Logan Owens, que enseñan sus dientes mientras observan a Sarah escondidos, esperando el momento adecuado para quitarle esa felicidad del rostro. De pronto se abre un ascensor y...

Respiro hondo.

Me seco con una toalla, apago la luz del cuarto de baño y me dirijo a mi despacho. Una lucecita blanca me recuerda que dejé el ordenador encendido. Me siento ante él y muevo el cursor. La pantalla se enciende y los abdominales de Logan Owens me dan los buenos días. Cierro Internet Explorer y veo el icono de Word en el escritorio del ordenador. Algo se mueve dentro de mí, como una especie de nostalgia que me incita a dar doble clic. Después de estos dos días en Homicidios, tengo material de sobra para empezar una buena novela. No por haber visto un cadáver y mucha sangre, sino por haber hablado con otras personas, por conocer sus historias, sus personalidades. Eso es lo que me faltaba, que mis personajes tuvieran personalidad propia. Ahora solo tengo que moldearlos y meterlos en un lío. Siempre hay un lío.

Entro en Word. El documento de dos páginas que escribí sigue ahí, intacto. Empiezo a leerlo, pero no lo termino. Es horrible.

«Eliminar».

Un folio en blanco espera a que le dé al teclado.

Un teléfono suena. Pero no es el mío, qué raro. Joder, sí que es el mío. Es el del trabajo. Aún no me he acostumbrado a ese cacharro.

Me levanto, voy a mi dormitorio y descuelgo la llamada.

—¿Teniente?

—Washington Street, en Nob Hill. Ahora.

—¿Qué ha pasado?

—Otra cabeza cortada.

Una fina llovizna rocía las calles de la ciudad. Pese a tener una buena colección de paraguas en casa, siempre se me olvida coger uno. Por eso tengo tantos, porque me compro uno nuevo cada vez que lo necesito. Aunque, bien mirado, es solo agua.

Paso por debajo del cordón y un par de flashes me asaltan desde la acera opuesta a la casa precintada. No les hago el menor caso a los periodistas y voy con Ian y Madison, que parecen estar discutiendo.

—Hola. ¿Qué pasa?

Madison le lanza una mirada acusadora a Ian, pero, al ver que este no tiene intención de explicar nada, lo hace ella:

—El muy idiota ha tocado la cabeza.

Ian pone los ojos en blanco.

—Pero, vamos a ver, ¡está lloviendo! Se iban a perder pruebas y he llevado la cabeza dentro de la casa. Nada más.

—Sí —dice Madison en tono irónico—, cae agua del cielo y tú lo arreglas restregando tus sucias manos por la cabeza de la víctima. Muy buen trabajo, Ian.

—Me he puesto guantes. Tampoco soy tan tonto, ¿sabes?

—Es mejor que no discutáis aquí —digo levantando la mano mientras miro hacia la casa—. ¿Está abierto?

Madison resopla, harta de su compañero:

—Nos hemos encontrado la puerta cerrada, pero con las llaves puestas en la cerradura.

Frunzo el ceño.

—Y ¿quién ha abierto?

—Los de Criminalística —dice Ian—. Han dicho que ellos tienen mucho curro después de esto y que no iban a esperar al inspector de turno, que dejásemos trabajar a los profesionales.

Hago un gesto de desaprobación con la cabeza.

—Voy dentro.

El ambiente está caldeado. Muebles de principios del siglo xx me sorprenden nada más cruzar la puerta. Decoración antigua, pero en un estado impecable. El espejo del recibidor tiene forma de medio punto. Una fotografía cuelga de la pared con un marco que no desentona con los muebles de la casa. En ella, una pareja de unos treinta años posa recostada en una gran roca rodeada de vegetación. Avanzo hasta un salón muy amplio, saturado de figuritas y cuadros. Sobre una alfombra peluda, hay un sofá y dos sillones azules que, por su color blanquecino, acumulan más polvo del que sus dueños creían el día que los compraron. Los de Criminalística hacen su duro trabajo fotografiándolo todo.

—¿Dónde está? —pregunto sin rodeos.

Uno se vuelve hacia mí. Me apunta con la Canon y, al cabo de unos segundos, la baja como perdonándome la vida.

—Arriba —se limita a decir.

—No os canséis demasiado —digo según subo una escalera en forma de espiral.

Llego a un pasillo con suelo de parquet que conecta con varias habitaciones. Al final, una ventana ilumina pobremente una zona más ancha donde hay un sillón igualito que los del salón. Sentado en él, el cadáver de un hombre desnudo y decapitado cuya cabeza reposa sobre su regazo. ¿No había otro sitio, Ian? Esto es comida para mis pesadillas. Se van a poner gordas y no se irán ni con agua caliente.

Charlotte me ve acercarme.

—Hoy te he ganado —dice sonriente.

—Sí, hoy te has adelantado. ¿Qué tenemos?

—Se llama Kevin Smith, cuarenta y ocho años. Casado y sin hijos. Parece que anoche se dejó las llaves puestas por fuera y la broma le salió cara.

Para mirar al hombre a los ojos tengo que bajar la mirada hasta su entrepierna. Es el de la foto de la entrada, unos años más mayor.

—Tienes mala cara. —Charlotte me observa de cerca.

—Oh, ya. No he dormido bien.

—Menuda imagen, ¿eh?

—Sí. Solo faltaba que Ian le pusiera la cabeza... —señalo— ahí.

—Estoy segura de que lo ha hecho para taparle los genitales. Davis es de los que no se sienten cómodos cuando la virilidad de otro destaca por encima de la suya.

—Lo sé. Hemos trabajado juntos muchos años.

—Ah, claro. Olvidaba que aquí la nueva soy yo.

Vuelvo la mirada al cadáver.

—¿Crees que lo ha hecho el mismo de North Beach?

Charlotte hace una mueca.

—Todo es muy similar, aunque el perfil de la víctima no tiene nada que ver con el de Sarah Evans: hombre de mediana edad, casado, con trabajo.

—¿A qué se dedicaba?

—Farmacéutico.

—¿Y su esposa?

—Martha Smith, también farmacéutica.

—¿Dónde está?

La forense señala una puerta cerrada a mi espalda.

—¿Está muerta?

—No. Estaba dormida cuando hemos llegado. La hemos despertado y llevado a esa habitación para hacerle un reconocimiento. Está bien, solo que algo atontada por el efecto de unos ansiolíticos. Aún no es consciente de la situación. Le hemos dicho que espere ahí hasta que le digamos.

La puerta contigua a la que ha señalado Charlotte, más cercana a nosotros, está entornada. Hay sangre que se filtra por debajo de la madera blanca: signos de arrastre, como en el piso de Sarah.

—¿Tienes unos guantes para mí?

Charlotte se saca un par del bolsillo y me los tiende.

Con las manos enfundadas en látex, empujo la puerta con cuidado y entro en el dormitorio principal de la casa. Una gran mancha roja nace en el tejido de la parte derecha de la cama para luego recorrer la habitación y morir en el sillón del pasillo. Sobre la mesita de noche del lado izquierdo, un bote de lorazepam. Vaya por Dios, son los mismos ansiolíticos que tomaba yo. Pensándolo bien, podría volver a... No, mejor no.

Vuelvo con Charlotte.

—Lo han matado mientras dormía.

—Sí, no hay duda —coincide Charlotte—. Y la pregunta es obvia: ¿por qué no la ha matado también a ella?

«Eso digo yo, por qué».

Un trazo, luego otro. Empiezo a dibujar mentalmente bocetos imprecisos. Tomo prestada la escena de mis pesadillas, pero cambio a Sarah Evans por Kevin Smith y las sombras escondidas de Arthur, Robert y Logan pasan a ser siluetas sin rostro. A lo mejor Kevin Smith tenía enemigos, algún compañero de trabajo quizá, y este se lo ha cargado por cualquier razón. No había nada en contra de su mujer, así que la ha dejado vivir. Quizá el lorazepam le ha salvado la vida. Si hubiese despertado, habría visto quién mataba a su marido, y solo por eso el asesino habría hecho lo mismo con ella. Pero no ha sido así y Martha Smith aún respira.

Sin embargo, ¿qué pasa con Sarah Evans? Las piezas no encajan. Si las dos muertes son obra de una misma persona, estamos ante un asesino en serie. Pero nos falta un móvil, o un vínculo, algo que relacione a Sarah Evans con Kevin Smith. El porqué es muy importante en estos casos. Y el cómo. El método de aproximación que ha utilizado el asesino ha cambiado. Según lo que descubrió Charlotte, el sujeto usó sangre falsa, probablemente para fingir que estaba herido y pedirle ayuda a Sarah. Ahora, en cambio, ha usado el factor sorpresa y ha matado a su víctima mientras dormía. Lo de las llaves no me cuadra. ¿Los Smith dejaron las llaves puestas por fuera y el asesino pasaba por aquí? No lo creo. Apostaría a que ha sido él quien las ha dejado en la cerradura para facilitarnos el trabajo, para decirnos que es él quien controla la situación y que nosotros somos meros espectadores de su función.

—¿Qué piensas? —me pregunta Charlotte.

Miro el sillón, el cuerpo de Kevin Smith con los brazos acomodados en los reposabrazos.

—Es el mismo.

Un ruido.

Charlotte y yo cruzamos miradas y nos volvemos hacia la puerta cerrada. Los segundos transcurren a cámara lenta y pienso mil formas de evitar lo que está a punto de ocurrir, pero no me muevo.

Martha Smith aparece por la puerta y grita con todas sus fuerzas.

23
Fernando Fons
22 de diciembre de 2018, San Francisco

Los clientes bajan la voz cuando la presentadora de los informativos de la FOX habla sobre una noticia de última hora. Parece angustiada.

«... asesinato en Washington Street. Fuentes no oficiales confirman el hallazgo de la cabeza de la víctima en la calle, por lo que todo apunta a que estamos ante el mismo autor de la muerte de Sarah Evans, hace dos días. Nuestra reportera, Camila Hernández, se encuentra en el lugar del crimen. ¿Nos oyes, Camila?».

La imagen de la reportera, de piel morena y pómulos altos, aparece en pantalla. Sostiene el micrófono con una mano y un paraguas con la otra. Tras unos segundos de *delay*, se prepara y dice:

«Sí, te escucho, Elisabeth. Como bien has dicho, nos encontramos en Washington Street, justo delante de la casa de la víctima. Se trata de un varón blanco de cuarenta y ocho años, en lo que parece la segunda muerte del Verdugo. El equipo de Criminalística lleva trabajando una hora dentro de la casa y el inspector William Parker, el policía al frente de la investigación, acaba de entrar ahora mismo. Nada más empezar a llover, un agente ha llevado la cabeza decapitada dentro de la vivienda para que el agua no borre las posibles pruebas, cosa que nos ha sorprendido. Todos esperábamos que la policía montase, como hemos visto otras veces, una carpa de protección para refugiar el escenario de la lluvia o de las miradas de los transeúntes. Pero no ha sido así esta vez. Hay rostros de preocupación entre los aquí presentes, no te voy a engañar».

«Y dinos, Camila, ¿la policía tiene algún sospechoso ya?».

«No nos han querido facilitar esa información, pero queremos pensar que sí lo hay y que darán con el asesino lo antes posible».

«Que así sea. —Vuelve la imagen de la presentadora—. Estaremos en contacto contigo durante toda la mañana, Camila. Gracias. Y ahora pasamos a la historia de un anciano que se fugó de la residencia...».

En la cafetería nadie dice nada. Se vuelve a escuchar el golpeteo de las cucharillas contra la porcelana. Unos pequeños sorbos. Algunas miradas incómodas. El silencio es íntimo amigo del miedo.

Amanda lleva unas tostadas con mantequilla y dos huevos fritos a una mesa y se dispone a preparar un café para un cliente de la barra. Hoy se ha maquillado. ¿Por qué lo habrá hecho? Thomas no dijo que fuera necesario. Está distinta. Observo cómo usa la cafetera. No está mal. Nada mal. Amanda sirve el café y se vuelve hacia mí.

—¿Qué haces?

Doy un respingo.

—¿Eh? Nada, nada. Estaba pensando en lo que han dicho por la tele.

—¿Qué han dicho? Yo estaba trabajando, ¿sabes? —lanza en tono de reproche.

—El Verdugo ha vuelto a matar.

Amanda se encoge al oírlo.

—Eso no me gusta nada.

—Ni a ti ni a nadie.

Amanda revisa las mesas de la cafetería. Los clientes van variando según avanza su mirada: un hombre trajeado que lee el periódico, dos mujeres con carritos, una anciana con andador, dos universitarias, cuatro hombres con un mono de trabajo azul, una mesa vacía y la mujer de la cerveza. En la barra, dos hombres y una mujer están enfrascados en su mundo, juntos pero separados, con el café en los labios y la mirada clavada en un punto fijo.

—Podría ser cualquiera —murmura.

—¿Crees que el Verdugo viene al Golden Soul Cafe? —Suelto una carcajada—. Venga ya.

—A mí no me hace gracia. ¿Y si ha venido y le hemos tratado mal? Los siguientes podríamos ser nosotros. Uf, creo que me estoy mareando. Hace un rato he discutido con esa mujer, la de la cerveza. Se ha puesto a insultarme porque el botellín no estaba lo bastante frío. No sé cómo le permitís venir a la cafetería. ¿Y si es ella?

Una serie de imágenes en color sepia pasa por delante de mis ojos como una película antigua. Escenas en las que aparezco tratando mal, o menos bien, a clientes de la cafetería. Las imágenes no cesan su curso, podría haber decenas, incluso cientos. Si uno de esos clientes fuera el Verdugo... En fin, habría tenido su merecido. Las personas no se me dan bien. Eso es así y así seguirá siendo. Mi madre me dijo muchas veces que para ser periodista debía socializar más con la gente, que no podía pretender investigar nada con la boca cerrada. Y no le faltaba razón: por lo general, el periodista necesita desenvolverse bien entre la población para encontrar esa verdad tan ansiada. A veces es mucho más útil hablar con un determinado empleado que buscar información en la base de datos de la empresa para la que trabaja. Pero yo tenía que ser distinto. Si no, no sería yo. Y es que soy más de permanecer detrás del telón y que sean mis artículos los que hablen por mí.

—No le hagas caso a esa mujer —digo—, es una grosera. Thomas la quiere aquí por el dinero que deja en la caja. Tú limítate a servirle y a cobrar, sin escuchar las sandeces que ladra. Por lo del Verdugo no te preocupes. La policía lo cogerá.

—Yo no confío en la policía.

—¿Por qué dices eso?

—Demasiados casos sin resolver: muertes, secuestros, violaciones. No son la protección que nos venden. Y ese tipo, el Verdugo, parece inteligente. Ha matado a dos personas dejando su cabeza a la vista de todos, pero sin que nadie lo vea. Es hábil. Es malvado, pero podría ser un genio al fin y al cabo. ¿Quién dice que no lo volverá a hacer?

No sé qué contestar a eso.

—Hola, ¿me pones una Coca-Cola, por favor?

Amanda se vuelve y asiente.

—Marchando.

Amanda tiene razón. Si la policía no hace su trabajo, ¿quién lo hará? Los periodistas no están haciendo más que informar, no hay una línea de investigación sobre el caso del Verdugo. Al menos, ningún medio ha hecho referencia a nada parecido. Además, los artículos de prensa sobre ello son horrendos, una vergüenza para la profesión.

Alguien debería hacer algo al respecto.

—¿Quieres un café? —me pregunta Amanda, junto a la cafetera.

Me llevo una mano al pecho.

—¿Yo?

—¿Quién si no?

—Vale.

La vuelvo a observar. Cada vez lo hace mejor.

Amanda viene a mi lado con los cafés.

—Tenemos que disfrutar de esto de vez en cuando, ¿no? —me dice—. Que no sea todo para ellos. —Señala a los clientes con la barbilla.

Asiento, algo descolocado.

—Sí, por supuesto.

Le doy un sorbo al café y me sorprendo gratamente. Vaya con la novata.

—Escucha —empieza, indecisa—, si el Verdugo te... Quiero decir, si te pasara algo, ¿dejarías a alguien sola? O solo, no sé.

Un cortocircuito.

Un vapor me sube por todo el cuerpo. Se me seca la boca en cuestión de segundos. El corazón empieza a bombear con más velocidad. De pronto siento que el café vuelve hacia arriba. Se me cierra la garganta y tengo náuseas.

No, por favor.

—¿Estás bien? —me pregunta Amanda.

Dejo el café sobre la barra.

Tranquilo, no pasa nada. Es solo una pregunta.

Una arcada. Otra.

—Creo que voy a vomitar.

Entro apresurado en la cocina para ir directo al baño del almacén.

24
William Parker
22 de diciembre de 2018, San Francisco

Martha Smith lleva puesto un pijama de seda beis. Se encuentra acuclillada y con las manos en la boca, llorando a lágrima viva sin dejar de mirar a su marido. Yo no he sabido cómo reaccionar. Ella se preguntará qué ha pasado y quiénes son estas personas que hay en su casa. Estará recordando las palabras que cruzó con Kevin antes de acostarse. Pensará en el lorazepam y en si habría podido hacer algo si no se hubiera tomado los ansiolíticos para dormir. ¿Tendrá alguna idea sobre quién ha podido hacer esto?

Charlotte se aproxima y se acuclilla junto a ella. La abraza y deja que llore sobre su pecho un buen rato.

—Lo siento mucho, señora Smith —consigo decir después de un largo esfuerzo.

Ella levanta la cabeza del pecho de Charlotte y reprime el llanto.

—¿Qué ha pasado? —pregunta con la voz quebrada.

—Mejor vamos dentro —dice Charlotte.

Entramos en la habitación de donde acaba de salir la mujer y cerramos la puerta. Es una especie de salita de lectura. Una robusta estantería de Ikea, que ocupa toda una pared, sustenta más de un centenar de libros de todo tipo. Estuve a punto de comprar justo esta hace poco; no la compré por falta de espacio. No es que montar una estantería sea mi pasatiempo favorito, pero con algo tenía que entretenerme cuando la escritura no fluía. Una mesa camilla con un mantel blanco con detalles dorados invita a sentarse y pasar la tarde con un buen libro, uno de esos que te enganchan y no puedes dejar de leer.

Martha Smith se deja caer sobre una silla y respira profundamente.

—¿Te importa si me quedo? —me pregunta Charlotte en un susurro.

—No, está bien.

Miramos apenados a la viuda antes de empezar. No es el mejor momento para hacer esto, ya que se encuentra en estado de shock, con la mirada perdida y las lágrimas surgiendo de sus ojos sin previo aviso. Pero a veces es en estas circunstancias cuando los familiares escupen nombres casi sin pensar, porque aún no han digerido lo que les ha pasado a sus seres queridos y solo piensan en hacer lo posible para vengarlos a toda costa. Eso mismo pasó con Arthur Evans, que acusó a Karla Mendoza de la muerte de su hija nada más descubrir que Sarah había muerto. Que después esa acusación sea relevante o no ya es otra cosa, pero hay que tenerla en cuenta, siempre.

—Bien, señora Smith —digo, recolocando los pies en el suelo—. Soy el inspector William Parker, de Homicidios. Y ella es Charlotte...

—Watson.

—Charlotte Watson —repito despacio. Luego frunzo el ceño—. ¿Watson?

Ella asiente.

—Sí, eso he dicho.

—De la oficina forense —continúo, algo aturdido—. Antes que nada, le doy mi más sincero pésame. ¿Sabe quién puede haberle hecho esto a su marido?

Ella mira fijamente a la puerta, como si pudiese ver a través de la madera, pero no articula palabra.

—Señora Smith, lo que nos pueda decir ahora es muy importante para detener al asesino de Kevin.

Martha rompe a llorar de nuevo.

—¿Quién tiene llaves de casa?

Ella se encoge de hombros.

—¿Algún familiar, algún amigo quizá?

Nada.

—¿Quién limpia la casa?

La mujer me mira, confusa.

—¿Tienen a alguien que se encargue de la limpieza?

—No.

Bien. Vamos progresando.

—Entonces ¿solo tenían llaves usted y su marido?

—Sí. —Vacila—. Bueno, Kevin las perdió hace un par de semanas y tuvo que hacerse una copia de las mías.

Claro. El asesino se las debió de quitar en algún momento. Ha entrado por su propio pie y nadie se ha dado cuenta.

—¿Dónde las perdió?

—Esto lo ha hecho el mismo que mató a aquella chica, ¿verdad? La de la foto.

Suspiro.

—No estamos seguros aún. Pero no le voy a mentir: es probable que sea obra de la misma persona. Por favor, díganos dónde perdió las llaves Kevin.

—Cuando pierdes algo, no sabes dónde lo has dejado.

No le puedo llevar la contraria en eso. Yo mismo he perdido las llaves muchas veces, pero casi siempre ha sido dentro de casa y han aparecido en el cajón de la ropa interior o en el cuarto de la colada. Con los años he aprendido que las cosas aparecen cuando menos las buscas.

—¿Le puedo preguntar por el lorazepam?

—Es una benzodiacepina, un tranquilizante ansiolítico.

—Lo sé, pero ¿por qué lo toma en realidad?

Me mira con el ceño fruncido, le cuesta entender.

—¿Qué es lo que le quita el sueño, señora Smith? —trato de mascar más aún las preguntas.

Martha baja la mirada. Las lágrimas han cesado su curso.

—Kevin y yo queríamos tener un hijo. Lo intentamos de todas las formas posibles, pero no hubo manera. Es duro aceptar que no puedes ser madre. Y, bueno, luego aparecieron otros problemas, y a veces me siento incapaz de sobrellevarlo todo. Es como si se multiplicaran y llegas a un punto en que solo piensas en ellos, como si ya no existiera nada que valiese la pena. Esas pastillas me ayudan a conciliar el sueño antes de que la ansiedad me lo quite.

—¿Cuánto hace que las toma?

—Un año, más o menos.

Eso es mucho tiempo.

—Verá, nos extraña que alguien haya entrado en su casa por la noche para... agredir a su marido y que no le haya causado ningún daño a usted, que dormía en la misma cama. Así que cabe la posibilidad de que ese alguien supiera que tomaba el lorazepam y que aprovechara su efecto para ir a por Kevin sin que usted se interpusiese. ¿Nos podría decir quién sabe que toma ansiolíticos?

Sus ojos viajan por el suelo. Se la ve pensar en lo que le acabo de decir.

—No lo sabe nadie.

—¿Está segura? —insisto.

—Creo que sí. No es algo de lo que esté orgullosa. Yo no...

De pronto parece caer en la cuenta de algo. Se lleva las manos a la boca. Lo tiene. Lo sabe. Solo falta decirnos un nombre.

—Díganos, señora Smith.

Su mirada viaja de Charlotte a mí y de mí a la forense. Parece estar calibrando nuestra confianza.

—Yo... —empieza, pero se detiene. No sabe si decirlo o no.

Mi mente cavila mientras espero a que se decida. La observo con detenimiento. Está más mayor que en la foto de la entrada, ahora tiene unos diez años más. Le busco la alianza en el anular y, como suponía, no está. El amor no es igual de intenso una década después de casados; empiezan a aparecer la monotonía, el cansancio, las discusiones, las arrugas... Puede que se lo tuviera que quitar muchas veces y al final se decantó por dejarlo en el joyero, donde no se perdiese. Ahora pienso en la víctima, en su marido, asesinado en plena noche mientras su mujer dormía plácidamente por el lorazepam. El asesino sabía que lo tomaba y la ha dejado dormir. ¿Por qué? Porque la conoce. ¿Porque la ama?

—¿Cómo se llama su amante? —Sé que es un tiro al aire, y que quizá esté metiendo la pata hasta el fondo al acusar así a una mujer que acaba de perder a su marido... Pero a veces hay que hacer caso a las tripas.

—¿Qué? —exhala, sorprendida.

Su pobre respuesta me lo confirma. Puede que los ansiolíticos sean para poder conciliar el sueño junto al hombre al que engaña.

—Que me diga el nombre del tipo con quien se acostaba a espaldas de su marido. El que sabe lo de sus pastillas. El que usted cree que ha podido matar a Kevin.

Una lágrima se desliza mejilla abajo. Pero esa no es de tristeza, sino de culpa.

—Adam. Adam Harper —susurra.

25
Fernando Fons
2002, Tavernes de la Valldigna

Después de lo que pasó, su relación con Andrea se enfrió hasta convertirse en un lago de hielo y escarcha. Tristemente, para Fernando habían pasado de ser vecinos a amigos, de amigos a mejores amigos, de mejores amigos a casi algo más, y de eso a simples vecinos otra vez. Cualquiera diría que no se conocían siquiera. Su madre, preocupada, le preguntó qué había pasado y él, echando balones fuera, le dijo que habían descubierto que no se entendían tanto como creían.

Fernando se pasó años arrepintiéndose de aquel beso, porque si había discutido con Andrea, si habían dejado de ser amigos, era solo porque hizo el tonto y la besó. Se convenció de que todo lo que ella le había dicho, toda esa rabia, era falso, y que por su boca había hablado la decepción porque él no había sabido ser un buen amigo. Era la única amiga que había tenido en mucho tiempo y por su culpa todo se había ido al traste. Estaba acostumbrado a estar solo, pero tras perder a Andrea se sintió vacío, como si se le hubiese creado un hueco en su interior que ya nunca se iba a llenar.

Al terminar el instituto, entró en la Universitat de València. Estudiaba por fin lo que realmente le gustaba, Periodismo, y aquello le ayudó a despejar la mente. El primer curso se le pasó volando y poco a poco fue olvidándola.

Dio otro paso adelante en el mes de marzo de 2002, durante una clase de Documentación comunicativa especialmente aburrida, dado que el profesor estaba repasando un tema que él ya se sabía casi de memoria: se puso a observar a sus compañeros de clase y, para su sorpresa, se percató de que una chica pelirroja estaba haciendo exactamente lo mismo que él. Sus miradas se cruzaron un momento y se rieron desde la distancia. Se llamaba Silvia. Fernando lo sabía porque al principio de la clase ella había levantado la mano para contar en voz alta un chiste grosero con el iluso permiso del profesor. Tras las risas de los estudiantes, el profesor le pidió su nombre con su expresión más irónica, para ver «a quién debían agradecer ese pase de comedia».

Cuando la clase terminó, la esperó en la salida del aula para hablar con ella.

—Hola.

—¡Caray! Qué susto me has dado —exclamó llevándose una mano al pecho, como si quisiera decirle a su corazón que no hacía falta escaparse aún.

—Te has convertido en la graciosa de la clase, ¿sabes? González va a seguir todos tus movimientos de cerca a partir de ahora.

La chica hizo un gesto con la mano, quitándole importancia.

—Que me haga una foto si quiere. —Lo miró con curiosidad—. Te llamas Fernando, ¿verdad?

—Justo. —Le gustó que lo supiera. A esas alturas, él apenas conocía tres o cuatro nombres de la clase, y ya llevaban meses de curso.

—Tú también has desconectado en clase, ¿no?

Fernando rio.

—Sí, un poco. Es que González se repite más que el ajo.

—Y que lo digas, sus clases se me hacen eternas. Y encima no entiendo nada.

—¿No? Hazme caso, léete el temario en casa, a tu ritmo. Verás como no es tan difícil como parece.

—Tú te lo sabes ya, ¿eh?

—Sí. Bueno, más o menos —rectificó.

Los ojos de Silvia recorrieron su rostro con celeridad, como si estuvieran descifrando algo.

—¿Qué pasa? —preguntó Fernando.

Ella sonrió.

—Nada, nada.

Luego miró a la pared un segundo y dijo:

—¿Haces algo esta tarde, Fernando?

Por supuesto que tenía cosas que hacer, como coger el tren y volver a Tavernes de la Valldigna, pero no respondió eso.

—No. ¿Por qué lo dices?

—Me podrías ayudar para el examen. Estoy un poco perdida, ya sabes.

—¡Pero si los exámenes son en mayo! Tienes tiempo de sobra para estudiar.

—Ya, pero es que no me entra. Necesito que me lo expliquen con otras palabras, ¿entiendes? Voy a estar sola en casa.

—Bueno, no sé. —Sí, Fernando nunca ha sido especialmente hábil para pillarlas al vuelo—. Tampoco soy un experto.

—Fernando...

—¿Qué?

Silvia negó sutilmente con la cabeza, divertida. Debió de parecerle un niño inocente y vulnerable. Los años no te hacen madurar; es la experiencia, y Fernando de eso tenía más bien poca. Entonces, entre tiernas sonrisas, tiró la toalla:

—Nada, déjalo. Nos vemos mañana en clase, ¿vale?

Fernando vio cómo se iba hacia el final del pasillo. Tenía la mochila colgada de un hombro. El pelo rojizo le caía por la espalda. De repente sintió que algo en su interior tiraba hacia abajo. No supo de qué se trataba, pero le apremiaba a reaccionar, fuese como fuese.

—¡Silvia!

Ella se volvió, confundida. No dijo nada, solo esperó sus palabras.

—¿A qué hora nos vemos?

A mediodía llamó a su madre y se inventó la peor excusa que puedes usar cuando eres Fernando Fons:

—He quedado con unos amigos para tomar algo.

Si había algo que no le pegaba para nada era socializar con la gente. Y, después de su desdicha con Andrea, los amigos habían quedado en el último puesto de su lista de prioridades. Sin embargo, Laura se alegró mucho al pensar que su hijo había dado un gran paso en ese sentido y no puso ninguna objeción. Lo que ella no sabía era que el paso que estaba a punto de dar era mucho más grande de lo que él mismo imaginaba.

Comió en la cafetería de la universidad, o al menos lo intentó. Estaba nervioso. ¿Iba a...? No quería hacer el ridículo, aunque algo le decía que su inexperiencia se desvelaría en menos que cantara un gallo. Además, su intuición también le cuchicheaba que Silvia no era para nada nueva en el asunto, y eso no le ayudaba en absoluto.

Fue al edificio de Silvia, en el barrio de Patraix, y llamó al timbre. No hubo una voz al otro lado del portero automático, solo un leve zumbido. En cuanto ella lo vio salir por el ascensor, le dijo un simple «hola» y lo besó. Suave. Placentero. Fernando estaba en una nube, ahora sí, pero no porque fuera bonito, sino porque se sentía incapaz de controlar la situación.

Entraron y fueron directamente a la habitación de Silvia. Sin cruzar palabra, ella lo invitó a tumbarse sobre la cama, estrecha y cubierta con un edredón verde oscuro. Luego subió sobre él, se quitó la camiseta y empezaron a besarse como si no hubiese mañana. La ropa de Fernando también se perdió en algún momento y sus manos viajaron por sus cuerpos sin un rumbo fijo. Ella sacó una caja de preservativos del cajón de la mesita y Fernando se dio cuenta de que estaba medio vacía. Un suspiro después, lo hicieron sin pensar en las consecuencias.

Para Fernando fue impresionante. Para ella, no se sabe.

Cuando terminaron, Fernando se sentía nuevo, distinto, más maduro, menos inocente. Estaba eufórico y una risilla se le escapó entre los jadeos. Lo había hecho. Se giró hacia Silvia y la vio enviando mensajes de texto con su Nokia de color azul y blanco. ¿Cuándo lo había cogido?

—¿Te ha gustado la clase de Documentación comunicativa? —bromeó.

Ella fingió reírse, pero no respondió. Siguió tecleando en el móvil.

—¿Cuándo volveremos a quedar? —preguntó él, con ganas de repetir aquella fantasía.

—No sé. Tampoco nos agobiemos.

Frío.

—Claro. Si nos agobiamos, mal.

Fernando miró el reloj y vio que era hora de irse. Con suerte, podría coger el próximo tren hacia Tavernes de la Valldigna.

—Me voy —dijo mientras se vestía—. Tengo que...

—Cierra la puerta al salir.

Más frío.

Se puso la ropa y se fue.

Fernando y Silvia no volvieron a quedar nunca más. Al principio él estuvo varias semanas preocupado por si no había estado a la altura. Poco después entendió que solo había sido uno más para ella y que no debía darle más vueltas. Cosas así pasan a menudo. O eso se dijo una y otra vez hasta final de curso.

26
William Parker
2017, Los Ángeles

Entonces William recordó la misteriosa confesión de Emma Clark. Dijo que el ascensor se había parado y que tuvo que matar a su vecina. «No he tenido elección». La mujer era claustrofóbica y posiblemente habría tenido un ataque de pánico. Un momento de locura que la llevó a cometer una estupidez. ¿Sería todo mentira? ¿Estaría encubriendo al verdadero asesino? Eso demostraría que lo conocía. ¿Habían detenido a una inocente o sería verdad todo lo que les contó y la mató ella?

Cuando salió del baño envuelta en una toalla, Jennifer reparó en que William ya se había vestido y, por un momento, se sintió vulnerable.

—¿Te vas?

William se lo explicó mientras se ponía el abrigo.

—Lo siento. Tengo que acudir cuanto antes.

El asesinato por el que su vuelo se vio retrasado se cometió en Fashion District, uno de los barrios más peligrosos de Los Ángeles. Lo primero que vio William al llegar fue esa marca dibujada con sangre a unos centímetros por encima del cadáver. A diferencia del asesinato anterior, la víctima era una mujer de unos sesenta y tantos años, a la que habían golpeado con un objeto contundente en la cabeza.

—La pobre mujer no ha podido defenderse —aventuró Cox mirando las bolsas de la compra que había en el suelo.

William copió el procedimiento del día anterior e interrogó a todos los vecinos del bloque, pero no consiguió nada que le llamase la atención y se vio obligado a abandonar la escena del crimen sin un mísero sospechoso en la cabeza.

El caso se complicó mucho más de lo que él esperaba y los acontecimientos lo arrollaron como una avalancha repentina. Emma Clark ingresó en el hospital psiquiátrico Oblivion, donde le hicieron varias entrevistas, y en cada una de ellas admitió haber asesinado a Wen Wang. Nunca reclamó su inocencia. Pero, cuando se le preguntaba acerca de los motivos que la habían llevado a cometer tal delito, se resguardaba tras un muro de silencio y no contestaba a las preguntas.

Ben Wood, el psicólogo al que Emma Clark había estado visitando antes del incidente, no daba crédito a lo que había pasado. Según sus notas, que presentó para hacer las referencias pertinentes, la señora Clark llevaba meses bajo terapia por claustrofobia severa, pero había empezado a mostrar una mejoría notable en las últimas semanas y el psicólogo le había aconsejado que aumentase la exposición a los espacios cerrados de manera gradual, así que las sesiones pasaron de ser semanales a ser quincenales para aportarle una necesaria sensación de autonomía.

—No lo entiendo. Todo iba bien —repetía una y otra vez.

Como sobre ella pesaba un cargo de homicidio, se la consideraba paciente peligrosa y la recluyeron en una habitación de aislamiento; a pesar de las pastillas, sus gritos se oían desde la otra ala del hospital. Al segundo día aumentaron la dosis de los calmantes y sus miedos parecieron desvanecerse, al menos el tiempo que duraba el efecto de los fármacos.

William quedó con Jennifer para tomar un café y comentar el caso del asesino del ascensor. Aunque ella no estuviera trabajando oficialmente en la investigación, William tenía mucho interés por lo que pudiera decir. Dos mentes piensan mejor que una y Jennifer tenía algo, no sabría explicar qué, de lo que él carecía por completo. Ella le habló de los dos primeros asesinatos con todo detalle. La forma en que las cuatro personas habían muerto era diferente, pero siempre había dos elementos en común: un ascensor y esa «W» en la pared. Los barrios en los que se habían cometido dichos crímenes eran dispares y el perfil de las víctimas aún más. Hablaron sobre los familiares y amigos de los muertos, de conocidos que pudieran saber algo importante. William tomaba notas de cualquier pormenor en su Moleskine y las revisó una y mil veces, pero todo era muy confuso y no pudieron atar ningún cabo.

Antes de despedirse, Jennifer le contó que iba a mudarse a casa de sus padres unos días. Por lo visto, tenía reformas en su apartamento y no soportaba oír los martillazos insistentes de los obreros al llegar del trabajo. William, casi sin pensarlo, le propuso algo inapropiado:

—¿Por qué no vienes al Ritz?

Ella tardó en contestar.

—¿Contigo?

—Bueno, si prefieres pagar una habitación...

—Yo no me voy a convivir con cualquiera, ¿sabes?

«¿Yo soy un cualquiera?», pensó William.

—Tampoco nos veríamos mucho, solo al final de la jornada. Además, puedes irte en cualquier momento si te sientes incómoda. Solo van a ser unos días, tú misma lo has dicho.

—No sé. Déjame pensarlo.

William se pasó la tarde en la sede central del Departamento de Policía de Los Ángeles, situada en el 100 de West First Street. Allí pudo revisar casos anteriores con el fin de encontrar alguna pista de lo que estaba ocurriendo en la ciudad, algo que pudiera relacionar con esa enigmática «W». Pero, como en la charla con la detective Morgan, todo fue en vano.

A última hora de la tarde volvió a verla a la salida de la sede central.

—Bueno, ¿qué me dices? —le preguntó según se enroscaba la bufanda alrededor del cuello.

Ella escondió una sonrisa.

—¿Le gusta el vino, inspector Parker? —se burló repitiendo las palabras de la nota que él le había metido en el abrigo, lo que William interpretó como una respuesta afirmativa.

Esa noche volvieron a cenar juntos en el restaurante del hotel. Para William, los ratos con ella eran una delicia. Cuando dejaban el caso a un lado, Jennifer lograba hacerle olvidar los cadáveres, la sangre, los interrogatorios y las decenas de preguntas que se iban acumulando en su cabeza. Era todo lo que necesitaba al final del día.

La quinta «W» apareció tres días más tarde en Downtown. Bajo ella, un hombre de mediana edad, profesor en la UCLA, separado y con dos hijos. Cox tuvo que enfrentarse a la prensa en diversas ocasiones y quiso calmar a la población anunciando la presencia de Parker en el caso. Aquello le produjo una intranquilidad a la que no estaba acostumbrado. A partir de las palabras de Cox, la gente esperaría que se comportase como el policía que salvó a aquella niña y que cogiese al asesino del ascensor con la misma eficacia. Pero en realidad quería desaparecer y desentenderse de aquellas muertes para centrarse solo en Jennifer y en ser feliz. En el momento en que los periodistas, confusos, le preguntaban a Cox por Jennifer Morgan, el detective al mando finalizaba la entrevista sin dar explicaciones:

—Muchas gracias. Esto es todo por hoy.

No tardaron en relacionarlos en los medios. Seguramente, algún empleado del hotel vendió la exclusiva e hizo que las cámaras se apostaran en la entrada del Ritz.

Llegado el séptimo día, William aprovechó un rato libre para hacer lo que había deseado incluso antes de pisar la ciudad de Los Ángeles. Al tercer timbrazo, Alfred abrió la puerta.

—¡Por Dios bendito! —vociferó Chambers al verlo—. Hace una semana que estás por aquí. ¿A qué esperabas para venir a verme?

William sonrió desde el portal, sorprendido.

—No sé si te has enterado, pero me dedico a buscar asesinos.

—Y ¿eso es más importante que visitar a un amigo? —Abrió los brazos y rio a carcajadas—. Ven aquí, anda.

Los dos se abrazaron y entraron en la casa entre risas. Alfred preparó té y se sentaron a la mesa del salón. Era obvio que Chambers estaba más mayor, pues caminaba ligeramente encorvado y sus pasos ya no resultaban tan ágiles como lo habían sido en su día. Su pelo era lacio y gris y sus manos estaban tan arrugadas como una pasa. William le contó sus pocos avances en el caso del asesino del ascensor y Alfred lo miró preocupado.

—Y ¿qué pasa con Emma Clark?

—Los médicos la están tratando.

—Pero ¿es inocente?

William dudó.

—No lo sé. No lo creo —rectificó.

—Esto no tiene ni pies ni cabeza, William —dijo Alfred—. Tienes que hacer algo. Y rápido.

—Ya sé qué tengo que hacer. Lo que no sé es cómo. Hasta ahora todo es un callejón sin salida.

—Yo solo te recuerdo tu posición. Conozco a Cox. Si ha pedido tu colaboración es porque se ha visto acorralado por la prensa, de modo que esperará que resuelvas el caso pronto.

—Vale, vale. Déjame pensar.

—Llevas una semana aquí —le repitió—. Has tenido tiempo para pensar, pero no sé si lo has aprovechado.

—¿A qué te refieres?

—Ya sabes a qué me refiero. No me gusta esa novia que te has echado.

—Venga, Alfred —resopló, irritado—. ¿Ahora eres mi padre?

—Tu padre te diría lo mismo que yo.

—Ya soy mayorcito para estas reprimendas.

—Por muchos años que tengas, nunca vas a ser perfecto, ¿sabes? A veces uno no es consciente de los problemas que conllevan sus propias acciones. Deja el orgullo a un lado y escucha lo que te estoy diciendo. Está muriendo gente.

William se quedó mirándolo sin una respuesta a sus palabras. Puede que tuviera razón, aunque él no veía a Jennifer como un problema. Él también tenía derecho a enamorarse, ¿no? Además, no había buscado esto. No tenían por qué echarle nada en cara.

—Vale —dijo al fin—. Tiene que haber algún sitio por donde empezar.

Se encerró varias horas en una habitación que Alfred le facilitó. Repasó sus notas en la Moleskine y recordó los escenarios del crimen. Tenía grabadas las horrendas imágenes de los cadáveres en la memoria y rememoró cada detalle con minuciosidad. Aunque no estaba del todo convencido, pensó que era más probable que no hablasen de un único asesino. El cómo de las muertes podía no importar demasiado, por eso la clara distinción en todos ellos. Pero el porqué cobraba fuerza en su cabeza. Y esa «W»... En cualquier caso, si de verdad estaba en lo cierto, habían detenido a la tercera asesina. Y en ella estaba la clave del caso.

Se reunió de nuevo con Alfred y le explicó sus conjeturas.

—Y ¿qué es lo que quieres hacer exactamente? —le preguntó.

—¿Me dejas llamar a Cox? Mi móvil está *out*. Esta tarde iré al Oblivion. Tengo que hablar con Emma Clark.

—Me has dicho que los médicos la ven a diario y no ha pronunciado una palabra que no hayas escuchado ya. No va a hablar.

—Hablará. Yo mismo me encargaré de ello.

Comieron juntos y William cogió un taxi. El cielo se encapotó de camino al hospital psiquiátrico. Cox lo esperaba en la entrada. En cuanto se apeó, le escupió su malestar:

—¿Se puede saber qué hacemos aquí?

—Quiero hablar con Emma Clark —aclaró.

—Ya lo hizo en su momento.

—Puede que se me quedara alguna pregunta en el tintero.

Entraron en las instalaciones del Oblivion y un olor aséptico los invadió de repente. La entrada estaba totalmente acristalada. Algunas plantas adornaban las esquinas y paredes blancas y puertas verdes conducían al laberinto interior del edificio. Un tango de Piazzolla sonaba muy bajito por los altavoces del techo. Avisaron de su llegada y el director del centro, vestido con una bata blanca abierta, acudió a ellos con una expresión sombría en el rostro.

—No van a poder hablar con la señora Clark.

—¿Por algún motivo especial? —preguntó William. Empezaba a ponerse de los nervios.

—Acompáñenme.

Siguieron al director por los pasillos del hospital. Cruzaron siete puertas y cambiaron de dirección infinitas veces. Por un momento William pensó que estaban dando vueltas sin sentido, todos los pasillos le parecían iguales. Pero entonces llegaron a una puerta nueva, de color negro, al final del ala oeste del centro. Estaba bastante alejada de todo lo demás y parecía que la alegría no tenía cabida entre aquellas paredes.

—Es aquí —dijo el director.

Buscó la llave y abrió la puerta. Por su grosor y por la lentitud con la que se movió, William dedujo que era muy pesada. Cox no se movió del sitio, esperando a que el inspector diera el primer paso. A decir verdad, estaban allí porque él lo había pedido. Así que, tras un pequeño suspiro, se dispuso a entrar con decisión.

Sin embargo, no llegó a hacerlo.

Se quedó bajo el marco de la puerta observando cómo el caso se hundía en un pozo sin fondo. Los pies de Emma Clark no tocaban el suelo. Su cuerpo se balanceaba apenas bajo la lámpara de la celda. Las sábanas la sujetaban por la garganta y sus ojos lo miraban sin vida.

—¿Qué ha pasado? —quiso saber, enfurecido.

—No lo sabemos —confesó el director—. Una enfermera ha venido a traerle la comida y la ha encontrado así. He acudido enseguida y, cuando aún no había asimilado lo ocurrido, me han avisado de su visita. Por supuesto, no la hemos tocado por si ustedes creían pertinente...

—¿Nos está tomando el pelo? —gritó Cox.

—Lo siento mucho, agentes. Sé que lamentarnos no sirve ya de nada —dijo ocultándose tras el plural corporativo—. Pero no puedo hacer más. No esperábamos que la paciente tomara ese camino. Y mucho menos bajo los efectos de los calmantes.

—El sentimiento de culpa —pensó William en voz alta, sin dejar de mirar el cadáver colgante—. A Emma Clark la entrevistaban a diario. Confesó desde el primer momento ser la asesina de Wen Wang, pero nunca quiso decir por qué lo hizo. Al principio se excusó con su claustrofobia, pero ella misma se dio cuenta de que no era un buen móvil, así que decidió callar ante las preguntas reiteradas. No obstante, la culpa la carcomía por dentro. Ella nunca hubiera hecho algo así, pero lo hizo. Tuvo que hacerlo, ella misma lo dijo. ¿Por qué? Porque hay algo. Joder, claro que hay algo.

—Hemos vuelto al inicio —se lamentó Cox.

—Se equivoca. Estamos unos pasos más cerca de resolverlo todo.

—¿Acaso esto le parece un avance? —le preguntó señalando el cadáver.

—Así es. Con su suicidio, la señora Clark nos ha confirmado su culpabilidad en el asesinato de Wen Wang. Y, estando aquí encerrada, le ha sido imposible matar otra vez. Pero esa «W» ha seguido apareciendo en nuevas escenas del crimen. Así que podemos deducir que hay más asesinos.

—¡Eso es absurdo! Su muerte no confirma nada. Estaba loca y drogada. Nada de lo que pudiera hacer o decir debería tenerse en cuenta.

—Estaba cuerda, se lo aseguro. Y yo la creo. Ella es la tercera asesina.

—A ver si he entendido lo que está diciendo —dijo Cox, tratando de calmarse—. Tenemos cinco víctimas y cinco asesinos distintos. Y nuestra tercera homicida se acaba de suicidar porque, según su teoría, se sentía culpable. —Suspiró, incrédulo—. Si era así, si de verdad estaba en contra de lo que sea que esté pasando, ¿por qué no lo ha contado? ¿Por qué no ha dicho nada en ninguna de las entrevistas?

William se giró hacia el interior de la habitación y se quedó observando el gris de aquellos ojos azulados. Le dio pena, pero supo al instante qué motivo tenía la señora Clark para mantener la boca cerrada.

—Solo hay una cosa más fuerte que el miedo, señor. El amor. Si Emma Clark no ha dicho nada antes de quitarse la vida ha sido para proteger la de alguien a quien ama.

27
Fernando Fons
2006, Tavernes de la Valldigna

La sensación de vacío que se te queda al terminar la universidad es incomparable. Hasta ese momento, la vida tiene su camino, sus señales, sus objetivos. Luego, como por arte de magia, todo se desvanece sin más. La del estudiante es, sin duda, la mejor de las épocas. Y uno ni siquiera se para a pensarlo mientras está en ella. Cree que es pura burocracia por la que tiene que pasar, porque la gente dice que tienes que hacerlo y punto, porque, si no, no eres nadie y cosas así. Pero la verdad es que dejas de ser alguien cuando te entregan el título universitario. Y entonces te das cuenta de que has dejado atrás un tiempo maravilloso.

De pronto aparece la pregunta del millón: «Y ¿ahora qué?». Algunos, tocados por la suerte de los dioses, no saben qué significa esa pregunta, ya sea por sus extraordinarias dotes perseguidas por las empresas más sagaces o por simple magnetismo hacia las oportunidades especiales. Otros, en cambio, huyen de ella como si los persiguiese allá donde pisan, como si los aguardase en cada esquina, escondida entre las sombras, esperando el instante perfecto para aparecer y poner unas cuantas nubes más en el cielo de sus días grises.

Fernando no encajaba en ninguno de los dos grupos.

Cuando era pequeño escuchó por primera vez una frase que lo mantuvo días en vela: «Quien no arriesga no gana». La frase no tiene nada de especial. De hecho, es más común que el pan. Pero Fernando es un hombre de palabras. Se hunde en su significado hasta tocar el fondo. No recuerda quién lo dijo ni por qué, pero consiguió absorber su mente hasta tal punto que ni siquiera comía, y tuvo que ser su madre, una o dos noches después, quien lo extrajese de aquel trance diciéndole preocupada:

—Fernando, no voy a volver a guardar las lentejas en la nevera. Hoy no te levantas de la mesa sin terminártelas.

Esa noche, antes de acostarse, con el plato limpio de lentejas, llegó a una conclusión: en algún momento de su vida, daba igual el que fuese, debía arriesgar con todo. Y la victoria no significaría lograr lo que se propusiese, sino haberlo intentado. Porque uno siempre pierde cuando no lo intenta.

En Tavernes de la Valldigna, las noticias circulaban gracias a un tal Cornelio Santana, a quien se le ocurrió, allá por 1996, levantar la redacción de un nuevo periódico local llamado *Les Tres Creus*, en honor a la montaña que se alza al norte de la ciudad. Lo que empezó como una humilde empresa por la que nadie apostaba llegó a convertirse en la redacción de uno de los periódicos mejor valorados de todo el territorio español.

Allí se plantó Fernando una tarde, acabada la universidad, dispuesto a no irse sin hablar con el director. Quería trabajar en su periódico y así, sin tapujos, se lo dijo al empresario. Cornelio Santana era un hombre serio y elegante. Lucía una barba frondosa pero muy bien cuidada y unos ojos que te perforaban el alma. Su presencia imponía a Fernando y estuvo a punto de largarse, pero supo controlarse. Al principio Cornelio se mostró reticente, no calibraba la posibilidad de incorporar a alguien sin experiencia a sus filas. No obstante, después de insistir mucho, le dio una oportunidad a Fernando: debía escribir un artículo sobre la inauguración de un parque infantil para la semana siguiente. La noticia era pésima, y Fernando sabía que se la dio con la total seguridad de que lo que pudiera escribir no estaría a la altura de lo que se le pedía. Aun así, indagó en las cloacas del ayuntamiento y descubrió que los supuestos fondos destinados a la construcción de dicho parque infantil habían sido inflados y parte de ese dinero se perdía en una cuenta bancaria en Suiza. Con la publicación de su artículo, las ventas se multiplicaron desmesuradamente y Fernando consiguió el puesto de forma inmediata.

Se adaptó rápido a la dinámica de *Les Tres Creus*. La jerarquía de la empresa era curiosa pero muy clara: los trabajadores de segundo nivel estaban en la planta baja; los de primer nivel, en el primer piso; y el director, en la segunda planta. Como novato en el equipo de investigación, trabajaba en la planta baja y los primeros meses se dedicó a las noticias menos relevantes. Cuando aparecía una buena golosina, como Fernando solía llamar a las noticias fuertes, esta quedaba a disposición del más listo de la clase: Manuel, del primer piso. Era uno de los veteranos de la redacción y se atribuía el mérito de todos los logros del periódico. Lógico, porque era el único que escribía sobre robos importantes, agresiones sexuales, redadas antidroga, corrupción política y, en las mejores ocasiones, alguna que otra muerte sospechosa.

Poco a poco, Fernando se fue interponiendo en el trabajo de Manuel sin que él lo notara. Estudiaba cada noticia al milímetro, como la del parque infantil, para encontrar diamantes brutos. A veces un accidente de tráfico era más interesante que una agresión a plena luz del día porque uno de los coches resultaba tener restos de la cocaína que su conductor vendía los fines de semana en el polígono industrial. Pero eso Manuel no lo sabía porque solo tenía ojos para la agresión de la plaza de España: una simple discusión entre amigos. En cierto modo, Fernando investigaba casi todas las noticias de Tavernes de la Valldigna, trabajaba más que nadie en la redacción. Y todo por conseguir algo que le excitase de verdad, para escribir la mejor noticia del periódico. Desde su punto de vista, era la forma más rápida de subir peldaños en la empresa: con inteligencia, trabajo duro y un toque personal.

Al cabo de un tiempo, Cornelio Santana se dio cuenta de su talento. No entendía muy bien cómo lo hacía, pero se alegraba de que se hubiera presentado en su redacción aquel día. Entonces llegó el ascenso de Fernando y el respectivo aumento de sueldo. Le pusieron una mesa en el primer piso y entró en la rueda de las noticias destacadas. Manuel no vio su ascenso con buenos ojos, pues era una amenaza directa para él, un hueso duro de roer con el que se tendría que ver las caras a diario. Le dio la enhorabuena y le hizo la pelota un rato, pero todo era fachada. En realidad, estaba furioso.

Un día se acercó a la mesa de Fernando y le preguntó si podían hablar:

—En privado —aclaró.

¿Qué quería? Fernando era consciente de lo que su presencia en el primer piso de la redacción suponía para él, pero no sabía a qué estaba dispuesto para conservar su puesto en lo más alto. ¿Se había metido en un lío?

—Vale.

Las salas de reuniones estaban ocupadas y lo llevó a los baños, así que Fernando aprovechó para mear. Manuel esperó a que terminara apoyado en la pared. Cuando Fernando se giró, lo vio mirándole con una expresión rara. Se acobardó. Pensó en las posibilidades de salir airoso si se le abalanzaba; a lo mejor estaba deseando quitarle de su camino a palos. Sus compañeros estaban a tan solo unos metros. Oirían sus gritos si ocurría algo, aunque Fernando prefería no tener que gritar.

—¿Qué pasa? —preguntó fingiendo indiferencia.

—Lo sabes muy bien.

—¿A qué te refieres?

—No te hagas el tonto ahora —dijo separándose de la pared y acercándose a él.

Fernando retrocedió un paso.

—He visto cómo me miras, Fernando. ¿Crees que no me he dado cuenta?

—¿De qué?

De pronto, como el propio Fernando había previsto, Manuel se abalanzó sobre él. Pero no exactamente como pensaba. Los labios de Manuel chocaron contra los suyos sin que le diese tiempo a reaccionar. Sintió su barba. Pinchaba. Manuel abrió un poco la boca e intentó dar un paso más, pero Fernando lo empujó con fuerza para separarlo de él.

—¿Qué estás haciendo? —susurró nervioso. No quería que alguien entrase y los sorprendiera en esa situación.

Manuel no respondió. Se quedó quieto, como arrepintiéndose de haberse lanzado.

¿Quién se pensaba que era? ¿Cómo se atrevía a besarlo? ¿Acaso Fernando había insinuado en algún momento que era gay? En una fracción de segundo, recordó su primer beso. Se vio con quince años sentado en un banco del Passeig Colón con Andrea. La besó, como acababa de hacer Manuel con él, y ella lo rechazó, como él había hecho con Manuel. Pudo sentir de nuevo el dolor. El vacío. La pena y la angustia por no poder rectificar y hacer como si nada hubiese pasado. Era un dolor que no le deseaba a nadie.

—Lo siento —dijo Manuel.

Y, mientras lo decía, Fernando notaba algo más: la sensación de poder de quien se sabe deseado, la novedad de suscitar en otro una atracción semejante. La adrenalina bombeando con fuerza.

—Lo siento —repitió Manuel—. Pensaba que...

Fernando no lo dejó terminar. Le selló los labios con los suyos y se besaron apasionadamente contra la pared de los baños. Mientras lo hacía, Fernando imaginó que alguien entraba y los pillaba. Las relaciones personales entre los trabajadores de la redacción estaban totalmente prohibidas. Si llegase a oídos del director, ¿qué sería de ellos? ¿Los despediría? ¿Los enviaría de vuelta a la planta baja? En cualquier caso, correr el riesgo lo hacía más excitante. Aquello era la noticia del día, pero no saldría en el periódico de mañana si eran discretos. La lengua de Manuel se enroscaba con la de Fernando al mismo tiempo que sus manos lo apretaban contra la pared. Fernando no sabía qué hacer con las suyas, se sentía un poco perdido. En un impulso de emoción, forcejeó con Manuel para cambiar sus posturas y quedar como dominante de la situación. Por la intensidad de los besos de Manuel, Fernando advirtió que le había gustado. Él se dejó llevar. La mano de Manuel bajó por su cuerpo y se paró en su entrepierna.

—Para, para —se sobresaltó de inmediato, apartándolo de nuevo.

—¿No te apetece? —susurró sonriente mirando el bulto que se formaba en el pantalón de Fernando.

¿Apetecerle? Fernando no era homosexual. ¿O sí? Tenía la cabeza hecha un lío. ¿Le había gustado? Ni lo sabía.

—Sí, pero aquí no —soltó nervioso.

¿Acababa de decir que sí?

—Vale, pues quedamos esta noche.

—No, hoy no.

La situación empezaba a abrumarle.

—¿Y cuándo?

—No lo sé. No nos precipitemos.

—De acuerdo, como quieras —aceptó Manuel, dándole ese tiempo que necesitaba.

Fernando lo agradeció, aunque no se lo dijo.

Primero salió Manuel, luego él.

Estuvieron un par de semanas tonteando en la redacción. Mejor dicho, Manuel tonteaba con Fernando y él se agitaba por si alguien se daba cuenta, lo cual a Manuel le encantaba. Después de muchos intentos de sacarle una muestra de interés, Manuel consiguió que Fernando le diera un beso al final de una jornada larga, cuando el sol empezaba a ponerse y el cielo estaba teñido de rojos y naranjas.

—¿Quieres que te lleve a casa? —Señaló su coche.

—No, no. Gracias.

—Escucha —bajó la voz—, ¿y si cenamos juntos esta noche?

—Eh..., no sé.

—Venga, Fernando. Es una cena, nada más.

Fernando pensó en ello. Los dos sabían que era más que eso.

—Vale —dijo al fin, no muy convencido.

—Genial. ¿Vamos a tu casa?

Entonces pensó en su madre.

—No.

—Está bien, vamos a la mía. Pero, eh... —Le dio otro beso y dijo—: No te rajes.

Esa noche Fernando fue a casa de Manuel y cenaron juntos. Nunca en su vida ha estado más nervioso que en esa ocasión. Después fueron a la cama y continuaron lo que habían empezado semanas atrás en la redacción, ahora más despacio. Se desvistieron y pudieron experimentar con sus cuerpos. Fernando seguía sin saber qué estaba haciendo. Manuel demostraba entender cómo iba todo aquello y él se limitó a seguirle el juego. Al cabo de un rato, cuando los preliminares se volvieron más intensos, Manuel sacó una caja de preservativos de la mesita de noche y Fernando no pudo evitar recordar su primera vez con Silvia, la pelirroja de la universidad, interpretando el mismo papel que Manuel. Fue uno más para Silvia y ahora se sentía de la misma manera con él.

En ese momento todo se hizo blanco.

—Para.

—¿Qué?

Empezaba a estar incómodo. No podía seguir. Necesitaba estar solo.

Se incorporó.

—¿Qué pasa? —preguntó Manuel, confuso.

—No puedo.

—¿Cómo que no? ¿Por qué?

No podía decir que no era homosexual. No quería que Manuel pensase que lo había hecho para reírse de él. Y mucho menos que fue por pena, o quizá por la novedad de sentirse deseado. En realidad, ni Fernando sabía por qué había sido. Quería salir de allí cuanto antes, era una situación demasiado embarazosa. Habría podido excusarse con la típica frase de «no eres tú, soy yo», ya que encajaba al dedillo con lo que le pasaba. Pero prefirió no hablar de ello.

—Me tengo que ir.

—¿Vas en serio?

—Sí.

Se levantó y se vistió. Manuel hizo lo mismo y lo miró con la esperanza de escuchar una explicación, pero Fernando no tenía lo que él buscaba. Así que se fue sin articular palabra.

Estuvo toda la noche pensando en lo que había pasado. Preguntándose quién era en realidad. Cómo era. Pero sobre todo cuáles eran sus gustos, sus aspiraciones y qué tipo de vida quería vivir. Sin embargo, no encontraba una respuesta a sus preguntas y eso le generaba más y más dudas.

A la mañana siguiente, fue a la cocina y encontró a su madre preparándose unas tostadas con aceite de oliva para el desayuno.

—*Bon dia*, mamá.

—*Bon dia*, cariño. ¿Has dormido bien?

—Sí —mintió.

Se sentó a la mesa y, tras una pausa, dijo:

—Tenemos que hablar.

Laura se volvió hacia él preocupada.

—¿Qué ha pasado?

Le nació una presión en el pecho. No estaba seguro de lo que iba a decir. Suspiró. Contó hasta tres y lo soltó de golpe:

—Creo que quiero independizarme.

28
William Parker
22 de diciembre de 2018, San Francisco

El chirrido de unas ruedas deslizándose por el asfalto mojado.

El sonido prolongado y amenazador de un claxon que se acerca centímetro a centímetro.

Cierro los ojos, flexiono las rodillas y hago un escudo con las manos.

Seis décimas de segundo después, mis dedos tocan algo metálico de donde emana un ligero calor que contrasta con la fría temperatura de la calle. A pesar de los gritos, no he salido despedido por los aires. Ningún coche ha impactado contra mi cuerpo ni me estoy quemando la piel sobre el asfalto. No me ha dado.

Abro los ojos.

La gente parece una colección de figuras de cera, inmóviles y con expresión aterrada, todas mirando hacia mí bajo paraguas de tonos oscuros. Algunos les han tapado los ojos a sus hijos para que no presencien una desgracia a tan temprana edad. El conductor del Dodge azul hace aspavientos y me dice algo desde detrás del volante.

Me incorporo, junto las manos en señal de disculpa y acabo de cruzar la calle. A mi izquierda, a tan solo unos metros, el semáforo da paso a los peatones.

Veo el rótulo amarillo que reza Harper's Pic y me acerco con decisión. Una campanita tintinea nada más abrir la puerta. Las paredes están pintadas de amarillo chillón, como el rótulo de fuera. La tienda es pequeña y un mar de fotografías me envuelve como un remolino dispuesto a engullirme. Antes de que el dueño salga de su escondrijo, paso revista a las imágenes de izquierda a derecha. Son de una calidad exquisita. En la primera, una mujer embarazada posa de lado acariciando su vientre contra la cálida luz vespertina. En la segunda, un hombre sin camiseta mira a la cámara, luciendo músculos de acero ante una pared de ladrillos rojizos. A su derecha, unos gemelos de unos cinco años juegan en la orilla del mar. Luego, una pareja de ancianos, sentados en unas hamacas, sonríen mientras se ven reflejados en los ojos del otro.

—Hola —dice un hombre excesivamente bronceado que surge de detrás de una cortina de plástico—. Está usted empapado, amigo. ¿En qué puedo ayudarlo?

—¿Es usted Adam Harper?

Sonríe.

—El mismo que viste y calza.

—Perfecto —digo más para mí que para él.

Le estrecho la mano y lo escruto unos segundos: un apretón firme, de un hombre seguro de sí mismo. Huele a colonia barata. Vuelve a sonreír, quiere presumir de su radiante y perfecta dentadura. Debe de rondar los cuarenta años. Blanqueamiento dental, rayos UVA, colonia. Aunque no queramos admitirlo, la juventud no es eterna. Pero Adam Harper quiere permanecer en ella todo el tiempo que sea posible. Quiere causar buena impresión. Una de alguien atractivo, joven, importante. Sin embargo, las líneas de expresión en sus ojos y las canas ganando terreno en su pelo lo delatan. Por otro lado, es fotógrafo, se pasa horas y horas encerrado en este diminuto estudio y gran parte de su labor se limita a realizar fotografías a tamaño carnet. Pero Adam es un hombre que no se conforma con eso. Busca emoción. Y los encuentros con una mujer casada, esa adrenalina que debe de experimentar al cruzar la línea de lo prohibido, es lo que realmente lo hace sentirse vivo.

—¿Puedo sentarme?

—Por favor.

Me acomodo en una silla que hay enfrentada a un mostrador y él hace lo propio al otro lado.

—¿Todas estas fotos son suyas? —le pregunto.

—Por supuesto.

—Me gustan —confieso—. Es usted bueno.

—Le agradezco el cumplido.

Ahora sonríe, pero sin mostrar los dientes. Esa sonrisa es la verdadera. Alguien lo elogia por su trabajo como fotógrafo y no puede evitar ser él mismo. «Muéstrate, Adam. Dime quién eres en realidad. ¿Eres fotógrafo por el día y asesino por la noche? Si es así, no te vengas con rodeos y dímelo ya».

—¿Nos conocemos? —dice con los ojos entornados—. Su cara me suena.

—Oh, perdóneme, no me he presentado. Soy el inspector William Parker, de Homicidios. Me temo que no nos conocemos.

La sonrisa se le borra al instante.

—¿Homicidios? ¿Qué ha pasado?

Vuelvo a mirar las fotografías de las paredes y me imagino dos más, colgadas una al lado de otra. Un cuerpo femenino y otro masculino. Los dos desnudos y decapitados. El primero arrodillado y atado; el segundo acomodado en un sillón azul. ¿Hasta dónde es capaz de llegar el ser humano? ¿Dónde están los límites del arte?

—Si le digo que quiero la mejor fotografía que haya hecho jamás, ¿qué respondería?

—¿Perdone?

—¿No quiere superarse? Disparar La Fotografía, con mayúscula.

—Disculpe, pero no entiendo a dónde quiere ir a parar. —Se revuelve desconcertado sobre su silla.

Una buena composición es todo lo que necesita Adam Harper para salir de la rutina profesional. Tener la libertad de ser creativo, de tomar una imagen a su antojo. ¿Es este un buen móvil para un asesino?

—¿Qué clase de fotos suele hacer, señor Harper?

—De todo tipo, pero el que más manejo, como la mayoría de mis compañeros de profesión, es el retrato. Al fin y al cabo, es lo que te da de comer.

—¿Ha probado con la fotografía artística?

Adam se encoge de hombros.

—Claro, como todos. ¿A qué viene esto?

—¿Me puede enseñar sus últimos trabajos?

Tras un momento de duda, el fotógrafo se vuelve hacia el ordenador de su izquierda y empieza a dar unos clics. Luego gira la pantalla y me muestra una carpeta atestada de fotografías nombradas con la fecha en que se realizaron. Las últimas son de esta misma mañana: retratos de medio plano de una mujer con americana.

—¿Tiene las de los tres últimos días?

Adam Harper me enseña las fotografías de otras tres carpetas. Ni rastro de sangre, cuerpos desnudos y cabezas separadas del tronco.

—Le voy a tener que requisar la tarjeta de memoria de su cámara.

—¿Cómo? Pero ¿me puede explicar a qué se debe su visita de una vez? —suelta impaciente.

—Verá, no me voy a ir con rodeos. Martha Smith me ha dicho que hable con usted.

—¿Le ha pasado algo? —pregunta asustado.

—No, a ella no. Su marido, en cambio, ha muerto asesinado esta madrugada.

—¿Qué? —exclama.

—Señor Harper, por favor, le pido que cambie las preguntas por respuestas. Sé que se acuesta con la señora Smith, así que empiece por hablarme de su relación con ella.

Harper aguanta la respiración. Me mira fijamente. Advierto cómo su mandíbula se mueve detrás de sus mejillas.

—Se lo puedo explicar —empieza, nervioso—. Yo no sabía que Martha estaba casada. Nunca lleva la alianza y yo... Entiéndame. Trabajo solo. Me paso el día aquí metido y un día apareció ella, tan risueña, tan receptiva. Yo no la obligué a hacer nada que ella no quisiera.

—Continúe.

—La cosa es que vi en Martha algo especial. Me enamoré. Cuando me dijo que estaba casada, ya no podía echar mis sentimientos a la basura. —Niega con la cabeza—. Pero yo no tengo nada en contra de Kevin. Es difícil decir esto ahora, lo sé, pero le juro que yo no lo he matado.

—¿Sabe si era recíproco lo suyo con Martha?

Adam suspira.

—Sí. Martha me dijo que no era feliz con su marido, que ella también estaba enamorada de mí y que no soportaba esta situación. Quería contárselo todo a Kevin. Estaba viviendo una mentira y era mejor decir la verdad, por el bien de todos. Pero no podía, se sentía incapaz de decirle que le estaba siendo infiel, que ya no lo amaba.

—Por eso empezó a tomar el lorazepam —deduzco.

Adam asiente.

—Empezó a tener ansiedad. Vivía con Kevin estando enamorada de mí, y necesitaba decírselo, porque era lo correcto, pero al mismo tiempo no quería hacerle daño. Ella lo apreciaba mucho. La angustia no la dejaba dormir, tenía que tomar esos ansiolíticos. Ha estado mucho tiempo esperando el momento idóneo para soltarlo todo. Aunque no lo crea, Martha lo ha pasado muy mal con esto.

Noto todo el peso de mi cuerpo y me dejo caer lentamente sobre el respaldo de la silla. Martha va a sentirse culpable toda su vida. Su marido ha muerto y ella no ha tenido la valentía de contarle la verdad.

—¿Conocía al señor Smith?

—Sabía quién era, pero no lo conocía personalmente.

—¿Y a Sarah Evans?

El fotógrafo se queda pensativo. ¿Qué ha recordado? ¿Sus últimos segundos de vida, quizá?

—Creo saber a quién se refiere. Y eso solo quiere decir una cosa: el asesino de Kevin es el mismo que el de esa chica.

—Aún no podemos confirmarlo.

—Dios, si le ha hecho lo mismo que a ella... ¿Martha lo ha visto?

Me quedo callado. ¿Debería decírselo?

—Sí —me decido finalmente.

Adam baja la mirada, entristecido.

—Le va a costar olvidar algo así.

—De modo que la conocía —vuelvo a mi pregunta inicial.

—¿A Sarah Evans? No, en absoluto.

—De acuerdo. Ahora sí, necesito su tarjeta de memoria.

—¿Es necesario?

—Lo es, señor Harper. Dos personas han muerto y una de ellas está relacionada con usted.

Harper cierra los ojos, asimilando el golpe.

—Está bien. —Saca una cámara Canon de debajo del mostrador y le quita la tarjeta para ponerla sobre el cristal—. Ahí tiene.

Le mantengo la mirada un segundo y cojo tanto la tarjeta de memoria como una de contacto del montoncito que hay a mi derecha.

—Muchas gracias, señor Harper —digo levantándome pesarosamente de la silla.

—¿Qué cree que debería hacer? —me pregunta, refiriéndose a su relación con Martha Smith.

Vacilo un momento.

—Desde luego, ella va a necesitar ayuda ahora. Si son felices, sigan adelante. Ustedes al menos no tienen nada que les impida estar juntos. Eso sí, que no le extrañe que Martha desconfíe de usted después de esto.

29
Fernando Fons
22 de diciembre de 2018, San Francisco

Hoy no ha ido mal. Tampoco es que haya sido un día perfecto, pero, desde luego, ha sido mejor que ayer. Menos desastres, más sonrisas falsas. Amanda va aprendiendo el oficio.

La he dejado salir un rato antes. Se ve que vive con su abuela y le han llamado de una de esas alarmas para la tercera edad que te avisan cuando perciben algún movimiento brusco en la pulsera de control. Aunque eso funciona como yo diga. Amanda se ha puesto muy nerviosa. Ha empezado a decirme que su abuela ya es muy mayor y que ha sufrido varias caídas últimamente, que necesitaba ir a comprobar que estaba bien. He estado a punto de decirle que no, que cumpliera con sus horas de trabajo y que ya la socorrería más tarde, pero la he visto muy afectada y no he tenido más remedio que dejarla ir: creo que se habría ido de todos modos. Ha dicho que si le pasara algo a su abuela se quedaría totalmente sola. No ha mencionado a sus padres en ningún momento. Tampoco he querido hurgar en una herida que me puede salpicar, así que me he limitado a asentir y no comentar nada al respecto. Puede que solo quisiera independizarse, como yo, y se mudó a casa de su abuela. Quizá no se lleva bien con sus padres. En cualquier caso, me sorprendo a mí mismo viéndome reflejado en ella, solo ante el mundo y con una profesión entre ceja y ceja mientras sirvo cafés a gente con prisa.

Esta tarde ha venido el técnico del lavavajillas. Se había averiado no sé qué pieza y la maquinaria no se encendía. El técnico ha puesto un recambio que ha costado casi noventa dólares. Casi nada. Iba a llamar a Thomas para decírselo, pero nos dijo que no le molestáramos si no era estrictamente necesario, de modo que lo he apuntado en la libreta de cuentas y he seguido con lo mío. Ya lo verá cuando vuelva.

El taxi me deja delante de casa. Hoy me he dado un caprichito: el transporte público se vuelve tedioso a veces. La calle está desierta ahora mismo. Nada más abrir la puerta, Mickey me da la bienvenida con caricias gatunas en mi espinilla. Qué alegrías me proporciona este animalito. Me agacho y lo cojo en brazos como si fuera un bebé recién nacido. Cierro la puerta con el pie y vamos a la cocina. Dejo a Mickey sobre la encimera y le pregunto qué le apetece para cenar. Él ladea la cabeza, como recordándome que estoy hablando con un gato. Qué listo es. Me río por lo bajo.

—A mí me apetece una tortilla acompañada de un buen chorizo ibérico —digo, nostálgico—. Era mi comida favorita cuando era pequeño, ¿sabes? —Salivo con solo pensarlo.

Abro la nevera y cojo dos huevos de la puerta. Cocino la tortilla a fuego lento hasta conseguir ese punto perfecto en el que no está ni compacta ni líquida, sino que juega a dos bandas. Cojo un trozo de pan de la despensa y me pongo una copita de vino, pero no demasiado, solo para mojarme los labios de vez en cuando. Me siento a la mesa de la cocina y veo cómo Mickey salta desde la encimera hasta la mesa con una agilidad deslumbrante.

—Hoy Amanda ha tenido que salir antes —le digo—. Su abuela, que a lo mejor se ha tirado por la ventana. —Me echo a reír—. ¿Te imaginas?

Mickey se ha sentado delante de mi plato y me observa con curiosidad.

—Parece una buena chica. No sé, me cae bien. Y es guapa. —Me nace un nudo en la garganta—. No, tampoco es eso. No es fea, sin más. —Carraspeo—. Hoy ha pasado algo.

Mickey levanta las orejitas.

—Me ha vuelto a ocurrir. No sé por qué. Bueno, sí lo sé. Me ha hecho una pregunta que a lo mejor he malinterpretado y..., pues eso. —Mickey ni se inmuta—. Pensaba que lo había superado, hace ya mucho tiempo, pero no es verdad eso de que el tiempo lo cura todo. —Suspiro—. Es una compañera de trabajo, nada más. Si me fijo en ella es de manera profesional, no de esa manera. —Le doy un bocado a la tortilla y lo acompaño de un trozo de pan—. Ya sabes cuál.

Mickey maúlla.

—Que no. Mira que eres testarudo a veces. En verdad, no echo mucho de menos a Thomas. Su compañía era mucho más neutra. Obviamente, él trabaja para que su negocio funcione. Amanda, en cambio, es más atenta. ¡Ah! Que no te he contado lo mejor: ha estudiado Periodismo. ¡Como yo! Si te paras a pensarlo, tenemos mucho en común. Que sí, que sí. Ya sé que dije lo mismo de Andrea. Pero, un momento. ¡Si tú ni siquiera habías nacido! ¿Cómo sabes eso?

Mickey se queda quieto, como diciendo «me has pillado».

—Andrea está más que olvidada. Además, te repito que no tengo intereses personales hacia Amanda. Ni hacia ella ni hacia nadie. Esa puerta la tengo cerrada.

El gato empieza a lamerse entero. No le interesa para nada lo que le estoy contando.

—¡Mickey, por favor! ¡Que estoy comiendo!

30
Fernando Fons
2007-2018, Tavernes de la Valldigna

Fernando alquiló un piso en la playa de Tavernes de la Valldigna, situada a unos cinco kilómetros de la ciudad, por un precio más que asequible. Le obligaba a coger el autobús para ir a la redacción —nunca le ha gustado conducir y no disponía de coche—, pero allí, junto a la inmensidad del mar, se respiraba una tranquilidad difícil de encontrar en otro sitio. Al principio pensó que se había equivocado, que no tendría que haberse ido de casa. Con su decisión había terminado de separar lo que en su día fue una familia unida y feliz. Recordó que su madre, después de divorciarse de su padre, lo arrancó de una foto que se habían hecho en Barcelona cuando Fernando apenas contaba tres años y que guardaba en la estantería más alta del salón. Ahora temía que hubiese hecho lo mismo con él y que solo quedase ella en el marco de madera.

Un día fue a visitarla y vio que él aún seguía en aquella foto. Su madre no sentía rencor hacia él, pero su tristeza se percibía desde la otra punta del Passeig Colón. Nunca le pidió explicaciones, ella sabía que tarde o temprano aquello debía pasar y no hizo más que preocuparse por que estuviera bien en su nuevo hogar. En cuanto a Manuel, no pasó nada más entre ellos. Trabajaban en la misma redacción, incluso en el mismo piso, y los dos sabían que sus encuentros iban a ser inevitables, así que ambos se comportaron como auténticos profesionales y fueron compañeros de trabajo con una relación fría y cordial.

Fernando luchó contra sí mismo durante un tiempo demasiado largo, meses y meses buscando la cura de las penurias que le exprimían el corazón hasta en el último resquicio de sueño. El amor era complicado, las personas lo eran, él el que más. Tras tantas dudas, vacíos y desilusiones, sintió que el amor humano, el deseo carnal, iba menguando dentro de él como la llama de una vela que se apaga por sí sola. Reparó en que lamentarse no servía de nada y se prohibió volver a pensar en ello. Debía buscar otra salida, otro destino.

Sin darse cuenta, se volcó de lleno en el trabajo. Invertía todas las horas de sol en buscar la verdad entre las calles de Tavernes de la Valldigna. A pesar de ser una ciudad pequeña, los sucesos, por muy insignificantes que pudieran parecer, eran armas de doble filo con las que podía trabajar a su antojo y moldearlas hasta crear obras de arte en forma de papel y tinta. Pasara lo que pasase, el periodismo nunca le fallaba. Siempre había una historia que lo persuadía más que sus temores, más que la angustia que padecía, más incluso que el amor.

El trabajo iba llenando poco a poco el agujero que se había formado en su alma y, según Cornelio, el director de *Les Tres Creus*, a la gente le encantaba lo que él hacía. En aquel entonces, esas palabras significaron mucho para Fernando porque de algún modo, tras muchos infortunios, por fin se sentía correspondido.

Su nombre llegó a traspasar la frontera de la Comunidad Valenciana y no tardaron en aparecer varias ofertas de periódicos de mayor tirada. Fernando pudo oler el miedo en las carnes de Cornelio Santana cuando lo citó en su despacho. No quería perder a su mejor reportero y le propuso un considerable aumento de sueldo. Lo rechazó.

—No tiene por qué ofrecerme más dinero, señor. No pienso irme de Tavernes de la Valldigna. Nunca lo haré —aseguró.

Finalmente, llegó un día en que Fernando sintió que se había sacudido el lastre de los sentimientos y que se había convertido en lo que siempre estuvo destinado a ser. Y no mentiría si dijese que la sangre de sus venas se había vuelto del color de la tinta. Sus jornadas se alargaron por iniciativa propia. Muchas veces trasnochaba investigando casos perdidos y era el sol el que le avisaba de que era hora de descansar cuando se colaba sangrante por las rendijas de las persianas. Lo que un día fue una necesidad por sanar las heridas de su corazón, ahora se había vuelto una droga más adictiva que la heroína.

Hasta que hace seis meses todo se torció.

Fernando tuvo que salir a cubrir la noticia de un robo en el Passeig Colón y se impresionó al ver que se trataba de la casa de la señora Antonia, aquella mujer seria por delante y ludópata por detrás. Acudió enseguida a hablar con ella.

—¡Me han robado hasta la última joya!

—¿Había alguien en casa? —preguntó profesionalmente—. ¿Vieron al ladrón?

—No, no estábamos aquí.

—¿Dónde estaban?

—Mi marido, en el huerto. Yo... creo que fui a comprar al supermercado.

—¿Cree?

—¡Ay, rey! ¡Ya me entenderás cuando te hagas mayor!

La verdad es que los años también habían pasado factura a la señora Antonia, pero Fernando no creyó ni por un momento sus palabras. Él conocía su secreto, sabía dónde había estado y lo pudo comprobar más tarde en el salón de juegos. Ya no trabajaba la misma camarera de antaño, pero el hombre con el que habló afirmó que la señora Antonia era su mejor clienta y que recientemente había tenido un mal día en el que había perdido una gran cantidad de dinero. Entonces Fernando dedujo que, si la mujer había denunciado un supuesto robo, era para no darle explicaciones a su marido o incluso para sacarle un pellizco al seguro. Por lo general, los ludópatas no ahorran, y Fernando dudaba cada vez más de las palabras de aquella mujer. Todo apuntaba a que estaba persiguiendo un fajo de mentiras especiadas con arrepentimiento y mala fe.

Ver a la señora Antonia le trajo viejos recuerdos. Y era imposible pensar en ello sin evocar el rostro de Andrea. ¿Qué había sido de ella? Tuvo una idea. Se trataba de un asunto personal pendiente, algo parecido a una prueba de madurez: pasar esa página para siempre. Meditó si merecía la pena. Rememoró su sufrimiento y temió volver a meterse en aquellas arenas movedizas. Habían pasado casi veinte años. ¿Se acordaría de él? Se armó de valor y se dijo a sí mismo que no tenía nada que temer: sus sentimientos se habían secado y nadie podría hacerle daño nunca más. Así que le siguió la pista y no tardó en dar con ella.

31
William Parker
23 de diciembre de 2018, San Francisco

No queda ni un mínimo recuerdo de la lluvia de ayer. Lower Pacific Heights se yergue ante mí bañado por un sol cegador y traicionero. La mañana del domingo se presenta inocente, aunque no es inocencia lo que pretendo encontrar allá donde voy. Nada más salir del estudio de Adam Harper, le entregué al equipo de Criminalística la tarjeta de memoria de su cámara para que revisaran de la primera foto hasta la última. Hoy me han dado ya un resultado: nada destacable. Aunque, si yo estuviese en su lugar y fuese el asesino, me habría asegurado de que esas supuestas fotografías estuvieran a buen recaudo.

Paso por delante de la iglesia católica de St. Dominic y conduzco entre pinceladas de arquitectura victoriana que nunca van a dejar de impresionarme. Giro a la izquierda y, después de cruzar una parte custodiada por árboles frondosos, visualizo mi destino: el California Tennis Club.

Después de que Martha Smith confesara su aventura con el fotógrafo, me contó algo más: Kevin Smith era miembro del club de tenis al que ahora me dirijo y, curiosamente, acudió justo la tarde previa a su muerte.

Me apeo del Mini y entro en las instalaciones del club. Una chica con las iniciales CTC estampadas en un polo blanco me recibe amablemente y, tras exponerle el motivo de mi visita, me guía por las diferentes salas del recinto. Esto es enorme. Nos cruzamos con algunos socios y me fijo en sus bolsas de deporte, en las que asoma el grip de sus carísimas raquetas. Las palabras de Charlotte resuenan en mi cabeza: «Todo apunta a que el asesino llevaba una mochila para guardarlo todo». Visitamos la tienda deportiva, la sala de miembros y la de musculación. Luego vamos a los vestuarios y la chica abre la taquilla de Kevin Smith, la cual no custodia gran cosa: un par de muñequeras por estrenar, un vaso de cartón para café vacío y un plátano pocho. Finalmente acudimos a las pistas. No hay ni una vacía. Nos detenemos en una esquina, aparentemente a salvo de las pelotas que viajan a una velocidad de escándalo.

—Kevin Smith vino al club este viernes —comento.

—Sí, lo recuerdo —dice la guía.

—¿Sabe si jugó algún partido con alguien?

La chica niega con la cabeza.

—Los viernes nunca jugaba.

Le mantengo la mirada, esperando una explicación más extensa.

—Vino a pelotear con máquina. Luego fue a la sala de musculación. Se estaba preparando para el torneo del CTC; se celebra en enero y su primer adversario era otro miembro del club con quien tenía bastante pique.

—Ya veo. ¿Quién es ese miembro?

—Brandon Gray.

—¿Sabe dónde puedo encontrarlo?

La chica asiente.

—Está en la pista 4.

Brandon Gray, un hombre atlético y ágil en el terreno de juego, se enfrenta a un jugador claramente por debajo de su nivel. Va vestido con ropa corta y negra. Aunque el sol luzca ahí arriba, hace demasiado frío como para ir de corto. Siento un escalofrío solo con verlo. Sus piernas fibrosas se mueven con elegancia y sus brazos de acero devuelven los ataques de su adversario con potencia y precisión.

—Brandon —vocifera la chica desde una distancia prudencial—, este hombre quiere hablar contigo. Es de la policía.

El jugador no abandona el partido. Sigue con el juego, las piernas flexionadas, preparadas para avanzar en cualquier dirección. Suelta un jadeo con cada pelotazo.

—¿Qué quiere? —pregunta sin quitar los ojos de la bola.

—Solo quiero hacerle unas preguntas —digo alzando la voz.

—¿Sobre qué?

—Sobre Kevin Smith.

El hombre no contesta. Lanza un revés imparable y el juego se detiene con un punto a favor de Brandon Gray. Se oye una maldición a lo lejos. Entonces Brandon me dedica un poco de su tiempo:

—¿Qué pasa con Kevin?

—¿No sabe lo que le ha ocurrido?

—Y ¿quién no? Ha sido horrible.

—Pero no tan horrible como para perderse el partido del domingo.

Brandon me clava la mirada.

—Kevin no me caía bien y lamento su muerte, pero la vida sigue.

—Dígame una cosa —saco mi libreta—, el ganador de ese torneo del club en el que se iban a enfrentar, ¿se lleva un premio en metálico?

Tras una breve pausa, Brandon aparta la mirada.

—Interesante.

—Oiga, yo no lo maté —se revuelve Brandon—. Debería hablar con el tipo que se tira a su mujer. Digo yo que ese tenía más motivos para matarlo, ¿no?

—¿Usted sabía que Martha le era infiel?

—Todo el mundo lo sabía. Incluso él.

—¿Kevin lo sabía? —pregunto levantando las cejas.

—Sí, aunque no quería verlo. Era la comidilla y él, harto de las miraditas, se volvió más solitario y agresivo, abandonó la vida social en el club, se centró en el deporte. Venía a entrenar a diario y la verdad es que mejoró mucho.

—¿Era mejor que usted?

—Eso creían algunos... Yo no lo creo. Pero eso iba a dilucidarse en la pista, en el partido de enero.

—Sin embargo, parece que ya nunca lo sabremos.

Brandon se encoge de hombros.

—¿Dónde estuvo la noche del viernes al sábado, señor Gray?

—En casa. Fue una noche complicada. Mi mujer es diabética, sufrió un bajón de azúcar sobre las tres y media de la madrugada y acabamos en urgencias. El médico dijo que si no llegamos a ir para allá volando... —Se pasa una mano por el pelo—. No sé qué habría pasado.

—¿Sería tan amable de facilitarme el nombre de ese médico?

Brandon accede y lo apunto en la Moleskine.

—Gracias por su tiempo, señor Gray. Siga con el partido. Es usted realmente bueno.

32

Fernando Fons
23 de diciembre de 2018, San Francisco

El domingo es el mejor día de la semana. No abrimos el Golden Soul Cafe y puedo echarme tranquilamente en el sofá. Me paso horas y horas sin hacer nada. ¿Qué hay más placentero que no hacer nada?

Enciendo la televisión y pongo la KTVU. Emiten un programa en el que cinco tertulianos con el título de periodistas hablan sobre el secuestro de una joven, desaparecida hace más de una semana en Tulsa. Por lo visto, el secuestrador asegura que la dejará marcharse con una condición: que los padres de la chica la dejen salir con un tal Nick. A saber dónde se han escondido los tortolitos para montar este escándalo. Se les ha ido de las manos y ahora se estarán tirando de los pelos. Todo el planeta aguarda expectante la decisión de los padres. ¿Aceptarán finalmente la relación de su hija con Nick? De ser así, ¿cómo serán las comidas familiares después de este revuelo?

—Nick, yo que tú pedía también un par de pizzas.

Mickey salta al sofá y se acurruca a mi lado. Lo acaricio por detrás de la oreja y observo cómo lo goza en silencio.

La conversación sobre el caso del secuestro adolescente da paso a otro que me inspira algo más de curiosidad. Subo un poco el volumen con el mando y escucho atento:

«... dos terribles asesinatos, aparentemente conectados, que han estremecido en la última semana a la ciudad de San Francisco. La crudeza de la muerte de la primera víctima, Sarah Evans, conmocionó a todo el país. No todos los días se encuentra una cabeza decapitada en medio de la calle. —La presentadora carraspea, dudando de si debía haber dicho eso, y revisa los papeles de su mesa—.

La familia de la víctima ha denunciado la existencia de una fotografía de la cabeza de Sarah que, al parecer, se hizo viral en cuestión de minutos».

«Sí, a mí me la enviaron al poco rato», interviene un barbudo con gafas redondas.

La presentadora suspira, algo molesta.

«Las autoridades están tomando las medidas pertinentes. Desde aquí, nos hacemos eco de la petición de la fiscalía y pedimos a todo aquel que haya recibido esa fotografía que no la reenvíe y la borre de sus dispositivos, por respeto a Sarah Evans y a su familia, por una cuestión de responsabilidad y compasión hacia la víctima. —Pasa una página y vuelve a mirar a pantalla—. El segundo asesinato se produjo ayer sábado. Cabe destacar que ambas muertes se produjeron por la noche siguiendo el mismo método: decapitación y exposición de la cabeza a la luz del día, por lo que la policía trabaja con la hipótesis de un único asesino. En esta ocasión, la víctima es Kevin Smith. —Le dicen algo por el pinganillo—. Hablaremos de esto y mucho más después de la publicidad».

¿En serio? Los anuncios me enervan y busco tranquilidad entre el pelaje de Mickey. Después de cinco minutos de *spam* televisivo, regresa la cara de la presentadora, que habla con el ceño fruncido sobre el miedo que atenaza la ciudad: a falta de un perfil específico que vincule a las víctimas, cualquiera es un objetivo en potencia, y la gente teme cruzarse en el camino del Verdugo, o encontrar una cabeza cortada en la acera de buena mañana.

San Francisco está viviendo una pesadilla; se masca el terror, yo mismo lo he notado. Ayer vino mucha menos gente a la cafetería. La clientela va menguando. Mi primera Navidad en Estados Unidos es muy diferente a lo que había imaginado.

«... esposa de Kevin Smith tenía una aventura con otro hombre —sigue la presentadora—, aunque la policía afirma que el amante no es sospechoso de asesinato».

«¿Tienen algún sospechoso acaso?».

«¿Habéis pensado que Sarah Evans fuera la amante de Kevin Smith? ¿Y si Martha Smith se enteró de la aventura de su marido y los mató a los dos?».

«Oye, pues tiene su lógica», suelta la presentadora, que hace un segundo acaba de pedir responsabilidad y compasión para con las víctimas. Poco le ha durado.

«Madre mía, qué miedo».

«Si eso es así, no debemos preocuparnos por que vuelva a matar, ¿no?».

«En efecto. A no ser que tú también te hayas zumbado a su marido».

Una marea de carcajadas inunda el plató y aprieto los dientes ante tal desfachatez. Esto ni es periodismo ni es nada. Solo les falta un daiquiri y unos canapés.

El móvil suena encima de la mesa del salón. ¿Quién me llama un domingo? O quién llama y punto: poca gente tiene mi número. Mickey se ha dormido en el sofá y tengo que levantarme con cuidado para no despertarlo. Al ver quién es, mi corazón da un vuelco.

—¿Qué pasa, Amanda? —pregunto al descolgar.

—Fernando, siento molestarte hoy, pero... —Un sollozo la interrumpe.

—Cuéntame.

Amanda intenta contestar, pero puedo imaginar cómo el nudo de su garganta se lo impide.

—Mi abuela.

Cierro los ojos.

—¿Dónde estás? Voy a buscarte.

Amanda no ha querido que la recoja. Ha preferido que nos viésemos en Union Square y aquí estoy esperándola, sentado en uno de los escalones de la plaza. A pesar de las fechas en las que nos encontramos, hay poca gente admirando el enorme árbol de Navidad que hay junto al monu-

Amanda me mira a los ojos. Esto siempre me ha resultado incómodo.

—Desde que viniste a San Francisco.

—Eh..., sí. Un poco antes. ¿Cómo lo sabes?

—Me dijiste que llevabas seis meses en el Golden Soul Cafe.

—Ah, sí. Es verdad.

—No alcanzo a entender por qué viniste —confiesa—. ¿Siguiendo a algún amor que acabó mal?

Carraspeo y bajo la mirada.

—El amor no está hecho para mí. O yo no estoy hecho para el amor.

—No digas eso. Solo tienes que encontrar a la persona adecuada, nada más.

—Déjalo, de verdad. No fue eso lo que me trajo a San Francisco.

—¿Entonces? Me contaste que tenías trabajo en el equipo de investigación de un periódico y que te iba mejor que bien. ¿Por qué cruzar el charco para trabajar en una cafetería?

Inspiro hondo y suelto el aire en un suspiro. ¿Puedo confiar en ella? Casi no la conozco, pero, aun así, es la persona con la que más me siento identificado en el mundo. Ha dicho que me considera un amigo, que tenemos «algo mágico». ¿Cuánto hace que no tenía una amiga?

Desde Andrea, pero ¿cómo salió? Mal, muy mal, y no querrías que se volviera a repetir algo similar.

Pero no tiene por qué pasar otra vez, ¿no? Amanda no es Andrea. No son ni parecidas. ¿Qué hago?

Los nervios han desaparecido. Me siento mejor, y eso es bueno. Significa que estoy a gusto, fuera de peligro. Ella no me va a hacer daño. Amanda no es así.

—Prométeme que no se lo contarás a nadie.

—Te lo prometo.

Recula. Aún estás a tiempo. No lo cuentes. Déjalo y márchate.

—De acuerdo. Te lo contaré.

33
William Parker
2017, Los Ángeles

La muerte de Emma Clark recorrió las calles de Los Ángeles como viento del oeste. Los forenses aseguraron haber encontrado muestras de ADN de la señora Clark en el cuerpo de la tercera víctima, lo cual corroboraba su confesión de culpabilidad, y también que William estaba en lo cierto. Había un vínculo irrefutable entre los asesinatos del ascensor, algo que no cabía achacar al azar ni a imitador alguno —puesto que ese dato clave, esa «W» en la pared, no había llegado a los medios—. Emma solo era responsable de uno de los crímenes. Por tanto, había más asesinos.

Valoró la posibilidad de que la muerte de la señora Clark no hubiera sido en realidad un suicidio, sino un asesinato por parte de algún trabajador del centro que estuviera involucrado en los crímenes y que no quería que la paciente hablase. Quiso asegurarse y pidió una entrevista con la última persona que vio a Emma Clark con vida. Se reunieron en una sala del Oblivion, con una mesa larga y sillas a los extremos. La enfermera era una mujer joven con una belleza peculiar, los ojos grandes y oscuros y el rostro ovalado.

—Cuénteme otra vez qué ha pasado.

—Ya se lo he dicho —dijo apesadumbrada—. Le he llevado unos libros por la mañana. Hace unos días me dijo que le gustaba leer novelas románticas y he pensado en darle una pequeña sorpresa de la biblioteca. Ella me lo ha agradecido y se ha puesto a leer enseguida. Más tarde, he ido a llevarle la comida y la he encontrado así.

William ya había visto esos libros en la habitación de Emma Clark. Había pasado sus páginas en busca de alguna anotación sospechosa, pero no eran más que novelas pasionales en perfecto estado.

—¿Ha dicho algo extraño por la mañana? ¿Algo que pudiese hacerle pensar a usted que podía tomar semejante decisión?

—No, en absoluto. La he visto más lúcida, eso sí, pero en ningún momento ha dicho nada que me preocupara. Nadie esperaba esto, se lo aseguro.

—¿Dice que estaba más lúcida?

—Sí, como si los sedantes no le hiciesen efecto.

—¿Se refiere a estos? —William depositó un pequeño recipiente de cristal sobre la mesa, en cuyo interior había media docena de pastillas.

La enfermera lo miró confundida.

—Las he encontrado escondidas detrás de una baldosa de la celda de la señora Clark.

—Eso es imposible —dijo incrédula—. Yo misma estaba delante cuando se las tomaba. No puede ser. Esas no...

—Emma Clark la engañaba, claro está. Fingiría tomárselas en su presencia escondiéndolas debajo de la lengua y las metería en el desperfecto de la pared cuando usted salía de la celda.

—Oh, Dios. —Se tapó la cara con las manos.

—Esto explica que la paciente estuviese, como usted bien ha advertido, completamente lúcida en el momento de su visita.

«Y por eso, pudiendo recordar lo que hizo y lo que la llevó a hacerlo una y otra vez, ha tomado la horrible decisión de ahorcarse con las sábanas de su cama», completó para sus adentros. En cualquier caso, la enfermera solo era responsable de cierta negligencia en sus deberes, de modo que se despidió de ella y se fue del Oblivion.

Tres días más tarde, se cometió el sexto asesinato, de nuevo en Fashion District. Nada más llegar, William reparó en que el trabajo ya estaba hecho. Cox había detenido a un hombre alto y delgado, con aspecto demacrado y el pelo largo, que no oponía resistencia.

—¿Qué ha pasado?

—Lo tenemos —dijo Cox—. Ha confesado.

—¿Qué ha dicho?

—Por ahora poco, pero quiere ayudarnos en todo. Lo vamos a llevar a la sede central. Pronto volverá a casa, inspector Parker.

A casa. En otra ocasión estaría de lo más satisfecho, pero no pudo alegrarse por las palabras del detective al mando. Él no quería irse sin saber si era posible un futuro en Los Ángeles, con Jennifer.

Fue al ascensor y revisó el cadáver: un hombre joven, de unos treinta y cinco años aproximadamente. Presentaba el cuello amoratado: muerte por asfixia. La parte posterior de la cabeza presentaba un traumatismo que, por las salpicaduras de una de las paredes del ascensor, se había producido al chocar fuertemente contra la misma. Encontró varios pelos largos y negros, como los del cabello del detenido, e incluso la marca de una dentadura en una mano. Había sido una pelea intensa. Como esperaba, esa firma de sangre presidía la escena desde lo alto.

Se dirigieron a la sede central del Departamento de Policía de Los Ángeles y William tuvo la oportunidad de hablar con el presunto asesino. Para su sorpresa, el detenido —un expresidiario llamado Lucius con dos condenas por asalto y robo a mano armada— fue de lo más educado en todo momento.

—He sido yo, agentes. No busquen más: yo he matado a mi vecino.

—¿Confiesa el asesinato, así por las buenas?

—Bueno, sí... Era él o yo. No tenía más opción.

—¿Ha sido en defensa propia? —Aquello no le cuadraba.

—Algo así. Yo he sido más rápido.

William lo miró confuso.

—Explíquese, por favor.

—Tampoco hay mucho que explicar, ¿no? Hemos tenido la mala suerte de que ese tipo nos pillara dentro del ascensor y me ha tocado matar a mi vecino. No he tenido elección.

—Espere un segundo. Creo que no nos estamos entendiendo. Empiece por el principio y cuéntenoslo todo, sin perder detalle.

—Vaya, pensaba que sabían cómo actuaba.

—¿A quién se refiere?

—Al psicópata ese del ascensor. Esperen, ¿por qué me han detenido?

—Creo que queda claro el motivo de su detención, señor Lucius. —William empezaba a impacientarse—. Y ahora díganos qué ha pasado exactamente en ese ascensor para que acabara asesinando a su vecino. ¿Estamos?

El detenido asintió muy despacio.

—Esta mañana he ido a jugar al salón recreativo y, cuando se me han acabado las monedas, he vuelto a casa. Me he encontrado con el chico ese, ni siquiera sé su nombre, y le he saludado, pero él no ha dicho ni mu porque al expresidiario no se le saluda, el expresidiario no es persona. Me río yo de la reinserción social, ya les digo que si vieran las cosas que...

—Céntrese en esta mañana —lo cortó Parker con gesto serio, y por un segundo vio un brillo de peligro en los ojos del detenido.

Lucius lo controló. Bajó la mirada a la mesa, carraspeó y obedeció:

—Pues eso, que he estado a punto de decirle que subiera solo, que ya lo haría yo después, porque le he visto el susto en la cara, pero he pensado: qué coño, no he pasado tantos años a la sombra para que ahora el castigo continúe a la luz del día. Así que he entrado con él y cada uno le ha dado a su botoncito. Han sido unos segundos incómodos, todo hay que decirlo. He levantado la mirada y he visto una especie de cámara pegada a una esquina del ascensor, parecía un vigilabebés. Me ha extrañado, la verdad, no me sonaba haberla visto antes.

—No hemos encontrado ninguna cámara allí, Lucius —dijo Parker—. ¿Nos está mintiendo?

El detenido se encogió de hombros, quitándole importancia.

—Se la habrá llevado más tarde. Después de eso, he ido a casa enseguida; necesitaba limpiarme las manchas de sangre.

—El alcance de los vigilabebés es bastante limitado. Ese tipo estaría cerca para poder ver lo que sucedía dentro del ascensor y llevarse la cámara al terminar —dijo William mientras tomaba apuntes en la Moleskine—. Perdone, Lucius, le he interrumpido. Continúe, por favor.

—Sí, por dónde iba... Ah, sí. De pronto el ascensor se ha detenido entre dos pisos y, en ese instante, una voz se ha colado por ese aparato. Pensaba que sería uno de esos que te dicen que no te preocupes, que ya van a sacarte de ahí. Pero no, nada de eso.

—¿Qué ha dicho la voz?

—Nos ha dicho que íbamos a jugar a un juego. Las reglas eran sencillas: solo uno de los dos iba a salir de ese ascensor con vida. Si pedíamos ayuda o nos negábamos a jugar, el ascensor caería en picado y ambos moriríamos. Teníamos cinco minutos. Si el crono llegaba a cero y ninguno de los dos había muerto aún, ambos correríamos la misma suerte. Pero eso no era todo: el ganador saldría de allí como un asesino y no podría contarle a nadie nada de lo que había pasado porque, si rompía esta norma, ya podía despedirse de sus seres queridos.

—¿A qué se refiere?

—Pues eso, que, si el ganador abría el pico, se cargaba a su familia y a tomar por culo.

—Usted lo está haciendo, está hablando.

—Yo no tengo a nadie por quien callarme, estoy solo en este mundo. Por eso se lo cuento todo, porque quiero que sepan que soy culpable de cargarme a ese tío, pero no fue cosa mía. En eso soy inocente. Si no me hubiera visto en esa situación, no habría matado a ese hombre. Como he dicho, era él o yo, y Lucius valora mucho su vida. Soy bueno pero no estúpido.

«Seis muertes y seis asesinos», pensó William. No se equivocó con lo del silencio de Emma Clark: estaba protegiendo a su marido. Siendo así, había cuatro personas más que habían pasado por lo mismo y que habían ganado ese juego. Supervivientes que se habían convertido en asesinos. ¿Qué deberían hacer con ellos? ¿Detenerlos o considerarlos víctimas y dejarlos en libertad?

—Y ¿por qué esa «W»?

—Vaya, lo había olvidado. El tipo ha dicho que el ganador tenía que escribir en la pared una «W» con la sangre del perdedor. Era la última regla. Si no lo hacía, el ascensor seguiría bloqueado y las puertas no se abrirían.

—¿No le ha dicho su significado?

—Bueno, es obvio, ¿no? Es la primera letra de la palabra *winner*.

William tragó saliva. Si lo que Lucius decía era cierto, estaban ante la mente perversa y fría de un psicópata que obligaba a sus víctimas a participar en un juego mortal, sin mancharse las manos de sangre ni dejar huellas. Era el crimen perfecto. Todo iba de mal en peor. Habría una séptima víctima, de eso estaba seguro. ¿Cómo podían adivinar dónde sería? ¿Quién sería el próximo en jugar a ese juego maldito?

—¿Reconocería su voz?

—Oh, señor, creo que voy a recordarla toda mi vida.

—Descríbala.

—Grave, áspera. Es un tipo mayor, de unos cincuenta años.

Cox frunció el ceño. ¿Eso era mayor?

—Sabe parar un ascensor —pensó William en voz alta—, lo cual nos dice que tiene alguna noción de maquinaria. ¿Quizá un trabajador de mantenimiento?, ¿un técnico de ascensor? —Se volvió hacia Cox—. Señor, ¿a qué empresa pertenecen los ascensores donde han aparecido las víctimas? ¿Puede que sean de la misma marca?

—No, tenemos tres marcas diferentes. No hay una coincidencia clara.

—Yo no quería matar al pobre chico, ¿eh? —insistía Lucius—. Pero, claro, yo era más grande y fuerte. Pan comido.

William miró a Lucius a los ojos, hundidos y de un color amarillento. Le pareció intuir en ellos una pizca de orgullo: había sobrevivido.

¿Puede ser inocente un asesino?

El móvil de Cox empezó a sonar. Al ver quién llamaba, murmuró:

—Pero qué...

Se disculpó y salió de la sala de interrogatorios. No tardó ni diez segundos en volver.

—Parker, es para usted. —Le tendió su teléfono.

Aquello lo desconcertó. Cogió el móvil y vio el nombre que rezaba la pantalla.

—¿Jennifer? —preguntó, totalmente descolocado.

—William. Ayúdame, por favor.

34
Fernando Fons
Seis meses antes, junio de 2018,
Tavernes de la Valldigna

Fue Laura quien le dijo dónde encontrarla. Fernando había aprovechado la visita a su madre para sacar el tema como quien no quiere la cosa y, con la suficiente astucia, consiguió lo que quería sin levantar sospechas. Al parecer, Laura quedaba con Minerva a menudo y, como cabía esperar, hablaban mucho de sus hijos.

Andrea vivía en la periferia de la ciudad, en un edificio viejo con vistas a un descampado y a los primeros huertos de naranjos que se extendían hasta el horizonte. Las naranjas son el bien más preciado de los valencianos, ya querrían los californianos poseer tan gran tesoro. Según lo que le dijo Laura, Andrea trabajaba en un almacén muy cerca de su piso y, aunque su horario era más que flexible, Fernando dedujo que no tardaría demasiado en volver a casa cuando se apostó entre los coches aparcados en el descampado.

Pasadas dos horas largas, apareció por una esquina. Allí estaba Andrea, con la misma cara que cuando tenían quince años. En ese momento Fernando entendió por qué se había escondido allí: por miedo. Vio desde la distancia cómo Andrea se deslizaba por el portal del edificio. Los músculos de Fernando no reaccionaban. Había fallado. Aunque podía llamar al timbre y hablar con ella en su casa. No era lo que tenía previsto, pero podía intentarlo.

Se dispuso a cruzar la calle que separaba el descampado del edificio, pero le fallaron las piernas y tuvo que apoyarse en un coche que tenía al lado. ¿Qué le pasaba? Estaba nervioso. ¿Por qué? Empezó a hiperventilar y se puso en cuclillas. Intentó tranquilizarse durante un rato. Entre profundas y lentas inhalaciones, se repetía mentalmente «No pasa nada, no pasa nada». No entendía las respuestas de su cuerpo. Él ya había superado a Andrea. ¿O no?

Pocos minutos después, oyó unos pasos apresurados sobre la grava. Se giró y vio a Andrea, con el pelo recogido en una coleta y atuendo de *runner*: deportivas, mallas grises y una camiseta negra, adentrándose por el camino que daba a los campos. El corazón de Fernando lo sacudió con fuerza y se irguió con un impulso. Era ahora o nunca.

La siguió sin prisa por la boca de aquel mar de hojas verdes mientras rumiaba qué iba a decirle. ¿Cómo reaccionaría al verlo? Andrea torció hacia la derecha en una curva y Fernando la perdió de vista. Tras soltar un juramento, se puso a trotar como la había visto hacer a ella y alcanzó la curva para verla perderse por otra a la izquierda. Avanzó un poco más y allí estaba de nuevo. Su coleta se balanceaba de un lado a otro al ritmo de sus pies. Fernando estaba convencido de que no lo había visto. Pero ¿de qué servía aquello si no conseguía hablar con ella? Vio a lo lejos cómo un hombre, vestido con ropas sucias y con una azada en la mano, la saludaba sonriente desde su huerto. Cuando Fernando pasó por su lado, no lo saludó, solo lo miró extrañado. ¿Era porque estaba corriendo con pantalones vaqueros?

Volvieron a girar a la derecha, las montañas los observaban a lo lejos, preciosas e imponentes, y luego a la izquierda. Fernando ya estaba perdido en aquel laberinto de naranjos y dudaba de si sabría salir de allí después de todo. Aumentó la velocidad. Tenía que lanzarse. El pasado no podía entrometerse en el presente. Cuando se encontró a pocos metros, la llamó.

—Andrea.

Ella se sobresaltó, cesó sus pasos y se volvió hacia él, sin acercarse.

—¿Quién eres? —dijo con desconfianza.

—Soy Fernando.

—¿Qué Fer...?

Entonces cayó en la cuenta.

—Sí, ese Fernando —afirmó.

—¿Qué quieres?

—¿Podemos hablar?

—¿Aquí? —preguntó mirando a su alrededor.

—Lo siento, no encontraba el momento —dijo mientras avanzaba hacia ella.

—¿Qué quieres? —repitió Andrea secamente.

—Bueno, no sé muy bien cómo decir esto, la verdad. He hablado con la señora Antonia, ¿te acuerdas de ella?

—¿Qué pasa con esa vieja?

—No, nada. O sea, sí. Ha denunciado un robo y he ido a su casa. No sé si lo sabes, pero ahora soy periodista. Trabajo en *Les Tres Creus*.

—Acelera, Fernando. Me están bajando las pulsaciones.

—El caso es que me he acordado de ti y... de lo que pasó hace años.

—¿Y? —preguntó ella con impaciencia.

—Solo quería decirte que te perdono.

Andrea levantó una ceja.

—Perdonar ¿qué?

Fernando se encogió de hombros tímidamente.

—Ya sabes, que fingieras ser mi amiga.

—¿No te quedó claro lo que te dije aquel día? No quería verte nunca más.

—Lo sé. Sé lo que me dijiste y lo que pensabas de mí. Pero ahora he venido para arreglar las cosas.

Andrea soltó una carcajada.

—No entiendo qué es lo que quieres arreglar. No llegamos a tener nada real, Fernando. Ni esa supuesta amistad ni el cuento de hadas que te montaste en la cabeza. —Le pellizcó una mejilla—. Eras un pardillo. Lo sabes, ¿no?

Fernando le apartó la mano con brusquedad. Ella respondió pegándole una bofetada como había hecho años atrás. Todo se repetía.

Andrea se le quedó mirando un segundo y, al ver que no reaccionaba, se rio de nuevo. Aquella risa estúpida. Fernando imaginó lo que estaba pensando: a pesar de los años, él aún era el mismo crío indefenso. Sin decir nada más, ella lo dejó atrás y reanudó su carrera. Fernando la vio alejarse al trote, como si nada hubiese pasado, y se enfureció. Se enfureció como nunca antes lo había hecho. No iba a permitirle salirse con la suya, no esta vez. Él había cambiado, había salido de aquel pozo tan profundo en el que ella le había metido y no quería volver a caer en él. Tenía que defenderse.

Corrió tras ella y la empujó con fuerza. Andrea cayó al suelo y se escuchó un pequeño crac. Entonces Fernando vio la postura antinatural de su cuerpo. Luego la sangre alrededor de su cabeza. Andrea no respiraba.

Estaba muerta.

35
William Parker
23 de diciembre de 2018, San Francisco

He confirmado la coartada de Brandon Gray, aunque ha sido puro protocolo; en realidad, ya al salir del club de tenis estaba convencido de que ese no era el camino, pero tampoco tenía pistas sólidas. Además, Charlotte me ha dado una aproximación de la hora de la muerte de Kevin Smith: las cuatro de la mañana. Con lo cual, es imposible que Brandon Gray sea su asesino estando en urgencias con su esposa a esa hora. Al final me he centrado en lo poco sólido que teníamos: esas argollas en casa de Sarah Evans, que —si Karla Mendoza no se equivocaba— tuvo que colocar el asesino la misma noche en que acabó con su vida. Dado que Sarah Evans no tenía taladro en casa, me he dedicado a llamar a todas las ferreterías del listín telefónico, habrán sido como cincuenta, entre negocios particulares y franquicias de centros comerciales. El brazo me pesa de aguantar tanto tiempo el teléfono contra la oreja. He conseguido una lista de diecinueve personas que compraron un taladro y pagaron con tarjeta. Nadie adquirió las argollas y las cuerdas además del percutor, al menos no recientemente. Algo me dice que esto tampoco me va a llevar a ninguna parte. No solo porque cabe la posibilidad de que el asesino no necesitase comprar un taladro —quizá ya tuviese uno antiguo—, sino porque los tiempos han cambiado también en esto. Uno de los dependientes con los que he hablado me lo ha dejado bastante claro:

—Las ventas del comercio local disminuyen cada año. Ahora la gente lo compra todo por internet por no levantar el culo del sofá. El mundo se va a la mierda y al final estaremos más solos que la una. —Ha soltado un gruñido—. Si yo quisiera comprar algo que pudiese incriminarme de alguna manera, no iría a una tienda.

El viento sopla en mi contra y cada vez con más fuerza.

Descarto esa línea de investigación al instante y le doy un par de caladas al cigarrillo electrónico. Las normas no me permiten fumar como es debido en el Salón de la Justicia y me tengo que conformar con esto. Es mejor que nada. O nada sería mejor que esto, no estoy muy seguro.

Mientras hablaba con todos esos ferreteros he ido dibujando y escribiendo cosas en una hoja en blanco que ahora atrapa mi atención. Entre garabatos sin sentido, dibujos de llaves inglesas y palabras sueltas, hay dos nombres que me llaman a gritos: «Sarah Evans - Kevin Smith», las dos víctimas. ¿Por qué ellos? ¿Por qué el asesino los escogería entre los ochocientos setenta mil habitantes de San Francisco? El porqué siempre es lo más importante. También lo más complicado de averiguar.

El salvapantallas del ordenador desaparece cuando muevo el ratón. Entro en Google y escribo los nombres en el buscador. Las noticias más recientes, referentes a sus horrendas muertes, ocupan un centenar de páginas. En una de tantas, leo una frase especialmente interesante: «La víctima es Sarah Evans, nieta de los antiguos propietarios de Lifranbarter». Qué curioso. Vuelvo al buscador y escribo el nombre de la marca y el apellido. Tras leer varias entradas, una de 2002 hace que me detenga: «El antiguo negocio textil de Evans y Smith cae en bancarrota tras una pésima gestión económica...». ¿Evans y Smith? ¿Coincidencia?

Hago doble clic y leo el artículo del *San Francisco Examiner*:

SE ACABÓ LA ROPA DE LIFRANBARTER

El antiguo negocio textil de Evans y Smith cae en bancarrota tras una pésima gestión económica del actual propietario, Michael Long. Lifranbarter se fundó en 1963 liderado por Francis y Lisa Evans, y Peter y Barbara Smith, con un 25 por ciento de las acciones de la empresa cada uno. La marca salió al mercado como una alternativa económica de los sellos más afamados y fue esto lo que hizo que, cinco años más tarde, Lifranbarter cruzara fronteras y compitiera con las altas esferas del mundo textil.

Todo se torció en 1971 con el accidente que le costó la vida a una de las propietarias, Barbara Smith. Aquel fue el primer eslabón de una cadena forjada de mala suerte, pues, después de aquella tragedia, Peter Smith se quedó con las acciones de su difunta esposa y surgieron muchas desavenencias entre los propietarios, en tanto que Peter Smith acusaba a sus socios de haber tomado parte en la muerte de su mujer. La acusación nunca pudo verificarse, y ninguno de los tres quiso hablar del tema con nadie. Tampoco la policía arrojó luz sobre aquel asunto.

Unos meses después, Smith vendió sus acciones a Michael Long, que fue socio de los Evans hasta que, en 1986, se convirtió en propietario único de la empresa tras comprar el total de las acciones a sus socios.

No obstante, la marca Lifranbarter tocó fondo en los años siguientes, con denuncias de explotación laboral y rumores de vínculos con el mercado negro. Hoy, 10 de junio de 2002, la ropa de Lifranbarter deja de venderse en todo el mundo. Según nuestras fuentes, el propietario fue visto por última vez el mes pasado en Cancún.

Sin estar muy seguro de esto, apunto los nombres en la Moleskine y me levanto de la silla. Salgo al pasillo y veo cómo las puertas del ascensor se abren para dejar salir a varios agentes. Aparto la mirada. Empujo la puerta de las escaleras y bajo hasta la planta -1. Entro por la tercera puerta a la izquierda, abierta de par en par, y veo al informático rascándose la barbilla mientras mira desganado una grabación de seguridad en el ordenador.

—¿Hoy no ponen la peli que te gusta, Jim?

—William —dice él a modo de saludo—. No, las de hoy son aburridísimas. ¿Qué te cuentas?

—Vengo en busca de información sobre un caso.

—Qué original. ¿No vienes a por un Whopper, como todos?

—Muy gracioso. ¿Me podrías echar una mano? No soy muy amigo de las nuevas tecnologías.

Pausa el vídeo y lo minimiza.

—Tú dirás.

—¿Me podrías buscar los nombres de los abuelos paternos de Sarah Evans y los padres de Kevin Smith?

—¿Las víctimas del Verdugo?

—Justo.

—Marchando... —Teclea algo en el ordenador. Un clic, luego otro—. Los abuelos paternos de la chica eran Francis y Lisa Evans, fallecieron hace unos años. Y los padres del otro eran Peter y...

—... Barbara Smith —lo interrumpo.

—Pero ¿no decías que no lo sabías?

—Tu presencia es inspiradora.

Se ríe y se recuesta contra el respaldo de la silla.

—¿Necesitas que te inspire en algo más?

Lo pienso un segundo:

—¿Me puedes buscar el expediente del accidente de Barbara Smith?

—Claro. ¿De qué año es?

—De 1971.

—Uf... Eso es historia antigua.

—¿Qué quieres decir? ¿No lo tenemos?

—Quiero decir que, si no eres muy amigo de las nuevas tecnologías, estás de suerte. Nuestro archivo digital empieza en 1985.

No digo nada. Jim se levanta.

—Acompáñame.

Lo sigo hasta el final del pasillo. Abre una puerta y le da al interruptor. Una bombilla pelada que cuelga del techo parpadea antes de esparcir su luz amarillenta. Huele a humedad. Hay estanterías metálicas por todas partes, centenares de cajas blancas que se apilan entre ellas y carpetas azules que se amontonan aquí y allá, guardando recuerdos y cogiendo polvo. El archivo físico. Nunca había necesitado entrar aquí y esperaba no tener que hacerlo nunca.

Jim me da una palmadita en el hombro.

—Mucha suerte con ese caso.

36

Fernando Fons
23 de diciembre de 2018, San Francisco

El segundo asesinato, el de ayer, ha ocupado todas las portadas del día. Tampoco han parado de hablar sobre ello en la televisión y, según han dicho, es *trending topic* en Twitter. Aun así, la policía no tiene ni idea de quién es el Verdugo y no hay ni un solo artículo que esté mínimamente a la altura de las circunstancias. El periodismo de esta ciudad parece de parvulario y siento vergüenza ajena por ello. Me veo en la obligación de enseñarles cómo se hace. Sé que no debería, pero me queman las palabras en los dedos, como cerillas ardiendo.

Me dirijo al Salón de la Justicia, en Bryant Street. Es allí donde siguen la pista del asesino y, partiendo de cero, creo que no hay mejor sitio por el que empezar a indagar. La teniente Watson ha protagonizado dos ruedas de prensa propias de un político: muchas palabras, poco significado. La policía siempre va un paso por detrás, pero nunca se sabe. Puede que esta noche yo descubra algo que lo cambie todo; a lo mejor veo algo que ellos no son capaces de ver. A veces la vida se convierte en un laberinto y son los caminos más inesperados los que te llevan a la salida.

Soy consciente del peligro que ello conlleva, pues si alguien me reconoce allá donde voy estoy perdido. Ahora mismo soy como un ratón que se acerca a una ratonera vacía: el riesgo por el riesgo. Aunque, viéndolo en perspectiva, dudo que mi historia se haya descubierto y haya cruzado el charco. Aquí solo soy un simple camarero. Nada más.

No le he dicho nada a Amanda sobre esto. Sé que le gustaría investigar conmigo, pero, tras el ingreso de su abuela en la residencia, Amanda no está en sus mejores condiciones, y me parece mala idea animarla a perseguir a un asesino. Si digo la verdad, me siento mal por no decírselo. Es como si le estuviera siendo infiel, periodísticamente hablando. Amanda se ha convertido en una persona muy especial para mí en cuestión de días. Con ella me he abierto más que nunca, le he contado cosas que siempre habían permanecido guardadas con llave dentro de mi ser. Amanda es... ¿Cómo la describiría? Es la amiga que nunca tuve. Tengo la sensación de que es una amiga de verdad, de las que se quedan para toda la vida. Ella misma lo ha dicho esta mañana: «Lo que tenemos en común es algo mágico, de una probabilidad entre un millón». Es una chica increíble. Creo que me...

Un nudo en la garganta.

Nada. No he dicho nada.

Llego al Salón de la Justicia, un edificio imponente de seis plantas que abarca toda la manzana. Hay cuatro coches patrulla aparcados delante de las escaleras de la entrada. Tres puertas enormes y acristaladas dan paso a un futuro oscuro. Las banderas de Estados Unidos, California y San Francisco ondean bajo los mástiles que sobresalen de la fachada gris cemento. A pesar de que las luces del interior están encendidas, no se ve demasiado desde la calle. No voy a entrar. Ni por asomo.

Busco con la mirada un lugar donde vigilar escondido, me pongo la capucha de la sudadera y meto las manos en los bolsillos de la chaqueta. Sin detener mis pasos, voy al supermercado abierto las veinticuatro horas que hay en una esquina de la acera opuesta, unos metros más allá. Una vez dentro, doy una vuelta por los pasillos iluminados buscando cualquier cosa que llevarme a la boca. Una mujer ha cogido de la mano a su hijo en cuanto han pasado por mi lado. Hoy no me he afeitado. ¿Tan mala pinta tengo? En todo caso, qué más da. Encuentro por fin algo para la ocasión: un sándwich vegetal y una lata de Coca-Cola Light

—la cafeína me mantendrá atento durante la vigilia—, y me dirijo a la única caja abierta de la entrada. Me pongo detrás de la madre del año y su hijo. En cuanto me ve —*seguro que os estoy siguiendo, ¿verdad?*—, la mujer empuja al niño hacia delante y lo protege con su diminuto cuerpo como diciendo «para llegar a él antes tendrás que matarme a mí». Yo hago como si no me diera cuenta de nada y espero mi turno, pago y salgo de nuevo a Bryant Street con las provisiones en mano.

Tras un segundo reconocimiento de la zona, cruzo el paso de peatones y me posiciono en la acera frente a la entrada. Me apoyo en la pared de una cafetería cerrada que tengo a mi espalda, justo detrás de un coche y un árbol delgaducho. Desenvuelvo el sándwich y le doy el primer bocado. Con suerte, la distancia, la capucha y la penumbra me harán invisible para quien entre o salga del Salón de la Justicia a estas horas.

Poco a poco el silencio le gana la partida al ruido y Bryant Street se queda a solas bajo la inmensidad de la noche. Los sueños rotos y las pesadillas se abren camino. Nadie en su sano juicio vagaría por las tinieblas sin el mínimo cuidado. Y mucho menos con el Verdugo acechando entre las sombras.

La emoción por volver a la piel de un periodista seis meses después, aunque sea de forma autónoma, me genera un cosquilleo inexplicable por todo el cuerpo. Cuánto lo echaba de menos. ¿Conseguiré averiguar algo vigilando desde aquí? Lo veo difícil. ¿Alguna sospecha de la policía, tal vez? Desde luego, eso sería el premio gordo. Lo fácil sería dejarlo pronto e irme a casa, mañana tengo que madrugar. Pero, como mi yo del pasado me diría, uno siempre pierde cuando no lo intenta.

37
William Parker
2017, Los Ángeles

Acudieron lo más rápido que pudieron. William permaneció en trance durante el trayecto, el sentimiento de culpa le corroía las entrañas. Si no le hubiese propuesto a Jennifer irse a vivir con él al Ritz, si Cox no hubiera revelado públicamente su colaboración en el caso, si nadie hubiera vendido la noticia de su relación con ella a la prensa, nada de esto habría pasado. ¿Tendría razón Alfred? ¿Se había entretenido demasiado con Jennifer? ¿Habría podido detener a ese psicópata antes?

Varios coches de policía se detuvieron delante del Ritz. Las luces estroboscópicas avisaban de una alarma inminente bajo las estrellas. Centenares de personas se amontonaban en la calle como hormigas dispersas en busca de un agujero donde protegerse. Nada más llegar, hablaron con uno de los empleados del hotel.

—¿Qué ha pasado? —preguntó Cox.

—Tiene una bomba. Hemos desalojado el edificio. No queda nadie dentro salvo ese tipo y una rehén. Si quieren hablar con su marido, está allí. —Señaló hacia un grupo de personas en el que destacaba un hombre que abrazaba a un niño de unos ocho años.

—Mierda, Jennifer no es la única... —murmuró Cox.

—¿Me puede explicar cómo ha podido entrar en el Ritz alguien con una bomba? —preguntó William. Aunque él sabía que era una pregunta absurda: si el asesino no la llevaba a la vista, ¿cómo evitarlo? La gente entra y sale de los hoteles constantemente, en ninguno hay controles de seguridad o detectores de metales.

—Ha dicho que era el ascensorista —explicó el hombre, avergonzado—. En el momento de la supuesta revisión, han saltado los plomos y ha empezado la pesadilla. De haber sabido que...

—¿Dónde está? —lo interrumpió Cox.

—En el séptimo piso.

—Hay que entrar. Quiero a un equipo de seis conmigo —vociferó.

—No —se opuso Parker—. Jennifer ha dicho que nada de policías.

—Estoy al mando y digo que vamos a entrar. ¡García! ¡Moore!

Una mujer y un hombre, equipados con chalecos antibalas, se acercaron de inmediato a la espera de recibir órdenes. Aquello no le gustaba a William. No le gustaba ni un pelo.

—Cox, esto es una locura —advirtió—. Ahí dentro hay dos rehenes. Y uno de ellos es la detective Morgan.

—Por eso mismo vamos a entrar. ¡Martínez!

—Pero ¿es que no lo ve? ¡Hay vidas en juego! Tiene una bomba. Si no hacemos lo que nos pide, no dudará en detonarla.

Cox lo miró detenidamente. Apretó la mandíbula y maldijo algo ininteligible.

—¿Qué propone?

William miró hacia el edificio. Las luces apagadas, el vestíbulo a oscuras.

—Está claro que me quiere a mí. Si no, nunca hubiese dejado a Jennifer ponerse en contacto conmigo. Debo entrar solo.

Cox se pasó la mano por el pelo, inquieto.

—Llévese también a García, es experta en explosivos.

No sabía qué hacer. Él no tenía ni idea de cómo desactivar una bomba. Pero entrar con ella podría suponer la muerte de dos personas, posiblemente también la suya y la de García. No podía permitirlo.

—No. Entraré yo solo. Al mínimo ruido extraño, intervengan con todo.

Cox inspiró y exhaló por la nariz.

—Está bien. Tome esto. —Le tendió una linterna—. ¿Lleva su pistola?

William desenfundó la SIG Sauer.

—Sí. Espero no tener que usarla.

Cox asintió torpemente.

En los siguientes dos minutos, el empleado del hotel le enseñó un mapa del edificio y le dio varias indicaciones. Luego García le explicó varios aspectos básicos sobre explosivos y le entregó un pinganillo para que pudieran hablar en caso de que fuera necesario. Él asentía como un autómata, pero no escuchó nada de lo que le estaban diciendo. Solo oía un pitido en los oídos y sus pensamientos vagaban por los recuerdos de los últimos días. Jennifer aparecía en cada uno de ellos. Cuando vio que ya nadie añadía nada, dijo:

—De acuerdo.

Se volvió hacia el Ritz, un edificio imponente que había perdido todo su encanto.

—Allá vamos.

Avanzó despacio, sintiendo en la nuca el peso de todas las miradas. El barullo se difuminó, o al menos eso le pareció, acallado por los latidos de su corazón. Sostenía la linterna y la pistola con fuerza y, al darse cuenta, aflojó la presa. Tenía que controlar su cuerpo y no ser esclavo de los nervios. De lo contrario, no habría precisión en ninguna de sus acciones.

Nada más entrar por la puerta principal, el sonido se aisló. En el vestíbulo, el silencio era perturbador. La oscuridad, abrumadora. Encendió la linterna y un potente haz de luz se formó delante de él. Levantó el cañón de la pistola y se dirigió hacia los ascensores muy lentamente. Las luces de seguridad, unos pequeños tubos led naranjas, relucían en el techo. Las puertas metálicas estaban cerradas.

A un lado, del mismo color crema de las paredes, las puertas de las escaleras. Abrió con el codo sin dejar de apuntar con la linterna y la pistola y, tras un rápido chequeo, se deslizó hacia el interior.

Recorrió con la linterna cada centímetro de penumbra antes de subir el primer peldaño. Avanzó por las escaleras con pies de plomo, cesando su respiración agitada por momentos para escuchar cualquier ruido, algún grito, una voz, lo que fuera. Hacía grandes esfuerzos por mantener la calma y, a pesar de ello, sentía que la pistola temblaba entre los dedos. Por un segundo perdió la cuenta y se vio en la obligación de, muy sigilosamente, asomarse por una de las puertas para ubicarse: quinto piso. Estaba a dos plantas del asesino, de la bomba, de las rehenes, de Jennifer.

Subió otro piso más. Apoyaba los pies con mucha delicadeza para no delatar su presencia. De pronto escuchó algo. Se detuvo en el sexto y aguzó el oído. Era un llanto. Estaba cerca. Inspiró hondo y reanudó sus pasos.

Llegó por fin al séptimo piso. Allí el llanto se escuchaba con mucha más claridad. Estaba a tan solo unos metros, detrás de una simple puerta. ¿Qué debía hacer ahora? ¿Estaría allí el asesino? ¿Esperaría a que apareciese para meterle una bala en la frente? No tenía muchas opciones, así que optó por abrir la puerta muy despacio, sin hacer ruido, y asomó el ojo por la rendija. En algún punto, a la derecha, había luz, la misma luz anaranjada que había visto hasta ahora, pero algo más potente. Escuchó varias respiraciones intensas, el llanto intermitente de una mujer. ¿Cuántas respiraciones estaba escuchando? ¿Eran dos o tres? No estaba seguro, así que se llenó de valor y se hizo notar.

—¿Jennifer?

—William, ¿eres tú? —Era ella.

No respondió. Quería escuchar algo más, quería oír otra voz, una grave y áspera como había descrito Lucius en la sala de interrogatorios.

—¡Ayuda! —suplicó otra voz de mujer que no reconocía.

William esperó un poco más. En vano. ¿El asesino estaría escondido en algún lado? ¿Estaría al otro extremo del pasillo? Debía de ser muy cauteloso con sus movimientos. En esa partida de ajedrez se jugaba mucho más que el honor. Mientras calibraba todas las posibilidades, la luz de la linterna empezó a parpadear hasta apagarse y se quedó totalmente a oscuras. Intentó hacerla funcionar con el corazón trepándole la garganta, pero no hubo manera. La linterna no funcionaba. Maldijo y la dejó en el suelo.

—¿William? —Jennifer otra vez.

Inspiró y espiró despacio. Apuntó hacia delante con la pistola, empujó la puerta y entró en el pasillo. Entonces las vio. Estaban dentro de la cabina del ascensor, un montacargas situado en un extremo del pasillo, atadas a unas sillas, una a cada lado, y con un collar de explosivos alrededor del cuello. No había nadie con ellas.

—Gracias a Dios, William —murmuró Jennifer.

—Sáquenos de aquí, por favor —dijo la otra mujer entre lágrimas.

Se acercó apresurado y entró en el montacargas. La luz de emergencia era débil pero suficiente para reparar en que aquella mujer, que no paraba de llorar, estaba embarazada de al menos siete meses.

—¿Estáis bien?

Las dos asintieron.

—Lo siento, William —dijo Jennifer cabizbaja—. Me ha golpeado por detrás. Cuando he despertado ya tenía los explosivos sobre los hombros. Ha sido culpa mía. Debía haber estado más atenta.

Justo debajo de su cuello había un contador con números rojos: 4.59.

Estaba parado. ¿Por qué?

—¿Dónde está? —preguntó William, nervioso.

Como respuesta, una voz escalofriante afloró de la nada.

—Gracias por unirse a nosotros, inspector.

Una pequeña pantalla, sujeta con cinta aislante, se iluminó en la pared posterior de la cabina y William vio entonces la «W» escrita con pintura roja. Por lo que pudo deducir, el aparato era un comunicador de corto alcance, un vigilabebés como bien había descrito Lucius. Alzó la vista y vio la cámara pegada a una esquina. Un hombre de unos sesenta años se reía en la pantalla iluminada. Tenía rasgos rudos y el pelo canoso. La calidad del vídeo no era muy buena. El hombre estaba a oscuras y un destello naranja se colaba por la imagen: William supo al instante que estaba en algún lugar cercano, dentro del Ritz.

—Por fin nos conocemos, inspector Parker.

38
Fernando Fons
23 de diciembre de 2018, San Francisco

Llevo una hora y veinte minutos esperando en el mismo sitio y lo más interesante que he visto es un cambio de turno y un par de policías que han salido a patrullar. Empiezo a cansarme, el efecto de la cafeína no es tan duradero como yo esperaba. Hay un restaurante vietnamita cerca y podría ir a por un café calentito, pero no quiero dejar el puesto de vigilancia. ¿Y si ocurre algo mientras me ausento? No, no puedo hacerlo. Tengo que buscar otra solución. El periodismo es así, las noticias se marchitan al mismo tiempo que florecen en el suelo más fértil de la vida.

Unos chavales se acercan por la acera, los tres con sendos flequillos que les tapan medio rostro y gorros de lana negros. Dos de ellos sostienen un monopatín debajo del brazo. Los agujeros de sus pantalones desvelan unas piernas delgadas y las cadenas y anillos que llevan como adornos fingen un peligro que se evapora con solo mirarlo.

—Eh, chavales.

Ahora es cuando les ofrezco droga, ¿no?

Los adolescentes me miran de arriba abajo, se detienen a mi lado y revisan la calle de derecha a izquierda. Sonríen entre ellos y uno responde por los tres:

—¿Qué tienes?

La mare que...

—¿Qué? No, no. Os equivocáis conmigo.

—Ya te vale ponerte delante del Salón de la Justicia, tío.

—Que no soy un camello, te digo —susurro.

—Entonces ¿qué quieres?

—Necesito que me hagáis un favor.

—¿Cuál?

—¿Podéis ir al restaurante vietnamita ese de ahí detrás y traerme un café bien cargado? Os doy un dólar a cada uno por las molestias.

Los tres se ríen a carcajada limpia. ¿Dónde está la gracia?

—¿Te estás quedando con nosotros? Ve tú mismo, tío.

—No, no puedo. Es que estoy esperando a un amigo. Venga, hacedme ese favor. Os doy dos dólares.

El portavoz sonríe maliciosamente y hace una contraoferta:

—Que sean tres por cabeza.

Maldito niñato.

—Hecho.

Saco la cartera y les doy un billete con la cara de Andrew Jackson con la intención de que me devuelvan el cambio. Va a ser el café más caro de mi vida. Veo cómo los chavales van al restaurante y yo me quedo en mi privilegiada posición, al acecho de cualquier movimiento sospechoso. Esto es periodismo. El de verdad, el de tirarse al barro para sacar la joya que todo el mundo busca, y no lo que sea que hacen esos bobos de las tertulias de la tele.

La temperatura ha debido de bajar más de cinco grados desde que he empezado la vigilancia y el hecho de permanecer quieto durante tanto tiempo me produce un dolor en los huesos verdaderamente molesto. La poca gente que pasa por mi lado se aparta todo lo posible de mí como si un cordón de seguridad me protegiera en un perímetro de dos metros a la redonda. Y no los culpo, debo de ser una sombra indescifrable en la oscuridad. Yo también me apartaría.

Al cabo de unos minutos, veo a los chavales del monopatín salir del restaurante riéndose entre dientes. Me dedican una mirada de mofa y me enseñan desde la distancia tres botellas de cerveza.

—¡A tu salud, socio! —grita uno.

Si no fuera porque estoy detrás de una noticia importante, los perseguía y les rompía las botellas en la cabeza.

Un ruido me hace volver la mirada hacia delante. Una mujer con gafas entra en el Salón de la Justicia y pregunta algo a los de recepción sin dejar de aguantar la puerta. Luego asiente, vuelve al frío exterior y revisa su reloj. Parece estar esperando a alguien. Pocos minutos después, otra mujer sale por la puerta central. Creo reconocerla. ¡Sí! Es la teniente Alice Watson, la de las ruedas de prensa. Baja los escalones lentamente y se pone a hablar con la mujer de las gafas.

Desde mi posición no consigo descifrar lo que dicen, así que salgo de mi escondrijo y cruzo los cinco carriles que nos separan para colocarme detrás del muro de las escaleras del Salón de la Justicia.

—¿Alguna novedad? Dime algo interesante, anda —oigo que dice Watson.

No me han visto, o al menos no se han fijado demasiado en mí. Creo que están esperando un taxi: hablan sin moverse del sitio.

—Hace un rato he hablado con Parker —dice la otra mujer—. Es un poco raro, ¿no?

Parker. ¿Se referirá al inspector Parker, el del caso del Verdugo?

—No seas impertinente, Charlotte. Bastante tiene con lo suyo.

—¿Y se puede saber qué es lo suyo?

—Eso a ti no te incumbe.

—A ver, trabajamos juntos. No me gustaría meter la pata cuando hable con él.

La teniente suelta un largo suspiro.

—Ha pasado por momentos muy duros. Ha tenido... problemas serios, por eso ha estado casi un año de excedencia. Tenía la cabeza hecha un lío, quería escribir una novela, no te digo más. Pero parece que tener la mente ocupada en este caso le está ayudando y está volviendo a ser él mismo. Te pido por favor que no te metas, no quiero que la investigación se tuerza.

—Ya veremos, a lo mejor él quiere que me meta. —Lo ha dicho con tonillo—. ¿No te parece guapo?

Me pica la nariz.

—Es una orden, Charlotte. Te recuerdo que soy teniente de policía, mis órdenes se acatan y punto.

Siento cómo algo sube. Abro la boca, cierro los ojos.

—Y también eres mi hermana. No hace falta que te pongas tan seria cuando hablas conmigo.

Suelto un estornudo ruidoso.

Cuando levanto la mirada, las dos mujeres me miran desde la acera, a tan solo unos metros. Entonces oigo cómo el latido de mi corazón aumenta su eco y lo noto en la yugular. La temperatura de mi cuerpo se eleva en fracciones de segundo a causa de la adrenalina, un efecto químico de supervivencia ante un peligro inmediato.

—Eh, tú —dice la teniente Watson.

Aún con las manos refugiadas en los bolsillos de la chaqueta, bajo la mirada y empiezo a cruzar la calle de nuevo.

—¡Eh! —insiste con más energía mientras se acerca apresurada.

Con un desesperado impulso, me doy a la fuga a toda la velocidad que mis piernas alcanzan. Me meto por Boardman Place. Mis zancadas se oyen por toda la calle. Vuelvo la mirada hacia atrás y ahí está: Watson me persigue a poca distancia. Para su edad, se mantiene en forma. Yo, en cambio, no he pisado un gimnasio en mi vida. Espero que no me haya visto la cara, solo pido eso. Ahora es la capucha la que me protege la nuca de su visión.

Oigo sus pasos más cerca. Tengo que hacer algo.

Bajo rápidamente a la calzada entre dos coches aparcados y el potente y prolongado sonido de un claxon me alarma en un momento de tensión extrema. Sin girarme siquiera, cruzo la calle y un coche negro me roza el pie a una velocidad mortal. Subo a la acera del otro lado y sigo corriendo. Tuerzo hacia la izquierda y me adentro en un aparcamiento público con las paredes llenas de grafitis. Según salgo a Harriet Street, tuerzo a la derecha dos veces.

—¡Detente! —grita Watson a mi espalda.

Brannan Street está más transitada. Hay varias personas por la acera y coches que hacen que mis oídos zumben con su paso. ¿Qué hago? Sin dejar de correr, miro por encima del hombro y sitúo a mi perseguidora unos pasos más lejos que antes.

—¡Cuidado!

Me doy de bruces contra un hombre y mi impulso me lleva a empujarlo violentamente contra la pared. Por suerte no he caído y el hombre está bien. O eso creo, no tengo tiempo para comprobarlo. Con esto Watson ya tiene bastante para meterme una noche en el calabozo, al menos. La cosa se ha ido de madre. Por lo que he podido ver, ahora está algo más atrás. No mucho, pero suficiente. Puede que lo del coche la haya detenido unos segundos.

Pues, si me tengo que volver a jugar la vida, lo hago.

Bajo de la acera de un salto y sigo mi carrera por el borde de la calzada mientras me pregunto cuántas fuerzas le quedarán a ella; a mí me faltan segundos para que me dé algo.

Un coche se acerca por mi espalda.

Tres.

Dos.

Uno.

Me cruzo por delante. Sus luces me alumbran y me dejan a la vista de todos por un instante. Otro claxon me ensordece de nuevo. Oigo gritos ahogados y algunos insultos, pero consigo salir otra vez ileso. Atravieso la calle de lado a lado y me meto por Lucerne Street. Mis jadeos son cada vez más intensos. No sé si voy a poder seguir mucho más.

Una pareja que pasea por la acera con un carrito de bebé me obliga a bajar de nuevo a la calzada.

Oigo su voz, pero no la entiendo.

Un disparo.

Un grito.

Instintivamente me palpo el cuerpo. No hay sangre. Me doy la vuelta y localizo a la teniente Watson al principio de la calle con el arma apuntando hacia mí.

—¡No tienes escapatoria! ¡Levanta las manos, donde yo pueda verlas!

Miro a mi alrededor. Edificios a los lados. A mi espalda, una tela metálica que veta la entrada a un recinto atestado de furgones con el logo de USPS. No hay salida. No. ¡No, no, no!

Watson empieza a acercarse con el arma en alto.

Si tuviera otra opción, la tomaría. Pero no existe tal cosa.

Me vuelvo rápidamente y apoyo un pie sobre un murete de piedra. Agarro con fuerza la tela metálica y salto levantando el otro pie por encima de mi cabeza.

—¡Ni se te ocurra!

La parte superior de la valla, en forma puntiaguda, me araña toda la pierna.

El sonido de sus pasos es cada vez más elevado.

¡Vamos, un último esfuerzo!

Consigo saltar la tela metálica y casi me trastabillo al caer el suelo. Corro hacia la oscuridad y sorteo varios furgones, todos blancos con detalles rojos y azules.

—¡Mierda! —oigo al otro lado de la valla.

Me deslizo rápidamente entre los vehículos hasta llegar a la otra parte, la que da a Townsend Street, unos treinta metros más allá, y salgo del recinto saltando la valla de nuevo. Unas luces me sorprenden a mi izquierda. Casi me da un infarto, pero me tranquilizo al ver el cartel luminoso del taxi que se acerca hacia mí. Levanto la mano y el taxi se detiene. Me subo a los asientos traseros y cierro los ojos, exhausto. No esperaba que la inocente vigilancia de esta noche me llevase a ser perseguido como un delincuente.

Definitivamente, ha valido la pena.

—¿A dónde vamos? —pregunta el conductor.

Entre respiraciones entrecortadas, me quito la capucha y digo:

—¿Conoce algún cibercafé abierto a estas horas?

El taxista lo rumia unos segundos.

—Sí, pero está un poco lejos.

—Perfecto.

Durante el viaje, me levanto la pernera y busco con la mirada alguna herida, pero solo tengo arañazos superficiales, nada grave. Llego al cibercafé en veinte minutos y pido un café y un ordenador. Hay unas diez personas en el establecimiento. El sitio no está mal y la calefacción me devuelve a la vida. Pago la consumición y me siento en la silla que me ha indicado el dependiente. Abro un documento de Word en el ordenador y empiezo a hacer magia.

39
William Parker
24 de diciembre de 2018, San Francisco

El sudor me gotea por la frente. Llevo las mangas de la camisa arremangadas, los primeros botones desabrochados, el tejido pegado al pecho. No hay ni una ventana que renueve el aire aquí dentro, solo la calefacción, a toda potencia, que caldea el ambiente.

El archivo se alza ante mí como un monstruo de papel y cartón. Estoy sentado en el suelo, ensuciándome el trasero, rodeado de cajas y carpetas abiertas. El orden no tiene cabida entre estas cuatro paredes. Las cajas están clasificadas por años, pero las carpetas del interior, referentes a casos resueltos o por resolver, están cambiadas de sitio. He encontrado carpetas de 1982 en cajas fechadas en 1970 y otras de 1971 en cajas de 1967. Supongo que estuvieron ordenadas en su día, pero alguien fue sacando expedientes de su sitio y, en el momento de volver a guardarlos, los dejó donde más a mano le pillaba. Total, ¿quién iba a necesitar registrar el archivo físico en 2018?

Nada más empezar mi búsqueda, he llamado a Charlotte para preguntarle sobre Kevin Smith y he puesto el altavoz mientras iba sacando carpetas de las cajas.

—Esto es muy frustrante —ha dicho la forense—. No hay hematomas, tan solo el apuñalamiento en el cuello y el degollamiento posterior, murió casi en el acto. Qué quieres que te diga, el asesino lo pilló por sorpresa y no tuvo tiempo para hacer nada. Puede que el tipo lo llevase al sillón del pasillo para darle más dramatismo al asunto, pero yo creo que fue por la sangre.

—¿A qué te refieres?

—A que Martha Smith dormía bajo los efectos del lorazepam, pero ¿quién dice que no se hubiera despertado al notar la sangre de su marido en la cama? Fue como matar dos pájaros de un tiro. El asesino montó aquella escultura en plan gore y se aseguró de que la bella durmiente no perdiera el hilo del sueño.

—Dime una cosa, ¿cabe la posibilidad de que el asesino de Kevin Smith y el de Sarah Evans no sean el mismo?

—Ya sería casualidad tener a dos Verdugos en San Francisco... Pero puede ser, sí, cosas peores se han visto.

Entre tantos expedientes, he visto uno que me ha helado la sangre. Su carpeta, bastante gruesa, rezaba «1968-1985: Digital». Debajo, un apodo: «Asesino del Zodíaco». Una fuerza oculta ha hecho que detuviese mi búsqueda para adentrarme en esas páginas de miedo, odio y desesperanza. He visto el retrato robot que hizo Criminalística para encontrar al asesino; esas gafas de pasta, la mirada penetrante. Una mente brillante a la vez que retorcida. He leído sobre sus numerosos crímenes y las cartas que envió a las redacciones del *Vallejo Times Herald*, el *San Francisco Chronicle* y el *San Francisco Examiner*. Su firma: una cruz sobre un círculo. La gran cantidad de posibles sospechosos, ninguno confirmado. Sus burlas a la policía, su control sobre la situación. Los inspectores encargados del caso hicieron una labor increíble, yo no lo habría hecho mejor, pero el Asesino del Zodíaco se salió con la suya y escapó de las garras de la justicia.

Miro el reloj: las 3.05 de la mañana.

Exhausto, arrastro otra caja hacia mí y voy sacando más y más carpetas azules. Las fechas van saltando hacia delante y hacia atrás sin ningún sentido: 1980, 1979, 1962, 1971, 1974...

Un momento.

Cojo la de 1971 y leo: «Barbara Smith - Lifranbarter».

—Ya podías haber aparecido antes de medianoche —gruño.

Quito las gomas de la carpeta con un chasquido sordo y seco. En el interior, la foto de la fallecida y unos cuantos folios. Las letras bailan delante de mis ojos y tengo que leer varias veces algunas frases.

Barbara Smith cayó por las escaleras de su casa y falleció por traumatismo craneal el 16 de mayo de 1971. Peter Smith y Francis Evans habían ido al Candlestick Park, el estadio de béisbol de los San Francisco Giants, a ver el partido, coartada que fue probada posteriormente. Al llegar a casa, Peter encontró el cuerpo sin vida de su esposa sobre la moqueta. Según alegó Peter, Barbara había quedado con Lisa en su casa esa misma tarde, con lo cual solo podía haber una culpable de aquella desgracia. No obstante, Lisa declaró que se habían citado en una cafetería y que Barbara no llegó a presentarse. Finalmente todo quedó en nada y se clasificó la muerte como accidental, por falta de pruebas en otro sentido.

Interesante. Puede que Lisa y Barbara discutieran por algún aspecto del negocio, por algo más personal quizá, y Lisa la mató. Entonces sí que existe una relación entre Sarah Evans y Kevin Smith: el secreto residía en el pasado de sus familias. Kevin Smith tenía un año cuando murió su madre. ¿Dónde estaba en el momento de la muerte? ¿Cómo se lo explicaría Peter? Más tarde Kevin tomaría conciencia de la injusticia que sufrió su familia y querría vengarse. Ellos le arrebataron a una madre y él haría lo mismo con una hija. Ojo por ojo. Aunque Lisa y Francis ya no viviesen, los Evans merecían pagar por lo que hicieron. Además, Kevin estaba pasando una muy mala racha. A pesar de intentarlo por todos los medios, no podía tener hijos con Martha y no soportaba ver que los Evans vivían felices con una preciosa hija independizada y con estudios. Pero su dolor no acababa ahí, pues su mujer le estaba siendo infiel y era el hazmerreír del club de tenis.

Kevin Smith tenía todos los ingredientes para convertirse en un asesino. Él mató a Sarah Evans; ella no tenía por qué conocerlo.

Pero entonces ¿quién mató a Kevin? ¿Arthur? ¿Sabría quién asesinó a Sarah y no me lo dijo? A lo mejor lo pensó después de mi visita. Recordó lo de Barbara Smith, el mal trago que tuvieron que pasar entonces sus padres, y lo relacionó con la muerte de su hija. De modo que no se lo pensó y le dio a Kevin su propia medicina. Eso es. Arthur vio la foto de la cabeza decapitada de su hija y quiso hacerle lo mismo a su asesino. Antes de decírselo a la policía, se aseguró de que ese hombre sufría tanto como lo había hecho Sarah. Conseguiría sus llaves de algún modo y lo mató mientras dormía.

¿Estará Grace Evans, la madre de Sarah, metida en el ajo?

Pero... no. Esto es imposible. Martha Smith dijo que Kevin perdió las llaves hace un par de semanas, antes de la muerte de Sarah. Entonces ¿cómo pudo entrar Arthur en su casa? Tuvo que entrar de alguna otra forma. Ha sido él, debe de serlo.

El móvil empieza a sonar en mi bolsillo.

Miro otra vez el reloj: 3.32.

—Sí, teniente —digo tras descolgar.

—Parker, siento despertarte, pero es importante.

—Estoy despierto. ¿Alguna novedad?

—Se han escuchado disparos en una casa de Mission Street. Ya tengo dos unidades en camino, pero quiero que vayas tú también.

—Pero ¿hay algún muerto?

—No. Que sepamos.

—Teniente, estoy un poco ocupado ahora mismo. Me encuentro en el archivo revisando un antiguo caso relacionado con las muertes de Sarah Evans y Kevin Smith, y creo que he dado con algo. Estoy muy cerca. Así que si no hay relación con...

—La hay: los disparos provienen de casa de Robert y Eva Owens.

—¿Los padres de Logan?

—Y amigos de Arthur y Grace Evans.

40
William Parker
24 de diciembre de 2018, San Francisco

El pie del acelerador toca el suelo del coche. Voy a ciento cincuenta kilómetros por hora por la autopista Interestatal 80-W, que está bastante transitada para no ser ni las cuatro de la mañana. El Mini ruge de dolor. No está acostumbrado a esto. Pongo la mano sobre el cambio de marchas, pero la quito al recordar que este coche no tiene sexta.

Pues le hace falta.

Tras una curva abierta, dos camiones ocupan los carriles derechos y tengo que reducir bruscamente la velocidad para llegar al tercero sin estrellarme contra ellos. ¿Qué estará pasando en casa de los Owens?

Adelanto a los gigantes de carretera, cojo la salida en dirección a Daly City y luego la de Alemany Boulevard. Meto cuarta. Tercera. Me incorporo en Crescent Avenue y vuelvo a meter cuarta. Calle arriba, en el cruce con Anderson Street, un taxi se salta el stop y casi se va todo al traste. El corazón me bombea con fuerza en el pecho. Ya queda poco.

Llego a Mission Street y giro a la derecha. Localizo las luces azules y rojas a unos trescientos metros. Me olvido de respirar mientras acelero y el coche derrapa cuando freno en seco. Cojo aire, me desabrocho el cinturón de seguridad y me apeo.

Algunos vecinos miran tras las cortinas. Cuatro agentes, entre los que se encuentran Ian y Madison, empuñan su arma reglamentaria con ambas manos. Estos pobres desgraciados están en todos lados.

Saco mi SIG Sauer.

—¿Hace mucho que estáis aquí?

—Acabamos de llegar —dice Madison.

Se oyen gritos en el interior de la casa.

—A mi señal.

Madison e Ian se posicionan a la derecha; los otros dos, a la izquierda. Yo me acerco a una de las ventanas y miro por ella. Las luces están encendidas. Hay varias personas en el salón: Robert, Eva y Logan Owens. Pero hay alguien más a un lado que no puedo ver. Están discutiendo. ¿Quién puede ser?

Un brazo se alza. Es un hombre. Y apunta a los Owens con una pistola.

—¡Ahora!

La puerta principal de la casa sale disparada con el golpe de los agentes y entramos a voces en la vivienda.

—¡Policía!

—¡Suelte el arma!

—¡Arriba las manos!

Ian le arrebata la pistola al hombre armado y Madison lo echa al suelo y lo esposa mientras lo sujeta con la rodilla. Los otros dos agentes le apuntan con las SIG Sauer. Eva y Logan Owens se esconden asustados detrás de Robert, quien mira al hombre del suelo con expresión extraña, como si ya hubiese aceptado que iba a morir de un balazo en la cabeza, pero ha pasado algo que lo ha detenido todo. Quien está en el suelo no es otro que Arthur Evans, que grita con la cara enrojecida y lágrimas como puños recorriendo sus mejillas.

—¡Soltadme! ¡Estos malnacidos han matado a mi hija! ¡Deben morir! ¡Deben sufrir como lo hizo Sarah! —Con las esposas puestas, lo levantan del suelo y mira a Robert con rabia.

—No sabes lo que dices, Arthur —dice el señor Owens.

Los agentes empujan a Arthur Evans hacia fuera de la casa para meterlo en uno de los Ford Taurus Interceptor. Yo me quedo con los Owens.

—¿Qué ha pasado?

—Ese hombre está loco —dice Eva Owens.

—Quería matarnos a todos —comenta Logan con la mirada perdida—. Si no hubiesen llegado tan rápido, ahora estaríamos muertos.

—Pero hemos llegado. Cuéntenme desde el principio, por favor.

—Arthur está confuso —dice Robert, muy tranquilo—. Lo que le ha pasado a Sarah es horrible, no quiero ni imaginar cómo debe de sentirse, y ahora necesita culpar a alguien. Pero ya se lo dije el otro día, inspector: nosotros no tenemos nada que ver con eso.

—Los vecinos han escuchado disparos —digo buscando alguna herida.

—Sí. —Robert señala detrás de mi cabeza. Me giro y miro hacia arriba. Hay dos agujeros de bala en el techo del recibidor—. Ha entrado por las buenas. Nos hemos asustado de verdad al oír a alguien aporreando la puerta a estas horas, pero, al ver que era Arthur, he abierto enseguida. Ha dicho que quería hablar con nosotros, que era importante, y lo hemos dejado pasar. No le he visto la pistola. Cuando ya estaba dentro, ha pegado dos tiros hacia arriba y ha empezado a gritar. Ha sido como quitarse una máscara para poder ser él mismo.

El sudor se me ha secado y ahora siento en la piel el frío que entra por la puerta. Entonces reparo en mis pintas: pantalón sucio y camisa con las mangas arremangadas y los botones superiores desabrochados. Intento arreglarme un poco.

—Tendrán que venir conmigo a realizar unas declaraciones.

—¿Ahora? —pregunta Logan—. Son las cuatro de la mañana, tío.

—¡Logan! —le susurra su madre—. ¿Cómo le hablas así a un policía? —Logan se encoge de hombros—. Inspector, necesitamos descansar. Esto ha sido... —Le faltan las palabras.

—Podríamos ir mañana —dice Robert—. Hoy, quiero decir, pero más tarde. Ya me entiende. —Sonríe.

Miro a Robert Owens a los ojos. Me sorprende lo tranquilo que se encuentra después de que le hayan apuntado con una 9 milímetros. ¿No será la primera vez?

—He dicho que vienen conmigo. Los tres.

41
Fernando Fons
Seis meses antes, junio de 2018,
Tavernes de la Valldigna

—Andrea. Andrea —la llamó varias veces.

Pero Andrea no se movía. Había caído de frente y continuaba boca abajo, con la cabeza de lado y los ojos fijos en la nada más absoluta. Fernando buscó en derredor algún testigo de lo que había pasado. De lo que había hecho. Pero no vio a nadie. Estaban solos.

Estaba.

Se apretó con fuerza las sienes. Caminó hacia ningún sitio y volvió. Sus pies pisaban con fuerza el suelo agrietado. ¿Qué podía hacer? La había matado. Joder, era un asesino. ¿Ahora qué? Se había convertido en la clase de persona a la que solía perseguir: él era la noticia excitante. Pero esto no tenía nada de excitante.

—Andrea —volvió a probar.

Nada.

—No era mi intención —murmuró.

Pero lo has hecho. Eres un asesino.

La observó con frialdad. Su pálido rostro. Su cuerpo delgado. Su mente perversa, ahora fría e inerte. ¿A cuántas personas habría hecho daño Andrea? Aunque no quisiese admitirlo entonces, a él lo había marcado con hierro candente, un surco impreso en su piel, profundo e imborrable. Se compadeció de todo aquel que se hubiera cruzado con Andrea alguna vez. Era una mala persona, y Tavernes de la Valldigna sería una ciudad más feliz sin ella. ¿Había hecho justicia al fin y al cabo?

Negó abrumado.

¿Cómo podía pensar una cosa así? Él no pretendía matarla. Nunca lo había pensado. No era propio de él. Había sido un accidente. Además, ¿quién se golpea la cabeza al caer de frente? ¿Por qué no se había protegido con los brazos? En parte, también había sido culpa de Andrea, ¿no? Fernando no era un asesino. Un asesino es una mala persona, como Andrea. Exacto. Ella sí podía ser una asesina. Pero ¿él? No, eso era imposible. Era inocente.

Entonces recordó al hombre de la azada. El agricultor. El que había saludado a Andrea antes. Lo había visto. Se había quedado mirándolo, extrañado. Claro. ¿Qué hace un tipo corriendo detrás de una chica por el campo sin ropa de deporte? La había fastidiado pero bien. Si la muerte de Andrea salía a la luz, no tardarían en relacionarlo con ella. Ese hombre iría a comisaría y lo describiría, darían con él. ¿Lo habría visto alguien más? Se puso muy nervioso y empezó a boquear. Le faltaba el aire.

Oyó un ladrido a lo lejos.

Fue corriendo a la curva del camino y se asomó con cuidado. Un hombre se acercaba con una niña y un pastor alemán. La niña daba saltitos de un lado a otro del camino. El perro iba sin correa. Llegarían en un minuto.

Tenía que hacer algo.

Sin pensarlo dos veces, volvió con Andrea y la cogió en brazos. Pesaba más de lo que esperaba. Al levantarla, vio el pequeño charco de sangre que se había formado en el suelo, en el lugar de su cabeza. Lo verían. Seguro que se darían cuenta. Pero no tenía tiempo. Si intentaba taparlo con algo, sería de lo más sospechoso.

¿A dónde iba ahora? Presa del pánico, buscó un escondite con la mirada. La pared que rodeaba el campo de naranjos de su izquierda se acababa en una esquina y había un hueco lo bastante grande como para poder pasar. Era como una entrada al Olimpo, una vía de salvación rápida y sencilla. Así que, con un esfuerzo sobrehumano, se metió en el huerto cargando con Andrea. Hojas y ramas se interpusieron en su camino y, aunque quería ir con cuidado, la prisa y el miedo hicieron que el cuerpo de Andrea chocara varias veces contra los árboles. No veía el camino. Los naranjos eran frondosos y estaban demasiado cerca unos de otros. Avanzó a trompicones y, cuando vio que se encontraba bastante alejado del camino, dejó a Andrea en el suelo. Ahora estaba sucia, llena de tierra y maleza. Él, con los brazos y la cara arañados.

Escuchó unos pasos cerca. Otro ladrido.

Fernando se agachó, se escondió detrás de un naranjo y se tapó la boca con las manos para que no se escucharan sus gemidos.

—Papá, ¿eso qué es? —preguntó la voz aguda de la niña.

—¡Balto! —dijo el hombre—. Deja eso. ¡Balto!

La niña gritó.

—¿Es sangre? —preguntó temerosa.

—Debe de ser de algún animal que han atropellado —dedujo su padre.

Entonces se oyó el sonido de unas ramas.

—¡Eh! ¡Balto! Ven aquí.

Una respiración agitada. El crujir de hojas secas. Fernando vio sus patas trotar por debajo de las ramas más bajas, aproximándose a él en línea recta. Ese perro sabía dónde estaba Andrea. La había olido. Fernando sintió un calor asfixiante. Se acabó. Lo iban a descubrir.

—¡Balto! —insistió el hombre.

Pero Balto no le hacía caso. Estaba siguiendo el rastro del cadáver. El olor de su sangre. Fernando permaneció acuclillado, tapándose la boca y la nariz con las manos. Detuvo su respiración en cuanto lo vio. Un pastor alemán adulto salía de entre las hojas. Las orejas levantadas. La mandíbula abierta. La lengua cayéndole por un lado. Jadeaba como lo había hecho él poco antes, como deseaba hacerlo ahora. Fernando no movió un músculo. El perro vio el cadáver de Andrea en el suelo y, tras echarle una última mirada de comprensión, le enseñó los dientes, largos y afilados, y empezó a ladrar amenazante.

Debe de haber visto el animal muerto —apuntó el hombre desde el camino.

Fernando puso los ojos como platos. ¿Vendría a por el perro? Si lo hacía, estaba perdido.

El pastor alemán no paraba de ladrar, no paraba de delatarlo, aunque eso ellos no lo sabían. Avanzó un paso hacia él y Fernando retrocedió despavorido. ¿Lo atacaría? Otro paso más. El perro rugió, recordándole el perfil de su dentadura, y se agachó para coger impulso. Fernando se protegió el rostro tras los brazos, hecho un ovillo.

Unas palmadas se oyeron en el camino.

—¡Balto! —gritó la niña.

El perro se irguió y cesó sus rugidos de golpe.

—¡Ven! ¡Corre!

El animal se dio la vuelta y regresó al camino a grandes zancadas.

La niña rio.

—Buen chico.

—Venga, vamos —dijo el padre.

Fernando exhaló. Apoyó las manos en la tierra y miró a Andrea. Tenía hojas secas enredadas en el pelo. Su cara parecía cobrar palidez con el paso de los minutos.

Se había metido en un lío. Un lío de los gordos. La noticia de la muerte de Andrea sería cubierta, con toda seguridad, por *Les Tres Creus*. ¿Qué le diría al señor Santana? No le había dicho a nadie que quería hablar con ella. Sin embargo, el agricultor lo había visto. ¿Lo habría reconocido? ¿Sabría quién era? Tavernes de la Valldigna era una ciudad pequeña, un *poble* para sus habitantes, allí casi todo el mundo se conocía por una razón u otra. Luego pensó en su madre. ¿Cómo se le dice a una madre que has matado a alguien sin querer?

No podía dejar que eso pasase. No quería ir a la cárcel. No se lo merecía, era inocente.

Tenía que esconder el cadáver en algún sitio en el que nadie lo encontrara jamás.

42
William Parker
24 de diciembre de 2018, San Francisco

Tenemos a cada uno en una sala de interrogatorios distinta. Arthur Evans, en la número uno; Robert Owens, en la dos; Logan, en la tres; y Eva, en la cuatro. Todos ellos esperan impacientes, moviéndose inquietos en las sillas atornilladas al suelo de un cuartito de tres por dos.

Le doy un sorbo al café sin quitar los ojos de los espejos unidireccionales. Estudio detenidamente el comportamiento de estas cuatro personas antes de hablar con ellas. ¿Hay un asesino entre esas paredes? ¿Dos, quizá? Tras averiguar sus nexos con Barbara Smith y el enfrentamiento de su viudo con la familia Evans, Arthur cobra protagonismo en toda esta historia. Creía tener algo sólido cuando he pensado que fue Kevin Smith quien mató a Sarah Evans y luego Arthur se vengó de la misma forma. Pero, después del altercado de esta noche, todo se disipa en mi mente dejando una neblina que me impide pensar con claridad. A lo mejor la falta de sueño también tiene algo que ver.

Hace una hora que estas personas están esperando. Quiero que se pongan nerviosos, que piensen en lo que han hecho y en lo que no tantas veces como sea posible. La calefacción está quince grados por encima de lo aconsejable y Arthur Evans suda como si en vez de diciembre en San Francisco fuese Miami en agosto. ¿Tendrán sed?

Voy hacia el dispensador de agua, tiro el vaso de café vacío a la papelera y lleno uno de plástico con agua fría. Salgo de la sala de observación y voy al otro lado de la estancia, mucho más iluminado, para entrar en la sala de interrogatorios número uno. Arthur Evans levanta la vista de la mesa y me mira tenso. Dejo la puerta abierta y le aguanto la mirada.

—Beba un poco. —Le acerco el vaso.

Se lo piensa un instante, pero al final lo coge y se lo termina de un trago.

—Robert mató a mi hija.

—Después lo hablamos, señor Evans. Aún no hemos empezado. —Y salgo cerrando la puerta tras de mí.

Vuelvo a la sala de observación y lleno otro vaso, y luego un tercero y un cuarto para repetir ese mismo proceso con todos ellos: los quiero atentos, tensos, a la espera. Los quiero dispuestos a contarme hasta el último detalle de su infancia si hiciera falta.

Dejo que pase otra hora y hago que bajen la calefacción.

Es hora de entrar en escena.

43
William Parker
2017, Los Ángeles

William tensó la mano sobre la pistola y apretó la mandíbula. Ese hombre estaba obrando desde otro lugar, manejándolos como títeres de un teatro de final pautado a su capricho. Se preguntó si estaría grabando la escena.

—Mi nombre es Marcus White —dijo poniéndose una mano en el pecho y realizando media reverencia—. Es un honor tenerle aquí, señor Parker.

—¿Por qué hace esto, Marcus? —preguntó William, lleno de ira.

El hombre esbozó una sonrisa.

—¿A qué tiene miedo, inspector?

William entrecerró los ojos. «Ahora mismo, a todo», pensó.

—A nada.

—Oh, permita que lo dude. Todo el mundo tiene miedo a algo. El miedo es distinto en cada uno de nosotros, por supuesto; no hay dos personas iguales. Pero existen temores en los que mucha gente coincide, como algo universal. —Rio—. Me he pasado media vida arreglando ascensores, ¿sabe? Años y años sacando a personas de cabinas que se detienen en un punto muerto por un apagón de luz o por algún error del sistema. El tiempo corre más despacio ahí dentro, todos temen que algo falle y acaben cayendo al vacío sin que nadie pueda salvarlos. Dentro del ascensor estás totalmente indefenso. No puedes arreglar el problema tú solo, necesitas ayuda externa. Siempre. Y esperas impaciente a que alguien venga a rescatarte.

—Y usted usa ese miedo como arma —apuntó Parker.

White suspiró.

—¿Sabe? Cuando te jubilas tienes mucho tiempo para pensar. Unos leen novelas, otros juegan a las cartas. Yo empecé a fantasear sobre cómo el miedo podía influir en las personas. ¿Qué pasaba si ese miedo irracional que había visto durante años se volvía más real? Porque, cuando se queda atrapado ahí dentro, uno no puede evitar temer por su vida aunque solo sea durante un segundo. Y si lo pones en una situación límite, si le aseguras que caerá al vacío si no comete un asesinato, el instinto de supervivencia aflora con fuerza. Bajo las condiciones adecuadas, el ser humano es salvaje, un depredador, como queda demostrado.

—Entonces ¿mata para probar una tesis? —Volvía a sentir sus dedos tensos sobre el metal. Necesitaba un plan. Necesitaba tiempo.

—¿Yo? —preguntó ofendido—. En ningún momento he matado a nadie, señor Parker. Solo hablé con ellos y les dejé tomar sus propias decisiones. —Chasqueó la lengua—. Les dije que el ascensor caería si ninguno de los dos mataba al otro. Sí, eso es verdad. ¡Pero era una broma! El sistema de seguridad no hubiese permitido que la cabina se soltase. Si no hubieran jugado a mi juego, habrían salido de allí sanos y salvos. Sin embargo, eso no lo sabían. Creo que se me olvidó mencionarlo —murmuró con el ceño fruncido. Luego sonrió—. No se lo tenga en cuenta. Fue su miedo quien actuó, no ellos.

A William le hervía la sangre.

—Y ¿por qué ha cambiado el juego ahora? ¿Por qué los explosivos?

—¡Muy buena pregunta, inspector! Al final va a ser verdad que es usted bueno —soltó con ironía—. Cuando me enteré de que el mismísimo William Parker estaba en la ciudad, nada más y nada menos que para atraparme a mí, me puse muy contento. No podía desaprovechar esta maravillosa oportunidad. Tenía que conocerle, hacerle partícipe de mi juego, enfrentarle a sus miedos y descubrir qué elegiría el policía del momento.

—¿Elegir? —preguntó confuso.

—¡No se adelante a los acontecimientos, por favor! —Levantó las manos—. Déjeme explicarme.

La embarazada sollozaba en la silla. Jennifer escuchaba cabizbaja, rendida y decepcionada consigo misma.

—¿Cómo podía conseguir que William Parker acudiera a mi juego? —continuó Marcus mirando hacia arriba—. Si le soy sincero, fue muy fácil localizarle. Descubrí que se hospedaba en el Ritz y, gracias a la prensa, que mantenía una relación con la detective Morgan. Cuando supe que ambos compartían suite en este fantástico hotel de lujo, fue como si se alinearan los astros ante mí. Tenía a los jugadores perfectos en el tablero perfecto. Solo faltaba el juego perfecto.

—Si solo le interesamos nosotros, deje que la mujer se vaya. —Señaló a la embarazada—. Ella no tiene por qué estar aquí.

—¡Se equivoca! ¡Ella es la guinda del pastel! Como bien ha apuntado, me he visto en la obligación de transformar un poco mi juego. No todos los jugadores son inspectores de policía, ¿entiende? No podía arriesgarme a que hubiese indagado sobre ascensores y lo echara todo a perder. Así que maniobré una estrategia implacable: una bomba —dijo abriendo las manos como hace un mago explicando su truco de magia—. Bueno, un par de ellas. —Sonrió—. Así, no hay salida posible. Las bombas son simples. Las detonas y explotan. Nada más. —Se encogió de hombros—. En cuanto a la mujer, es parte del juego. En las partidas anteriores, solo había dos jugadores que se enfrentaban a muerte. Ahora hay un jugador más, para ponerlo interesante, ya sabe, pues este tercer jugador es quien decide quién vive y quién muere. Y, como comprenderá, tenía que poner a alguien en el otro lado cuyo valor de vida estuviera a la altura del de la señorita Morgan. ¿Usted qué piensa, inspector? ¿Matar a una embarazada es cometer un doble asesinato?

—Sabe perfectamente que no voy a matar a nadie.

Marcus rio de nuevo.

—Entonces ¿por qué lleva una pistola consigo?

Se quedó callado, aguantándole la mirada a través de la pequeña pantalla. La imagen se difuminaba por momentos. No había demasiada cobertura.

—Voy a explicarle las reglas, ¿de acuerdo? Bien. El juego dura cinco minutos. Durante ese tiempo, como ya he mencionado, deberá elegir cuál de las dos mujeres va a morir. ¡Pero no basta con decidirlo! Hay que materializarlo, ya me entiende. —Simuló una pistola con la mano e hizo como si disparara—. Matará a una de las dos antes de que el contador llegue a cero. Si no lo hace, morirán los tres en la explosión. Los estaré observando, inspector, y, si no sigue las reglas, yo mismo detonaré la bomba. Si hace un movimiento en falso, bum; si apaga este comunicador, bum; si decide escapar, bum; si pide ayuda, bum; y le advierto: no intente hacerse el héroe. Su muerte no les salvaría la vida a ninguna de ellas. ¿Le ha quedado claro?

—No tienes por qué hacer esto, Marcus —lo tuteó; necesitaba acercarse a él, llegar a él de algún modo, pero ¿cómo?

—¿Sabe qué? Hasta ahora, les decía a los jugadores que quien ganase tenía que escribir una «W» en la pared con la sangre del perdedor para que pudieran salir del ascensor. Pero esta vez, como el juego ha cambiado, me he ocupado yo mismo de ello. Es extraño firmar un cuadro antes de pintarlo.

—Marcus, podemos llegar a un acuerdo. Conozco al detective al mando Cox. Hablaré con él. Solo tienes que dejarnos ir.

—No se preocupe por mí, señor Parker. No pienso ir a la cárcel. —Suspiró—. No entraba en mis planes decirle esto, pero, llegado el momento, qué más da. ¿Conoce la enfermedad ELA? Esclerosis lateral amiotrófica... Para un paciente con esta enfermedad, la esperanza de vida es de dos a cinco años, generalmente. Pues bien, se la diagnosticaron a mi mujer hace cuatro. Ella era fantástica, ¿sabe?, y yo la quería con locura. Cuando nos dieron la noticia, después de asimilar el golpe que la vida nos estaba dando, me puse a buscar a los mejores médicos del país. No podía quedarme quieto en una situación así. Pasamos por casi todos los estados, en vano. Ella, cansada de tanto viaje, me dijo que lo dejara, que teníamos que asumirlo y vivir lo que le quedaba de la mejor forma posible. Pero yo me negué, no podía aceptar algo así, y le prometí que la curaría. Vendí la casa e invertí todo el dinero que teníamos para que incluyeran a mi mujer en los ensayos clínicos contra la ELA. Era nuestra última esperanza. Lo aposté todo a una carta, ¿entiende? Todo. Pero... —bajó la mirada— no lo conseguí. No pude curarla y ella falleció tres años después. La cárcel es para quien paga su condena alejado de sus seres queridos y espera con ansia el día en que los volverá a ver. Ese sitio no es para mí, inspector. Si lo piensa bien, no tengo nada que perder; yo ya estoy muerto.

Entonces lo entendió. La personalidad psicopática de Marcus siempre habría estado ahí, escondida bajo la seguridad de una vida estable y tranquila, pero la tristeza, la impotencia y la ira causadas por la tragedia de su esposa habían hecho que ese hombre solo y destrozado, carente de ayuda externa, respondiera de la peor forma. Aquello fue una suerte de despedida que le hizo comprender a William que, en efecto, Marcus nunca pisaría una cárcel en vida. La esperanza se desvanecía entre sus manos.

—Por cierto, inspector Parker, es muy ingenuo si piensa que no he reparado en su pinganillo. Voy a serle muy claro: destrúyalo ahora mismo o acabo con esto en un periquete —dijo mostrando un pequeño comando en la pantalla.

William se quitó el pinganillo de la oreja, lo tiró al suelo y lo pisó con fuerza.

—Así me gusta. Y ahora sí, ¡damas y caballeros, procedamos a conocer a las víctimas! —gritó cual presentador de un combate de boxeo—. ¡A la derecha, la joven y preciosa detective Jennifer Morgan, pareja sentimental del presente jugador, William Parker! Una relación que nos tiene a todos encandilados. ¡A la izquierda, una desconocida! Pero ¿qué ven mis ojos? ¡Está embarazada! ¡Un bebé da patativas en su vientre, ansioso por nacer y vivir una vida plena al lado de su madre! ¡Ahora es el momento del jugador! ¿Quién vivirá? ¿Quién morirá? ¿Matará a su media naranja o acabará con la vida de la desconocida y su futuro hijo? ¡El público está expectante, inspector Parker! ¿Unas palabras antes de empezar?

William sentía los latidos de su corazón en la yugular. Un vapor recorriéndole todo el cuerpo. Miró a Jennifer. Ella ni siquiera levantó la cabeza para devolverle la mirada. Luego miró a la otra mujer. Seguía sollozando, temiendo por su vida y la de su bebé. Volvió los ojos hacia la pantalla del vigilabebés. Unos dientes blancos esperaban divertidos una respuesta. Su mente se nubló. No sabía qué hacer ni qué decir. Aquello era una responsabilidad demasiado grande para él. Tenía que detenerlo, pero no sabía cómo. Había lidiado con muchos asesinos durante su carrera, algunos muy inteligentes y peligrosos, pero ninguno le había hecho partícipe de sus crímenes. Nunca en su vida se había sentido tan acorralado como en ese instante. Entonces comenzó a sentir miedo.

Miedo de verdad.

—¿Y si me niego a jugar? —soltó desesperado.

—Se equivoca de nuevo, inspector. —Sonó un pequeño pitido: el contador había empezado la cuenta atrás—. Ya está jugando.

44
William Parker
24 de diciembre de 2018, San Francisco

Los ojos pequeños y oscuros de Arthur Evans me atraviesan desde el otro lado de la mesa. La cámara de la esquina superior izquierda tiene el piloto rojo encendido. A pesar de que la temperatura ha bajado unos diez grados desde la última vez, la habitación sigue caldeada.

—¿Quieres un cigarrillo? —lo tuteo, enseñándole mi paquete medio vacío.

Arthur dice que no con la cabeza. Yo me enciendo uno —uno de verdad, no el electrónico—, doy una calada y suelto el humo lentamente. Aquí dentro no se puede fumar, pero qué demonios, esto no es una guardería.

—¿Por qué lo has hecho, Arthur?

Se inclina sobre la mesa.

—Usted lo sabe muy bien.

Está claro que no va a apear el trato: quiere mantener la distancia, piensa que solo así estará a salvo. El ritmo de sus pulsaciones es mucho más lento. Ahora Arthur controla su cuerpo, las palabras que salen de su boca están medidas, actúa en consecuencia.

—¿Qué es lo que debería saber?

—Que fue Robert quien mató a mi hija.

—¿Qué te lleva a pensar eso?

—Robert me llamó el sábado diciéndome lo mucho que lo sentía por lo de Sarah, que era una desgracia y todo eso. Pero luego me contó que usted los interrogó en la ferretería. Me dijo: «Qué locura pensar que nosotros podíamos haberle hecho daño a la hija de un amigo». Al principio no caí, estos días nos están llegando decenas de mensajes de ánimo y ese me pareció uno más. Pero ayer empecé a darle vueltas. Si usted había sospechado de ellos era por algo.

Robert Owens lo llamó el sábado. Vale, Arthur pensó desde un principio que fue Kevin Smith quien mató a Sarah y quiso vengarse, lo asesinó con sus propias manos. Pero luego recibe la llamada de Robert y sus sospechas se vuelven contra su amigo. ¿Había matado a Kevin siendo este inocente? Entonces, entre confuso y furioso, se presenta en casa de los Owens con la intención de matar a Robert, y quién sabe si a Logan y a Eva también.

Pero iba a hacerlo con una pistola, no con un cuchillo. No lo conozco demasiado, aunque diría que montar un escenario grotesco no sería propio de él. Arthur Evans es más de meter un balazo en la cabeza y fin de la fiesta.

—¿Y Grace?

—En la cama, no se ha enterado cuando he salido. Le conté lo que pensaba sobre Robert, que creía que había sido él quien había matado a Sarah, pero ella no está para nada estos días. A veces parece que le hablo a un espectro. Escucha, pero no dice nada. Se ha quedado muda.

—Continúa, por favor.

—Luego recordé... —su mirada se posa en la cámara de la esquina—, Logan se quedó prendado de Sarah hace unos meses. Y el chico lo intentó, pero no salió bien. No era lo bastante hombre para mi hija.

Menuda sarta de mentiras. Arthur no sabe que conozco la historia y ha preferido adornarla con azúcar e inocencia.

—Entiendo.

—Grace se enteró y lo echó a patadas de casa, hecha una furia, y Robert no quedó muy satisfecho con aquello. Dijo que su hijo había salido muy mal parado y que no le parecía justo. Discutimos y dejamos de hablarnos una temporada. Sin ir más lejos, hasta el sábado, cuando se dignó a llamarme para darme el pésame. —Niega con la cabeza—. Fue él, estoy seguro. Por eso he ido a su casa esta noche: para vengar a mi hija y darle lo que se merece a ese malnacido.

Se acabó. No aguanto más.

Me levanto de la silla, desenfundo la SIG Sauer y le meto un balazo a Arthur Evans en la sien. Su cuerpo retrocede y choca contra el respaldo de su silla. Otro balazo. Los estruendos rebotan en las paredes de la pequeña habitación y entran en mis oídos amenazando con reventarme los tímpanos. Y otro. Aunque soy incapaz de bajar el arma por la tensión de los músculos y los tendones del brazo, me siento envuelto de una paz angelical.

—¿Inspector? —Arthur me mira con el ceño fruncido.

—Así que crees que lo ha hecho Robert.

—No lo pienso, lo sé.

—¿Tienes alguna prueba que lo respalde?

Arthur no contesta. Solo se limita a mantenerme la mirada.

—Pues ya somos dos.

Me levanto y salgo de la sala de interrogatorios número uno. Una vez fuera, respiro hondo, le doy una calada al cigarrillo y abro la puerta contigua. Robert Owens me espera enfadado.

—Esto es una vergüenza.

—Tenga paciencia. —Tomo asiento en la silla—. Dígame, ¿sabe por qué ha ido Arthur Evans a por usted esta noche?

—Porque está loco.

—¿Algo más? —insisto.

El color de su rostro se intensifica.

—Por lo que pasó hace unos meses en su casa. Después de aquello, discutimos, pero nada más. No fue idea mía, ¿vale? Fue él quien me propuso hacerlo. Como no salió como esperábamos, Logan se quedó algo decepcionado, eso es verdad. Pero de ahí a acusarnos de asesinato... —Levanta las manos, incrédulo.

—Él cree que lo hizo usted —digo antes de dar otra calada.

—Yo no he matado a nadie.

—¿Dónde estuvo la noche del miércoles 19 al jueves 20 de diciembre, señor Owens?

—El miércoles 19... Ah, sí. Eva y yo estuvimos cenando en casa de sus padres.

Saco la libreta y un bolígrafo y se lo acerco.

—Escriba nombres, dirección y, si es posible, un número de teléfono de sus suegros.

Robert accede.

—¿Logan no fue a cenar con ustedes?

—No. Él no es de cenar con la familia. Se quedó en casa jugando a la PlayStation. Cuando no trabaja en la ferretería, se pasa todo el santo día pegado a ese trasto.

Logan se aguanta la cabeza con el puño. El pelo le cae por los hombros.

—¿Cómo estás, Logan?

—Hasta las narices de estar aquí.

—Lo sé, lo siento. Estas cosas suelen ir un poco lentas.

Logan no contesta. Se dedica a inspeccionar la sala como si no hubiese tenido tiempo para hacerlo aún.

—Quiero que me hables de Sarah.

—¿Otra vez?

—La última.

Logan resopla.

—¿Qué sabías de ella?

—Que era la hija de Arthur, nada más.

—Y que era homosexual, cosa que no te gustaba demasiado, ¿verdad?

Logan me mira con los ojos entornados. Luego aparta la mirada.

—Supongo que nadie es perfecto.

—¿Qué sentiste cuando Grace Evans te echó de su casa?

—Joder, tío, ¿es que no escuchas? Ya te lo dije. Yo estaba como una moto con esa chica. Pero su vieja me cortó el rollo y tuve que marcharme. Obviamente, no me moló aquello.

—¿Te enfadaste?

—Claro. ¿Tú no lo habrías hecho?

Vacilo.

—Por supuesto. Me dijiste que no habías visto a Sarah desde entonces. ¿Es cierto?

—Sí. En realidad, yo no la conocía. Solo sabía quién era porque su padre es amigo del mío. Pero nunca habíamos hablado antes de aquello. Puede que de niños, pero vete tú a saber.

—¿Sabías dónde vivía?

—¿Cómo no voy a saberlo? Si fui a su casa a acostarme con ella.

—Ya, tienes razón. —El chaval no sabe de la misa la media. Le doy la última calada al cigarrillo—. ¿Me podrías decir qué hiciste la noche del pasado miércoles?

—Jugar a la Play.

—¿Seguro?

—Era de noche, ¿no? Pues eso: jugar a la Play. Como cualquier noche.

—Ya veo. Dime una cosa, ¿por casualidad conoces a un tal Kevin Smith?

—No me suena.

—¿Estás seguro?

—Sí.

—Muy bien, Logan —digo levantándome de la silla.

—¿Me puedo ir ya?

—Yo no he dicho eso.

—¿Qué hizo el miércoles por la noche, señora Owens?

—Robert y yo fuimos a casa de mis padres. Cenamos allí y estuvimos charlando hasta cerca de la medianoche.

—¿Y de ahí a la cama?

Eva Owens retrocede sobre la silla.

—¿Cómo?

—Si no fueron a otro sitio antes de ir a casa.

226

—Ah, no, no. Fuimos directos a casa y nos acostamos enseguida.

—¿Dónde estaba Logan?

—En su cuarto, jugando con la consola.

—¿Sabe usted lo que sucedió en septiembre en casa de los Evans?

Eva Owens deja que pasen los segundos.

—Sí. Me enteré después, cuando ya había pasado todo. Arthur llamó a Robert y discutieron a voces. Bueno, al menos Robert se puso muy nervioso. Cuando colgó, le pedí que me lo contara.

—Y ¿qué opina al respecto?

Eva coge aire y lo expulsa por la nariz.

—Aquello no estuvo bien. No era necesario hacerle eso a esa pobre chica. Yo no tengo nada en contra de los gais, pero entiendo que su padre quisiera...

Levanto una mano y niego sutilmente con la cabeza.

—Mejor déjelo. ¿Conoce a Kevin Smith?

—¿Smith? —Frunce el ceño—. Creo que... Sí, oí su nombre por las noticias. Es ese hombre al que han asesinado, ¿no? El otro decapitado.

—Ese, sí.

—Una vez fui a la farmacia donde trabajaba, me pillaba de paso y entré a comprar un par de cremas. Me atendió él. Pero de eso hace ya un tiempo. Lo reconocí por la foto de la tele.

—¿Qué me dice de su esposa, Martha Smith?

—No la conozco.

Asiento una sola vez.

—Muchas gracias por su tiempo, señora Owens.

Salgo de la sala número cuatro y entro en la sala de observación. Madison está ahí, con la vista clavada en los cuatro individuos de detrás de los cristales.

—¿Qué opinas? —me pregunta sin apartar la mirada.

—No tengo ni idea.

45
Fernando Fons
Seis meses antes, junio de 2018,
Tavernes de la Valldigna

¿A dónde podía ir? Cualquier sitio le parecía peligroso. Un cadáver no es algo fácil de esconder. Andrea miraba al cielo con la boca entreabierta, esperando a ver qué hacía finalmente con ella. Fernando pensó en las posibilidades. No podía vagar por esos caminos con ella en brazos a la luz del día. Era demasiado arriesgado. ¿Atravesar los campos sin salir al camino? Imposible. A diferencia del huerto en el que se encontraba, la mayoría estaban vallados con telas metálicas para impedir que alguien robase el género.

O que enterrase un cadáver en él.

Tenía que haber otra solución. Pero ¿cuál? Oyó el rugido de un coche y recordó el charco de sangre. No podía dejarlo ahí. Se incorporó y le echó un vistazo al cuerpo de Andrea, como diciéndole «Quédate ahí», antes de acercarse al camino. El charco estaba intacto, justo como lo había dejado. Por lo visto, el perro solo lo había olisqueado y el coche que acababa de pasar lo habría sorteado. Fernando cogió aire con dificultad. No tenía nada con qué limpiarlo. ¿Podría usar las hojas de los naranjos? No. Eso solo lo estropearía aún más. Buscó una botella de agua por todo el huerto. Algún desecho con un poco de líquido, el que fuera. Pero no encontró más que hojas secas, malas hierbas y naranjas caídas. Solo quedaba una opción. Sacó la cabeza entre los árboles y, al ver que no había nadie cerca, arañó la tierra y la echó a puñados sobre el charco de sangre. No demasiada, solo la justa para taparlo un poco y que no llamara la atención.

Volvió con Andrea. Ella, al igual que la sangre del camino, seguía en el mismo sitio. Claro, ¿dónde iba a estar si no? Fernando hizo un esfuerzo por buscar una solución. Estuvo yendo de un lado para otro durante un buen rato. De vez en cuando, se sobresaltaba al oír el movimiento de las hojas secas del suelo. Se volvía asustado y esperaba ver otra vez a Balto, el pastor alemán, o al dueño del huerto, que podía aparecer en cualquier instante. Pero no vio nada. Posiblemente fuera algún roedor.

Finalmente, una idea asomó a su cerebro. No era, ni de lejos, la mejor idea de su vida, pero podía funcionar. Solo debía darse prisa y tener suerte. Repasó mentalmente el trayecto que había recorrido persiguiendo a Andrea. ¿Aún estaría allí el agricultor que la había saludado? Si era así, tendría que abortar la misión.

Abandonó el cadáver y volvió al camino. Intentó no mirar el pequeño montón de tierra removida del suelo y echó a trotar en dirección a la ciudad. Derecha..., izquierda... Vio un Seat Ibiza rojo aparcado a un lado del camino. No cesó sus pasos y pasó por su lado, a su ritmo. Siguió el trayecto y reconoció el huerto donde aquel hombre había saludado a Andrea. La conocía. Lo había visto correr detrás de ella y ahora estaba muerta. Él era su asesino.

No, no lo era. Había sido un accidente.

Mientes.

El agricultor no estaba. Bien.

Llegó a la periferia de Tavernes de la Valldigna agotado. Aun así, no se dio ni un segundo para descansar y se dirigió a un enorme bazar regentado por chinos, situado no muy lejos del edificio de Andrea. Apresurado, cruzó el aparcamiento del local y entró en aquella nave sin final. Saludó a los dependientes con un gesto y se adentró por los largos pasillos atestados de productos de todo tipo. No tardó en encontrar lo que quería: cogió una botella de un litro de lejía y fue al mostrador para pagarla.

Mientras guardaba el cambio, notó el sudor recorriéndole la espalda. Era un asesino. ¿Lo habrían notado? No, no lo era. ¡No lo era! Según metía el tíquet dentro de la

bolsa, el dependiente le decía algo a su compañera en chino. ¿Qué le habría dicho? Fernando se sorprendió exami-
nándose la ropa. Estaba sucio, pero sin rastro de sangre. O
eso le pareció. Levantó la mirada y se encontró con la del
dependiente, clavada en él. Tragó saliva, cogió la bolsa y se
despidió.

Nada más salir del bazar, reanudó su carrera, pero se
detuvo enseguida. Si corría, llamaría la atención. Cuando
ves a alguien corriendo por la calle sin ropa de deporte, lo
más fácil es pensar que ha ocurrido algo. Y, si esa persona
se adentra en un huerto y, además, lleva una botella de lejía
consigo, no puedes pensar nada bueno.

De hecho, darías en el blanco.

Respiró hondo y se obligó a andar tranquilo. Aparentemente tranquilo, más bien. El trayecto hasta la boca del
camino se le hizo eterno. Estaba perdiendo tiempo, cada
segundo era crucial. ¿Se habría presentado el dueño del
huerto? ¿Habría encontrado a Andrea? Ella estaba allí, tendida en el suelo, muerta, a la vista de quien se atreviera a
entrar en aquella propiedad que, aunque privada, no tenía
puerta ni valla. Fernando maldijo para sus adentros.
¿Cómo había podido dejarla así? ¿Por qué no la había escondido más?

Atravesó el descampado de grava y llegó por fin al camino asfaltado. En la primera curva, aceleró como una liebre
escapando de una leona hambrienta. Sus jadeos eran exage-
radamente audibles. Pero, si intentaba callarlos, se ahogaba.
Y necesitaba llegar cuanto antes al... lugar del crimen.

Volvió a ver el Seat Ibiza rojo. Escuchó una voz entre
los árboles y aceleró un poco más sus zancadas. La bilis le
subía por la garganta. Torció a la derecha y, cuando iba a
girar a la izquierda, muy cerca del lugar, oyó que se aproximaba un coche. Se detuvo en seco y pegó la espalda a la
pared de piedra que rodeaba un huerto. El vehículo pasó
por su lado y se esfumó por otro camino. Entonces giró a
la izquierda. El charco, cubierto parcialmente de tierra, se-

guía indemne. Se acercó, sacó la botella de lejía y tiró la bolsa al suelo. Desenroscó el tapón y vació casi todo el contenido sobre la sangre, que ya se había coagulado. El líquido escarlata que se veía entre la tierra se volvió blanquecino, con tonos amarillos y marrones, y empezó a burbujear sutilmente. Pronto desaparecería. O, al menos, eso esperaba Fernando. El resultado, la mezcla de los tres elementos, era una sustancia oscura y viscosa que lo obligó a taparse la nariz y la boca con el brazo. El hedor era insoportable.

Volvió a adentrarse en el huerto. Avanzó apartando ramas hasta llegar al sexto naranjo. Los insectos se acumulaban en el rostro de Andrea, que presentaba un aspecto horrible, entre pálido y morado. Una mosca se había posado sobre uno de sus ojos, algo menos abiertos que antes. Fernando se apartó a un lado y vomitó. Removió la tierra y tapó la pota con los pies. Con un gesto agrio, se limpió la boca con la manga y miró al cielo. Estaba empezando a ponerse el sol. Pronto anochecería. Pronto tendría su oportunidad de vagar por el camino sin miedo a que lo descubriesen.

Con un cadáver en brazos.

46

24 de diciembre de 2018, San Francisco

Lo que más le gusta a Emily de madrugar para ir a trabajar todos los días es ver el amanecer mientras cruza el Golden Gate Bridge. Es simplemente espectacular. Al principio no le hizo mucha gracia tener que desplazarse a San Francisco cada día, pero poco a poco se fue acostumbrando a coger el coche y conducir con este impresionante fondo de luces. Lo cierto es que le alegra el día. Y solo por eso vale la pena.

«¡Feliz Nochebuena a todos lo que estáis despiertos ahora mismo, madrugadores y madrugadoras! —celebra el locutor desde la radio del coche—. Son fechas para pasarlas con la familia y los amigos, y sí, sí, con esa persona tan especial también, que sabemos que no perdéis el tiempo, granujillas. —Ríe—. Os voy a proponer algo, ¿vale? Como sabemos que hay mucha gente que aún no tiene planes para esta noche, os animo a enviar notas de audio al número de la emisora con los vuestros, así damos alguna idea a quien la necesite. Pero sed originales, ¿eh? No me digáis que vais a cenar pavo al horno en casa mientras veis el programa especial de Navidad. —Vuelve a reír—. Es broma, enviadnos lo que queráis. Estoy seguro de que todas las propuestas son maravillosas».

Emily sonríe mientras conduce. Eso es exactamente lo que van a hacer ellos esta noche. Mark había propuesto cenar en The Spinnaker, un restaurante situado a la orilla de Sausalito, pero los peques dijeron que preferían quedarse en casa y ver el especial, que no podían romper esa tradición, así que hoy toca encender la chimenea y cenar con ropa cómoda, que para Emily sigue siendo un planazo.

Con tan solo seis años, Victor ya sabe que quiere ser astronauta; Olivia tiene cuatro y está en esa fase en que lo cuestiona todo. Son unos niños adorables.

Tras cruzar el pasaje, avanza por Presidio Parkaway y Richardson Avenue.

«Y para empezar el día con buen pie, ponemos uno de los mayores éxitos de Roxette, "Sleeping in my Car"».

¡Es la canción favorita de Emily! Gira la rueda del volumen y empieza a darle golpecitos al volante al ritmo de la batería. Cuando entra Roxette, Emily se une desafinando un poco, pero no demasiado.

«I'll tell you what I've done, I'll tell you what I'll do».

Hoy será un gran día. Emily lo sabe, lo siente en la yema de los dedos.

Se incorpora a Lombard Street y se queda mirando el enorme cartel del Surf Motel. Siempre que pasa por ahí desvía la mirada, no lo puede evitar. Además de llamar mucho la atención, ese cartel es como un punto de ruta para ella, como una señal que le asegura que va por el camino correcto aunque lo sepa de sobra. Cuando localiza el Chase Bank, gira a la derecha, luego a la izquierda y a la derecha otra vez. Ahora suena «Livin' on a Prayer» de Bon Jovi.

—¿Qué pasa, que hoy solo ponen temazos?

Los negocios de Stockton Street permanecen cerrados con las rejas metálicas bajadas. Letras chinas grandes y rojas copan varias manzanas. Emily se ha preguntado más de una vez si el significado de esas letras será realmente lo que reza la supuesta traducción que hay debajo de ellas. Entra por el túnel de siempre y el sonido aísla. Cuando sale de nuevo al exterior, pasa por delante de un Starbucks y reduce la velocidad a la altura del hotel Grand Hyatt.

Un hombre ha dejado una caja sobre el asfalto y se aleja tranquilamente calle abajo. Lleva pantalones vaqueros anchos y una sudadera negra con la capucha puesta.

«Qué raro», piensa Emily. «¿Por qué ha hecho eso?».

Podría sortearla y seguir su camino, pero ella no es de esas personas. Emily sabe que esa caja es un peligro y que podría causar algún accidente, porque hay quien no sabe lo que es el límite de velocidad y otros que tampoco saben lo que es un paso de peatones. Así que decide parar. Pone el *warning*, echa el freno de mano, baja el volumen de la música y se apea. Coge la caja para dejarla en la acera y se sorprende por su peso. ¿Qué llevará dentro? Con la curiosidad haciéndole cosquillas en la nuca, la deja en el suelo, a un lado, y se acuclilla para abrirla con cuidado.

Tres segundos después, Emily se levanta aterrada y retrocede unos pasos con la vista clavada en su interior.

Intenta gritar, pero no puede.

47
William Parker
2017, Los Ángeles

Fue entonces cuando Jennifer levantó la mirada y sus ojos se volvieron a encontrar. Ella había estado llorando en silencio. Un mar de lágrimas recorría sus mejillas. La embarazada ahogó un grito al ver el contador de su supuesta rival en marcha.

—¡Marcus, tienes que parar esto! —gritó William—. ¡Es una locura!

—Creo que las reglas del juego son claras, señor Parker —dijo muy tranquilo—. No tiene por qué morir más de una persona. Todo depende de usted, no de mí.

—Pero yo no tengo derecho a decidir sobre la vida de nadie. Y tú tampoco, Marcus. —Hacía pocos minutos que había conocido a aquel hombre y ya lo odiaba con toda su alma.

—Derechos, derechos —dijo mientras ladeaba la cabeza en la pantallita—. Todos tenemos derecho a enamorarnos, ¿verdad?

William miró a Jennifer como acto reflejo. ¿Se había enamorado de ella? Sí, tenía que admitirlo. Pero ni siquiera se lo había dicho todavía.

—Todos entenderían por qué salvó a la detective Morgan. La quiere, ¿no es así? No le costará apretar el gatillo contra una simple desconocida.

—¡No! —gritó la embarazada, invadida de terror.

Parker volvió la mirada hacia ella. Su respiración era cada vez más agitada. No debía perder el control.

«Relájate, William. Mantén la calma».

—No me mate, por favor —le suplicó. Tenía el pelo pegado al rostro, lleno de lágrimas y mocos.

—Marcus, escúchame —dijo William con todo el cuerpo en tensión—. Haré lo que desees. Me querías a mí. Pues aquí me tienes. Haz conmigo lo que te plazca, pero deja que se vayan.

Marcus suspiró.

—Definitivamente, no ha entendido el juego. —Negó con la cabeza—. Qué decepción, inspector. Lo hacía más inteligente. Le quedan menos de cuatro minutos.

Miró el contador: 3.51, 3.50, 3.49...

Aquello no podía estar pasando. No podía ser real.

Inspiró. Aguantó la respiración. Espiró. Volvió a hacerlo.

—William —dijo Jennifer; nada más, solo eso: «William». Ella le entendía mejor que nadie en ese instante. Era policía. Era una de los buenos. Él sabía que Jennifer jamás le perdonaría que no la disparase a ella. Pero también veía la angustia en sus ojos, sus deseos de vivir, su miedo peleando contra el sentido del deber. William no tenía fuerzas para decidir por sí mismo, aunque intuía que solo no podría hacerlo.

—Mi bebé, mi bebé, mi bebé... —repetía la embarazada, entre lágrimas.

William cerró los ojos. Necesitaba concentrarse. Ojalá estuviese allí la agente García, ojalá él supiera cómo desactivar la bomba. Aunque no serviría de nada. Marcus había sido muy claro: un paso en falso y los volaría por los aires. Tampoco podía apagar el comunicador y mucho menos escapar.

Inspiró. Espiró.

Debía hacer algo.

—¿Cómo te llamas? —le preguntó a la embarazada, nervioso.

—Nora.

Asintió.

—Dime, Nora. ¿Niño o niña?

Nora contuvo el llanto.

—Niña —exhaló.

Intentó sonreír, aunque no lo consiguió.

—¿Ya tiene nombre?

—Mia —dijo ella.

—Es un nombre muy bonito.

—¿Qué estás haciendo, William? —preguntó Jennifer, incrédula.

—No lo sé —admitió—. No lo sé.

Marcus rio a carcajadas.

—Esto es precioso. ¡Lo mejor que he visto nunca!

William se volvió hacia Jennifer. Bajó la mirada y la clavó en un punto fijo del suelo.

—Jennifer, estos días han sido increíbles. —Ella empezó a llorar—. Eres una mujer maravillosa.

—William, ¿por qué me estás diciendo esto?

—¿Sabes? Llegué a pensar que quitarte este caso había sido lo mejor que me había pasado en la vida. Si Cox no hubiera pedido mi colaboración, nunca te hubiese conocido. Pero ahora veo que no debería haber venido. Por mi culpa estamos en esta situación. Ojalá no nos hubiésemos conocido jamás.

Jennifer rompió en un llanto que le dolió en lo más profundo de su corazón.

—¡Tres minutos, inspector!

—A pesar de eso —siguió—, ahora no podemos volver atrás en el tiempo. Estamos aquí, juntos, y soy incapaz de mentirme a mí mismo convenciéndome de que no siento algo por ti. Porque no es verdad.

—¡Vaya, vaya! ¿Parker está cambiando de opinión?

Jennifer, descompuesta, le mantuvo la mirada y buceó en sus ojos. Quizá en busca de un atisbo de esperanza. William intuyó todo lo que quería decirle: que ella también sentía algo por él, que podían tener una vida juntos, dejar el trabajo, ser felices. Quería decirle que no la matase. Pero a la vez sabía que no podía decírselo.

Un grito ahogado.

William se volvió hacia Nora y la vio mirando al suelo, aterrada. Siguió la dirección de su mirada y perdió el control por completo.

Había roto aguas.

Tenía la respiración entrecortada y el pánico en los ojos.

—¡Marcus, Nora se ha puesto de parto! ¡Necesita ir al hospital!

—Esto se ha vuelto de lo más interesante.

—Marcus, tenemos que llamar a una ambulancia. ¡Y rápido!

—Tiene toda la razón, inspector. Esta mujer necesita asistencia médica. La pequeña Mia está ansiosa por nacer.

—Desactiva la bomba. No es momento para juegos, Marcus. ¡Hazlo!

—Lo siento, inspector Parker. Pero las reglas no lo permiten.

—Escúchame. Se acabó el juego. ¡Páralo ya!

—¡Dos minutos!

Quería gritar con todas sus fuerzas, pero de repente solo había silencio.

—William —lo rompió Jennifer, al fin—, dispárame a mí.

Todo se detuvo.

—¿Qué? —preguntó, aturdido.

—Nora, ¿hay alguien que te espere en casa? —le preguntó con la voz rota.

Nora asintió.

—Mi marido y mi hijo Ethan.

Jennifer sonrió amargamente.

—No puedes destrozar una familia, William. La pequeña Mia tiene un hermanito mayor, ¿no lo ves? —Sus lágrimas manaban ardientes e incansables.

—Jennifer... —murmuró, confuso y hundido.

—Yo, en cambio, no tengo a nadie. Estoy sola.

—Me tienes a mí.

Jennifer bajó la mirada.

—Esto no ha sido nada, William.

—No digas eso.

Nora gimió de dolor. Empezaban las contracciones.

—Solo hemos estado juntos unos días. A esto no se le puede llamar amor.

—¿Cómo que no? —preguntó con la mirada perdida.

—No lo hagas más difícil.

William entendió al instante lo que estaba haciendo Jennifer. Le mentía para que salvara a Nora, para que le disparase a ella y que su muerte no pesara tanto en su conciencia durante el resto de su vida. Estaba apartando su lado personal, estaba siendo fuerte y afrontando la dura realidad. Como si hubiese un modo de hacerlo.

—¡Último minuto!

No quería. Era incapaz.

—Marcus, dime lo que quieres. Te lo conseguiré —le aseguró—. Lo que sea.

White se acercó a la cámara y William pudo ver su rostro con total claridad.

—Quiero que se rinda ante mí. Quiero que ceda, quiero que juegue a mi juego. Quiero ver cómo mata a una de estas dos mujeres. Quiero ver cómo el mejor policía de California se convierte en un asesino.

—Yo no soy el mejor. Hay miles mejores que yo.

—¡Cuarenta segundos!

—William, dispara —dijo Jennifer—. No pierdas el tiempo. Vamos.

Nora se retorcía de dolor en la silla.

—No voy a hacerlo —murmuró.

—Debes hacerlo.

—¡No puedo!

—¡Claro que puedes!

—¡Treinta segundos!

—William, sabes perfectamente quién debe morir. No puedes matar a una embarazada.

William se apretó la frente y caminó nerviosamente por el montacargas. No sabía qué hacer. Sintió que su visión se nublaba. Se estaba mareando. Pero no podía desmayarse. La bomba explotaría y los mataría a los tres.

—¡Veinte segundos!

Nora no paraba de llorar. Jennifer había dejado de hacerlo, se había metido de lleno en su papel de mártir. William se puso en cuclillas. Hacía calor. Casi no podía respirar. Miró la pistola que tenía en la mano. Relucía con el color naranja de la luz de seguridad. Le pareció que ahora estaba todo mucho más oscuro.

—Puedes hacerlo, William —le animó Jennifer.

—¡Diez segundos!

Se incorporó y apretó el arma con los dedos.

Inspiró. Espiró.

—Venga.

—¡Cinco!

Levantó la pistola y apuntó a la cabeza de Jennifer.

—¡Cuatro!

La mano le temblaba. Tenía empañada la vista.

—¡Tres!

Nora observaba la escena con la boca abierta. No podía apartar la mirada.

—¡Dos!

—Te quiero —dijo William.

Cerró los ojos.

—¡Uno!

—¡No! ¡Espera! —gritó Jennifer.

William apretó el gatillo.

48
William Parker
24 de diciembre de 2018, San Francisco

—Sabes que lo que has hecho tiene consecuencias, ¿verdad?

He regresado a la sala de interrogatorios donde aguarda Arthur Evans, que me escucha con gesto inexpresivo.

—Yo no he matado a nadie —se defiende.

—Intento de asesinato en primer grado. Lo más seguro es que te caiga la perpetua con posibilidad de libertad condicional. Y ya te puedes olvidar de tu licencia de armas.

Arthur descarga un puñetazo sobre la mesa.

—¡Robert mató a mi hija! ¿Es que no lo entiende?

—No tenemos pruebas contra Robert Owens.

—¡Pues esfuércese más en su trabajo!

He hablado con el suegro de Robert Owens por teléfono. Le he preguntado qué hicieron el miércoles por la noche y me ha confirmado que cenaron con su hija y su yerno en casa, lo mismo que han testificado Robert y Eva. Su coartada se afianza.

Le acerco a Arthur una foto de diez por quince en la que sale Kevin Smith sonriente.

—¿Lo reconoces?

Arthur no toca la fotografía. La observa desde la distancia. Arruga la nariz y asiente.

—¿De qué lo conoces?

—Sé lo que le ha pasado y lo que usted intenta. Yo no he tenido nada que ver.

—Supongo que también estarás al corriente de lo que le sucedió a su madre, Barbara Smith.

—Por supuesto que lo sé. Acusaron a mi madre de matarla. Y ahora usted está haciendo lo mismo conmigo. Debería darle vergüenza.

—¿Qué crees que pasó en realidad?

—Un accidente: se cayó por las escaleras. Es lo que la policía dijo después de meses de investigación. Mi madre era inocente y por una vez la justicia estuvo de nuestro lado.

—¿Tú cómo te lo tomaste?

—Yo era un crío, pero me enteraba de todo, y vi cómo sufrieron mis padres por aquello. Usted no sabe lo que es que te señalen por la calle y te acusen de ser un asesino. Las ventas de Lifranbarter cayeron en picado y, antes de hundirse con el barco, mis padres vendieron sus acciones.

—A Michael Long —afirmo, y él asiente—. ¿Qué relación tenías con el hijo de los Smith?

La puerta de la sala número uno se abre y aparece la teniente Watson, muy seria.

—Parker, sal un momento.

—Un segundo. Estamos a punto de...

—Que salgas, he dicho.

Carraspeo y me levanto de la silla. Al salir y cerrar la puerta conmigo, replico:

—Estaba a punto de sacarle una confesión por la muerte de Kevin Smith.

—Él no es nuestro hombre. Ha vuelto a ocurrir.

—¿A qué se refiere?

Watson me clava sus pupilas ardientes.

—No me...

—Cuidado con lo que dices, Parker. Esta vez la cabeza está dentro de una caja, en Stockton Street, delante del Grand Hyatt.

—¿Dentro de una caja? Ese no es su estilo.

—Lo sé, pero ahora mismo no me importa. Una mujer ha muerto y el inspector encargado del caso está perdiendo el tiempo con preguntas infantiles.

Nada más salir del túnel de Stockton Street, veo los coches patrulla. Tres oficiales se han colocado sobre el paso de cebra para cerrar la entrada a los vehículos. Uno de ellos reconoce el mío y se hace a un lado para darme paso. Aparco y me bajo del Mini con decisión. Unos agentes hablan con una mujer que hace aspavientos y se lleva las manos a la cabeza cada cinco segundos. Está alterada. Charlotte se encuentra junto a la caja escribiendo algo en una libreta de anillas, al lado de uno de los Ford Taurus Interceptor. Esta vez no hay periodistas. Al aparecer la cabeza dentro de una caja, solo la ha visto una persona y no se ha montado el revuelo de siempre.

Antes que nada, me fijo en el escenario que ha escogido el asesino esta vez. El hotel Grand Hyatt a la derecha. Al otro lado de la calle, un Starbucks y otro hotel, el Taj Campton Place. Esto está plagado de cámaras de seguridad.

Voy donde está Charlotte.

—¿Qué tenemos?

La forense examina el interior de la caja con unos guantes de látex.

—Apuñalamiento hacia arriba desde el cuello seguido del degollamiento. Mismo *modus operandi*, mismo agresor *a priori*. Aún no hemos identificado a la víctima.

Asiento. Eso significa que tampoco sabemos dónde vive ni dónde está su cuerpo. Saco el móvil y le hago una foto a la cabeza. Se trata de una mujer de mediana edad con el pelo negro. Esto no me gusta. Pensaba que estas muertes eran producto de la venganza, de alguien que quería tomarse la justicia por su mano por algo que sucedió hace décadas. Creía que tenía el caso casi cerrado. Pero esto... Esto es algo más grande.

—Es un asesino en serie —suspiro derrotado.

—Qué capacidad de deducción, estoy impresionada. Muy bien, Sherlock —dice Charlotte según se incorpora.

—Aún esperaba que no lo fuera —me defiendo sin tenérselo en cuenta—, he hecho todo lo posible para decirme lo contrario.

—No puedes permitir que esto vuelva a ocurrir, William. Tienes que detenerlo.

Frunzo el ceño, molesto.

—¿Tú también piensas que no hago bien mi trabajo?

—¿Qué? No, yo no he dicho eso.

Suelto un soplido.

—Mira, por mí podéis iros todos a la mierda.

—Oye, pero ¿qué te pasa?

Sé que estoy siendo injusto, pero la presión me está empezando a pasar factura. ¡Fue la teniente quien vino a buscarme! Por enésima vez en días, pienso que jamás debí aceptar este caso.

Dejo atrás a Charlotte y me acerco a la mujer que ha encontrado la caja. Los dos agentes que hablaban con ella enmudecen al verme.

—¿Cómo se llama?

La mujer va bien vestida, con camisa blanca y americana. Sea cual sea su trabajo, se desarrolla en una oficina.

—Emily Powell.

—Bien, Emily. ¿Me puede contar lo que ha visto?

—Me dirigía al trabajo y he visto a un hombre dejar la caja.

—¿Le ha visto la cara? —Tomo notas en la Moleskine mientras asiento.

Emily duda antes de responder.

—No, creo que no.

—¿Nos puede dar una descripción física de ese individuo?

—Ya lo he dicho antes: llevaba una sudadera negra, y... con capucha. Sí, tenía la capucha puesta.

—Muy bien, ¿algo más?

—Eh..., unos vaqueros anchos. Creo que llevaba barba, bastante larga. Daba miedo.

—¿Sabe por dónde ha ido?

—Sí, por allí. —Señala calle abajo—. Dígame la verdad. ¿Ese hombre era el Verdugo?

Aprieto la mandíbula. Tres muertes ya son demasiadas. Se burla de mí. Ese indeseable se burla de todos nosotros. Para que luego me lo echen en cara en el trabajo. Demasiadas horas sin dormir. Demasiado de todo.

—Creo que sí.

—Oh, Dios.

Voy hacia el Grand Hyatt y cruzo las puertas acristaladas de la entrada. Una vez dentro, me dirijo a uno de los empleados de detrás del mostrador y le enseño la placa.

—Inspector William Parker, de Homicidios. Necesito ver las grabaciones de seguridad de la última hora de la puerta principal.

El empleado teclea algo en el ordenador y coge un llavero antes de guiarme a una puerta de la planta baja, al lado de las escaleras, cuya cerradura se resiste y cede al fin con un chasquido. La habitación es pequeña. Hay cables esparcidos por el suelo y un ordenador de sobremesa reposa sobre un escritorio robusto. Aquí dentro huele a cerrado. El joven, que no tendrá más de treinta años, se sienta a la mesa y entra en el disco duro del ordenador con varios clics.

—¿La última hora, ha dicho?

—Eso es.

—¿Tiene un USB para llevarse el archivo? ¿O prefiere que se lo envíe por WeTransfer?

—No tengo nada de eso. Solo quiero que reproduzcas la grabación. ¿Es posible?

—*Okey.*

Un par de clics más y la imagen de la entrada del hotel aparece en la pantalla. En la esquina inferior derecha se ve la hora de la grabación. El chico retrocede el vídeo hasta que los números marcan las 6.03. Le da al *play* y el segundero empieza a correr, aunque no se percibe movimiento en la imagen, solo la luz de las farolas combatiendo con la densa oscuridad de la noche.

—¿Puedes hacer que vaya más rápido?

—Desde luego.

Cambia la velocidad y los minutos alargan su zancada. Se ven unos cuantos coches, unas luces de izquierda a derecha. Luego la oscuridad se va diluyendo y comienzan a pasar los primeros peatones. De pronto aparece el hombre de la caja, la deja en el suelo, justo en el centro de la imagen, y vuelve por donde ha venido. Un coche se detiene y Emily Powell se baja de él.

—Espera.

El empleado pausa el vídeo.

—Retrocede un poco y ponlo a velocidad normal.

Entonces vuelvo a ver a ese tipo. La descripción que ha hecho Emily coincide a la perfección. Deja la caja en el suelo y se queda un segundo mirando las luces del coche que se le aproxima antes de girarse.

—Para.

El chico le da a la tecla espaciadora y el vídeo se vuelve a pausar. Puedo ver su rostro. Su barba frondosa y descuidada. Su ropa sucia. La ira me reconcome por dentro por verle por fin la cara, pero sobre todo por no reconocerlo.

Miro la hora de la pantalla: las 6.42. Miro mi reloj: las 7.01. Diecinueve minutos puede ser mucho tiempo, pero también poco. Todo es relativo. Ahora mismo ese tipo podría estar en la otra punta de la ciudad. Pero quién sabe, también podría estar por la zona.

—Gracias, has sido de mucha ayuda —digo mientras salgo disparado por la puerta.

Tras salir al exterior, me dirijo a todos los agentes presentes.

—¡Escuchad! Buscamos a un hombre blanco. Metro ochenta, más o menos. Barba larga y descuidada. Lleva una sudadera negra y unos vaqueros anchos. Quiero que limpiéis un perímetro de tres kilómetros a la redonda, ¿entendido? Hay que ser rápidos pero cautelosos. Ese tipo es muy peligroso y puede estar armado. ¡Vamos!

49
Artículo enviado a las principales comisarías de San Francisco, el 24 de diciembre de 2018 (anónimo)

WILLIAM PARKER HA VUELTO
UN RESURGIR DE LOCOS

El famoso inspector William Parker vuelve a las andadas después de una temporada de vacaciones. Muchas fueron las conjeturas que el estado de California hizo tras su desaparición en el mundo de la investigación criminal. Algunos pensaron que había colgado la gabardina para siempre. Otros afirmaron que el inspector había fallecido. Pero la verdad es que William Parker no estaba muerto, amigos y amigas, solo estaba dándose un respiro.

No mentiríamos si dijésemos que el inspector Parker no está en su mejor momento. Además de haber estado un año sin ejercer, hemos descubierto que tiene graves problemas psicológicos y es inestable emocionalmente. Tras la abrumadora muerte de la joven Sarah Evans, el primer asesinato del Verdugo, la teniente Alice Watson recurrió al enfermo mental para investigar dicho caso. Ahora entendéis por qué la policía aún no ha cogido al asesino, ¿verdad?

Pero esto no acaba aquí, queridos lectores. Parece que al inspector le importa más bien poco que el Verdugo siga matando. Tenemos la seguridad de que William Parker está escribiendo una novela y que este caso le ha venido como anillo al dedo. ¿Le faltaba inspiración? Puede que el inspector de policía tenga la situación más controlada de lo que creemos. Con esto no pretendo sugerir nada, solo soy un mero informador. Los hechos son los hechos.

Ahora nos toca a nosotros hacer nuestras propias suposiciones. ¿Quién puede ser capaz de decapitar a sangre fría? El miedo vaga por las calles de la ciudad como un gas tóxico que no entiende de edades, razas ni sexos. Hay un asesino suelto y la policía no tiene la menor pista. Son dos las personas que han muerto ya. Pero ¿cuántas más habrá?

Los religiosos se apoyarán en su fe, en la protección de un dios todopoderoso. Los ateos deberán depositar todas sus esperanzas en la labor de las fuerzas de seguridad. Pero ¿qué podemos esperar de ellas si la teniente Watson ha recurrido a un hombre inactivo y con problemas mentales antes que confiar en alguien del cuerpo? No quiero ser pesimista, pero la cosa no pinta nada bien y la calma pende de un hilo a punto de romperse.

Ten mucho cuidado, lector. El Verdugo parece seguir las normas de una ruleta rusa para escoger a sus víctimas.

Quizá tú seas el siguiente.

William Parker, si estás leyendo esto, la ciudad de San Francisco solo te pide una cosa: deja de jugar a las muñecas y date prisa.

50

Fernando Fons
24 de diciembre de 2018, San Francisco

Todo ha salido como esperaba. Ha sido perfecto, un plan redondo. Me siento lleno de nuevo. ¡«Eufórico» es la palabra! No puedo ocultar mi felicidad al abrir el Golden Soul Cafe. Hoy hace un buen día. Puede que sea yo quien así lo vea, pero no me importa porque vuelvo a ser el de antes: Fernando Fons, periodista.

Espero con ilusión la llegada de Amanda. Quiero contárselo todo: lo de mi espionaje, lo de los chavales del café... No, eso mejor no. Pero sí lo de la teniente Watson, la conversación con su hermana, la persecución, el artículo que escribí en un cibercafé. Madre mía, ¡qué aventura!

Enciendo la radio y suena el mismo disco de jazz de siempre. Dios, qué aburrido. No. Hoy toca algo diferente. Voy probando emisoras hasta que doy con la canción que encaja perfectamente con mi estado de ánimo: «That's What I Like» de Bruno Mars. La cafetería está vacía y aprovecho para subirle el volumen a la radio. Se me escapa una risilla y mis hombros empiezan a moverse al ritmo de la música. Me pongo a bailar como si estuviera en una pista de baile, con la bola de luces proyectando lunares por toda la sala. Cierro los ojos y siento la música en mi interior. Noto cómo los bajos vibran en mi pecho. Bailo sin parar, dando vueltas sobre mí mismo y sin saber lo que significa la palabra «ridículo». Cuando el cantante repite la frase que da título a la canción, digo:

—Claro que sí, *xe*. ¡Díselo, Bruno!

Doy una fuerte palmada y alzo los brazos en alto sin que mis pies cesen sus movimientos circulares. La risa se me vuelve a escapar, pero ahora en forma de carcajadas.

—¿Fernando?

Me detengo en seco, me acerco rápidamente a la radio y bajo el volumen hasta dejarlo por los suelos. Me doy la vuelta y veo a Amanda en la puerta. Creo que acabo de perder toda mi dignidad.

—Hola —la saludo con timidez.

—Estabas bailando —afirma ella. Por supuesto, no es una pregunta.

—Eh..., sí. Es que tengo una buena noticia.

—¿Cuál?

—Ven.

Amanda se aproxima recelosa a la barra. Espero que lo que voy a enseñarle le quite de la cabeza la imagen de lo que acaba de presenciar. Debería haber echado el pestillo al menos.

—¿Qué pasa? —pregunta curiosa.

—Mira. —Saco un papel doblado de mi chaqueta—. Lee esto, a ver qué te parece.

Al desdoblar el papel, Amanda suelta un grito ahogado. Lee con atención. Puedo ver la expresión de sorpresa en su bonito rostro. Espero pacientemente a que termine para escuchar su opinión. Hoy me parece más guapa.

—¿Qué es esto, Fernando? —pregunta ensimismada.

—Lo he escrito yo —le desvelo.

—¿Tú? Pero ¿cómo lo has averiguado?

—Ayer fui al Salón de la Justicia. La teniente Watson salió y...

—¿Que fuiste al Salón de la Justicia? —me interrumpe, nerviosa—. ¿Por qué?

—Bueno, te dije que el periodismo de esta ciudad...

—Y fuiste sin mí —sigue ella—. No me dijiste nada.

—Quería que descansases porque te vi afectada por lo de tu...

—Te equivocaste.

Ese tono no me ha gustado.

—Vale, lo siento.

Ella mira de nuevo el papel y, negando con la cabeza, dice:

—Qué decepción, Fernando.

—¿Qué? ¿Por qué?

—Porque me has dejado al margen. Yo no hubiera hecho una cosa así. Pensaba que éramos amigos. Incluso algo más que eso.

Me quedo quieto unos segundos mientras esa última frase cala en mi cerebro. Finalmente reacciono:

—Perdóname, ¿vale? Podemos seguir juntos. Quiero decir, ¿no has visto lo que hemos conseguido?

—¿Hemos?

La euforia se va disipando por momentos.

Ella vuelve a negar con la cabeza mientras relee la noticia. Ahora todo lo que he conseguido ya no tiene valor. Me jugué la vida por esta noticia, y solo para decepcionar a Amanda. Porque ella lo ha dicho: la he decepcionado.

—Si sigues con esto vas a tener problemas, Fernando, y creo que no es el mejor momento para jugar a los periodistas. Thomas ha confiado en ti para llevar el negocio, no le falles ahora. Hazme caso, no vale la pena.

Me cuesta contestar. Las palabras se me atascan en la garganta. Yo sí quiero seguir. Pero ¿qué hago?

—Conozco a Thomas y a Evelyn desde que era pequeña y siento la responsabilidad de decirte esto: no sigas, por favor —insiste ella al reparar en mi momentánea indecisión.

Bajo la mirada. Esto es realmente complicado. Es ir en contra de mis principios, de mis intereses, de mi personalidad. Mi vida siempre se ha resumido en perseguir las mejores noticias aunque me dejase la piel en ello. Sin embargo, no puedo negar que mi vida ha cambiado. Ahora solo soy un camarero que ha querido ser periodista por una noche, pero que ha herido a otra persona en el intento. En otra ocasión, me diría que son gajes del oficio. Pero esta vez es diferente porque esa persona es Amanda. Y todo es distinto con ella.

—Está bien.

Ella asiente sin dedicarme ni una mirada.

—Gracias.

Los primeros clientes entran por la puerta y Amanda se esconde en la cocina.

La vida es injusta. La felicidad nos invade en un momento glorioso y pretendemos que todos se impregnen de ella. Queremos que el mundo nos entienda, que empatice con nosotros sea cual sea su situación. Pero lo que no comprendemos, al menos en el instante más inmediato, es que nuestra felicidad puede suponer la tristeza de otros. Porque se trata de un privilegio con dos extremos opuestos que, aunque pasajero, es selectivo y cruel.

51
William Parker
24 de diciembre de 2018, San Francisco

He llamado a la teniente Watson y se lo he contado todo. Ahora disponemos de una descripción física del Verdugo, que es mucho más de lo que teníamos hasta ahora, y una posible localización.

—Te envío dos patrullas más para peinar la zona. Atrápalo, William.

—Ya sé lo que tengo que hacer —he murmurado antes de colgar.

Me aferro al volante con fuerza y conduzco por Stockton Street mirando a derecha e izquierda por si veo esa sudadera negra por algún lado. Los coches patrulla se han dispersado en todas direcciones. Algunos agentes se han quedado en Union Square, al lado del Grand Hyatt. Esta es una zona bastante comercial, hay muchas tiendas de franquicias con sus respectivas cámaras de seguridad a lo largo de la calle, pero todas están cerradas ahora mismo, y perdería demasiado tiempo si quisiese revisar sus grabaciones para trazar el recorrido del desconocido.

Vale, primer cruce. ¿Qué hago? ¿Sigo recto o giro a la derecha? Piensa, William, ¡piensa! ¿Por dónde iría si fuese un asesino y no quisiera que me encontrasen?

Derecha. Callejear es más seguro que andar en línea recta.

Giro hacia Geary Street.

Pero, si soy un asesino y voy a pie, seguramente iría en dirección contraria.

Miro por el retrovisor y veo cómo la dirección opuesta se hace más y más pequeña. Imagino que veo esa sudadera negra en una esquina, ese hombre de pie con una sonrisa en la comisura de los labios, viendo cómo me alejo.

«Ni rastro del sujeto en Union Square», se oye por la radio entre interferencias.

Llego al final de la manzana y giro a la izquierda. Las tiendas de Powell Street están decoradas con lucecitas navideñas. Renos con narices rojas custodian los escaparates de la mayoría de ellas. Miro dos veces a un chico con una mochila colgada de la espalda. Lleva una sudadera gris oscuro que perfectamente podría pasar por negra, pero parece más joven y no tiene ni un pelo en el rostro.

Giro a la derecha y me incorporo a Ellis Street. El sonido estridente de una radial se oye amortiguado desde dentro del coche. Un camión volquete está mal estacionado y corta uno de los dos carriles. Siempre me he preguntado qué necesidad tienen las constructoras de hacer trabajar a sus obreros tan temprano.

La sirena de un coche patrulla.

Todos mis sentidos se ponen alerta. Miro por el espejo retrovisor y veo las luces no muy lejos, atravesando la calle de lado a lado. Se oye un chasquido por la radio.

«¡Coche tres! ¡Tenemos un sospechoso en Market Street!».

El Chrysler de delante se detiene justo entre la acera y el camión mal estacionado y me obliga a hacer lo propio a mí también. Me pongo nervioso y presiono el volante haciendo que el claxon suelte un bramido. Bajo la ventanilla y saco la placa para que me deje pasar. El coche avanza un poco y se hace a un lado cuando deja atrás el camión.

Acelero.

«Falsa alarma —se escucha por la radio—. No es nuestro hombre».

Desacelero.

Unos metros más adelante, veo el Happy Donut en una esquina y recuerdo todas las veces que paraba ahí cuando necesitaba una buena dosis de energía. Pensándolo bien, mal no me iría ahora mismo. No he dormido en toda la noche y, aunque por ahora la adrenalina tira de mí, sé que esto es efímero y tarde o temprano llegará el bajón. ¿Debería parar?

Será solo un momento.

Pongo los cuatro intermitentes y bajo del coche presuroso. Entro en la tiendecita y Dory, embutida en una camisa rosa con su nombre colgado del generoso pecho, se sorprende detrás del mostrador atestado de dulces.

—Vaya, William. Cuánto tiempo sin verte. Pensaba que te había pasado algo.

—Hola, Dory. Necesito una buena dosis de azúcar. ¿Qué me recomiendas? —pregunto haciendo caso omiso a sus palabras.

—La bomba explosiva de fresa y chocolate es lo mejor que tengo.

—Ponme dos.

—Marchando.

Mientras Dory coge unas pinzas para meter los dulces en una bolsa de papel, me fijo en la cámara que hay en la pared.

—Dory, ¿esa cámara funciona?

—Sí, pero no te preocupes. Tu mujer no se enterará de que has pasado por aquí. —Me guiña un ojo.

—¿Me puedes enseñar la grabación de los últimos veinte minutos?

—Mmm, sí, claro. —Deja la bolsa a un lado y se acerca a la pantalla del ordenador—. ¿Buscando a algún malo, cariño?

—Más o menos. Solo quiero comprobar una cosa.

Dory gira la pantalla y me enseña la grabación. Solo se ve el interior de la tienda y la puerta, cuyo cristal deja ver parte de la acera de este lado de la calle.

—Dale para que vaya más rápido.

Dory da un clic y la gente pasa a mayor velocidad. Entran varias personas a comprar unos donuts, luego unos segundos de inactividad. Y entonces...

—Para.

Ahí está. Avanzando por la acera. El hombre de la caja, el de la barba y la sudadera negra. Ha pasado por aquí. Miro el reloj de la pantalla.

Solo hace cuatro minutos de eso.

—Tengo que irme.

—Espera, ¿y las bombas explosivas de fresa y...?

Salgo a Ellis Street de nuevo y voy hacia la izquierda. Dejo el Mini mal aparcado, ya vendré a por él después. Este es un barrio complicado. Hay varias tiendas de campaña montadas en la acera. La suciedad no se puede cuantificar. Jeringuillas usadas amenazan con contagiar la peor de las enfermedades. Muchos vagabundos viven aquí, en el suelo, al cobijo de unos cartones y al calor de una botella de vino barato. Mis pies avanzan despacio. Mis ojos, de rostro en rostro. Mi mano derecha toca el frío metal por debajo del abrigo. Algunos individuos me miran como si hubiese entrado en un terreno vedado. Otros bromean entre ellos y ríen sin tapujos.

Entre dos tiendas de campaña, un hombre se prepara su dosis de heroína con un papel de aluminio y un mechero sentado en el suelo. Tiene los ojos inyectados en sangre. Una barba larga y descuidada. Unos pantalones anchos y una sudadera negra con la capucha puesta.

El Verdugo.

Saco la pistola y lo apunto con ambas manos.

—No muevas ni un músculo.

52
William Parker
2017, Los Ángeles

Todo pasó muy rápido. El sonido del disparo lo ensordeció. Perdió las fuerzas y se tambaleó. Alguien gritaba. Su voz se camuflaba en un pitido constante que le perforaba los oídos. Se apoyó en una pared. Estaba a punto de desmayarse cuando vio a Jennifer, desangrándose en la silla, con las manos atadas por detrás de la espalda y el pelo sobre el rostro. La cabeza de William giró lentamente como una bisagra oxidada hasta encontrar a Nora en la otra silla. Era ella quien gritaba. Hizo un esfuerzo por entender qué decía.

—¡Deprisa, por favor!

La bisagra volvió a girarse. Vio el contador de la bomba detenido: 0.01. Luego miró hacia la pared posterior de la cabina. La pantalla del comunicador estaba apagada. Marcus ya no aparecía en ella.

—¡Sálvela! ¡Aún respira!

Empujó la pared con las manos. Se acercó a Jennifer, se arrodilló junto a ella y fue consciente de la realidad que tenía ante él. La parte lateral izquierda de su cabeza sangraba sin parar. Se moría. Le había disparado. Él. Quiso mirarla a los ojos, pero no encontró más que pelo, lágrimas y sangre. Presionó con fuerza la herida con ambas manos y Jennifer soltó un gemido quedo. Su cuerpo se convulsionaba débilmente.

—Aguanta —susurró asustado.

De pronto, una mano lo apartó con firmeza y cayó de espaldas. Cuando se incorporó en el suelo, vio a cinco personas, enfundadas en chalecos antibalas negros y armadas hasta los dientes, que asistían a Jennifer y a Nora. Alguien le arrebató la pistola. Luego lo levantó de un tirón y dijo:

—Venga conmigo.

Mientras se iba, entraron cuatro paramédicos en el pasillo con camillas de emergencias plegables. Sin detener sus pasos, William se volvió una última vez y reparó en que Jennifer no respondía a los gritos de aquella gente. Cruzaron la puerta del pasillo y vio la linterna en el suelo. Luego luces que viajaban por las escaleras, más agentes y más gritos.

Salieron del Ritz y lo llevaron a una ambulancia aparcada a pocos metros. Había mucha gente en la calle que lo miraba y murmuraba algo imposible de descifrar. Una mujer vestida de blanco le puso una manta térmica por encima de los hombros. Le hizo seguir una luz con los ojos y le formuló varias preguntas.

—William, ¿estás bien? —quiso saber la voz lejana de Alfred, que se había abierto paso entre sus antiguos compañeros de profesión—. He venido en cuanto me he enterado. ¿Qué ha pasado?

La mujer le dijo algo y Alfred se apartó cabizbajo.

William vio cómo un grupo de policías salía del Ritz custodiando a los paramédicos, quienes llevaban a Jennifer y a Nora tumbadas en las camillas hasta otra ambulancia más cercana a la puerta del hotel. Segundos después, el vehículo desaparecía a toda velocidad con las luces y la sirena puestas.

Más tarde, cuando se recuperó del estado de shock, se reunió con Cox y Alfred y contó todo lo que había pasado. Cox, muy serio, le dijo que entraron en el edificio después de escuchar dos disparos.

—¿Dos? —dijo confuso—. Solo he disparado una vez.

Cox suspiró, como reteniendo el desprecio que sentía hacia él en esos momentos.

—El malnacido ese se ha volado los sesos. Hemos encontrado su cuerpo en el noveno piso.

William no contestó. En cierto modo, sabía que eso iba a ocurrir. Marcus White se lo había confesado sin siquiera mencionarlo.

—¿Cómo está Jennifer? —preguntó temeroso.

El detective al mando lo fulminó con la mirada. No hacía falta que le dijese lo que pensaba. Cox había querido entrar con todo el equipo precisamente para salvar a Jennifer y William se había opuesto. Lo había convencido para entrar él solo, porque era la opción más prudente, por el bien de Jennifer, de Nora y del Ritz. Pero todo había salido mal. Y ahora una compañera se encontraba al borde de la muerte por su culpa.

—No lo sé —respondió secamente.

—Quiero ir con ella.

—De eso nada, usted se queda aquí. Volverá a San Francisco mañana, cuando todo lo que ha sucedido ahí dentro quede reflejado en el informe.

—No. Yo no me voy.

—Creo que ya ha hecho bastante en Los Ángeles, inspector Parker.

—¿A qué hospital la han llevado?

—¿Es que no me ha oído? —dijo poniendo los brazos en jarra.

—Con el debido respeto, señor —intervino Alfred—. Creo que está siendo injusto. La situación a la que se ha tenido que enfrentar William ha sido de todo menos sencilla. Estoy seguro de que él no quería disparar, pero se ha visto en la obligación de hacerlo. Piénselo, ¿qué habría hecho usted en su lugar?

—No habría disparado a Jennifer, por supuesto.

Alfred le mantuvo la mirada. ¿Cox habría matado a Nora?

—Déjenos ir a verla —insistió Alfred, sumándose al cometido—, solo será esta noche. Mañana por la mañana, el inspector Parker redactará su informe, cogerá el avión de vuelta a San Francisco y no le molestará nunca más. Pero queremos asegurarnos de que la detective Morgan se encuentra bien. Por favor —añadió.

Cox endureció sus facciones.

—Está bien. Pero tendrán a un agente vigilándolos. No quiero que nadie le ponga un dedo encima a Jennifer, ¿queda claro? —ordenó clavándole los ojos a Parker como un felino.

William y Alfred fueron al hospital Helipad en la ambulancia. Cuando llegaron, les dijeron que Jennifer había entrado en quirófano. Su estado era crítico y la estaban operando de urgencia. Los llevaron, junto con un policía que se comportaba como un segurata de discoteca, a la sala de espera. William no es creyente, pero se sorprendió rezando para que la operación saliese bien y Jennifer salvara la vida.

53
William Parker
24 de diciembre de 2018, San Francisco

La mayoría de los indigentes ha echado a correr cuando he sacado la pistola. Tras dar el aviso, he esperado a los coches patrulla con el dedo tenso sobre el gatillo. En más de un momento he temido apretarlo sin querer, disparar y acabar con todo por fin. Pero un recuerdo, o más bien una pesadilla, me lo ha impedido por completo. El Verdugo no ha dicho ni una palabra. Ha hecho una pelota con el papel de aluminio y la heroína y se la ha guardado en uno de los bolsillos del pantalón. Luego ha empezado a silbar con una tranquilidad propia de alguien a quien no lo están apuntando con un arma. Los coches patrulla no han tardado en llegar. De repente, media docena de SIG Sauer se ha sumado a la mía.

Entre varios agentes han metido al sujeto en un coche y lo han llevado al Salón de la Justicia. No ha opuesto resistencia. No ha mostrado ni un atisbo de sorpresa ni ha cargado verbalmente contra ninguno de nosotros. Nada. Sabía que este día llegaría y ha aceptado su destino sin más. A lo mejor quería que lo atrapásemos. Muchos asesinos en serie quieren darse a conocer con la brutalidad de sus actos, demostrar de lo que son capaces y presumir de ello después. Sin embargo, algunos desean con todas sus fuerzas que los atrapen: son conscientes de su maldad y necesitan que los detengan porque no pueden parar de matar.

Antes de subir al Mini, he vuelto al Happy Donut y he cogido los dulces que me había recomendado Dory.

—Invita la casa, cariño. Te van a gustar, estoy segura.

Una vez en el coche, apoyo la cabeza en el respaldo del asiento y suspiro. Ahora noto un dolor que nace en la coronilla y llega hasta la punta de los dedos de los pies. Una pesadez increíble.

El bajón.

Saco uno de los dulces de la bolsa de papel y le doy un bocado. Mi paladar tiene un orgasmo de los gordos. La bomba explosiva de fresa y chocolate no puede tener un nombre mejor. La parte exterior, de color rosa intenso y textura esponjosa, se deshace en mi boca dando paso a una lava de chocolate líquido, haciendo que ambos elementos se mezclen produciendo una explosión de sabores inigualable.

Me zampo los dos dulces y me limpio con una servilleta. Pongo la llave en el contacto y hago rugir al pequeñajo.

La teniente Watson escruta al Verdugo a través del espejo unidireccional.

—¿Estás seguro de que es él?

—Sí. Encaja con la imagen de las grabaciones, el hombre de la caja con una cabeza en su interior.

—No parece un asesino en serie.

—Y ¿quién lo parece?

—Entra ahí y hazle hablar.

Salgo de la sala de observación y la luz del pasillo me hace entornar los ojos. Rodeo las salas de interrogatorios y entro en la número tres. Tanto Arthur Evans como los Owens han vuelto a casa. Arthur estaría ahora mismo en el calabozo de no ser porque ha pagado su abultada fianza. Todo es posible para el heredero de una fortuna. Me siento en la silla atornillada al suelo y miro al Verdugo con detenimiento. No se ha quitado la capucha de la sudadera. Apesta a orina y alcohol. Tiene la piel ligeramente enrojecida y su respiración es muy lenta y pausada. Los brazos extendidos sobre la mesa. Los párpados caídos y la mirada perdida.

—¿Te parece que nos presentemos? —le pregunto—. Yo soy el inspector William Parker, de Homicidios. ¿Tú cómo te llamas?

El barbudo repasa la habitación lentamente. Es extraño verlo moverse sin quitar los brazos de la mesa. Parecen dos objetos largos y pesados imposibles de levantar.

—Que cómo te llamas, he dicho —insisto con un tono más alto, al ver que no tiene pensado darme una respuesta.

Sus ojos vuelven a mí. Un principio de sonrisa nace en sus comisuras.

—William Parker.

Me quedo perplejo. Miro hacia el espejo, esperando ver la expresión de la teniente Watson, pero solo me veo a mí con la cara que tendría un niño que ha perdido a sus padres en un centro comercial.

Me remuevo en la silla.

—No tenemos tiempo para bromas.

—William Parker, de Homicidios. —Empieza a reír, pero una tos seca lo interrumpe. Se oye un leve pitido que sale de sus pulmones.

—Sabes que hay cámaras que han grabado lo que has hecho, ¿verdad?

Frunce el ceño.

—¿Qué he hecho?

—Ahora no te hagas el sorprendido.

El vagabundo cierra los ojos con fuerza y los abre tres veces. Saca la lengua como si le molestase tenerla dentro de la boca y se rasca la cabeza por encima de la capucha.

—¿Por qué me habéis quitado el chino? Lo necesito.

Lo observo durante un minuto. Piel enrojecida, picores, pesadez en las extremidades, párpados caídos, somnolencia, respiración pausada. Su corazón debe de bombear a un ritmo preocupante. Nada más consumirse, la heroína provoca una sensación de euforia seguida de una caída de la tensión y de todos los síntomas que presenta este hombre. Es una droga barata y fácil de conseguir, aunque muy adictiva y peligrosa por los efectos que produce en el organismo.

—No te andes con rodeos. ¿Quién es la mujer de la caja?

—¿Qué mujer? —pregunta sin parar de rascarse. Se lo ve angustiado.

—La de la caja —repito.

—¿Qué caja?

Saco mi móvil y busco la foto que he hecho antes. Aquí está. Pongo el móvil boca arriba en la mesa y lo arrastro hacia él. El vagabundo se espanta al ver la foto, aunque tampoco demasiado.

—¿Eso...? —balbucea.

—Sí, eso es la cabeza de una mujer. La mujer a quien has matado y decapitado a sangre fría, cuya cabeza has puesto en una caja para llevarla delante del Grand Hyatt.

—¿Qué? No, yo no.

—Debiste de pensar que ese no era un buen lugar para aparecer con la prueba de un crimen. Hay cámaras por todos lados.

—Espera. —Piensa antes de hablar—. Yo no sabía que había eso en la caja.

—¿Cómo no ibas a saberlo?

—La he encontrado en mi sitio.

—¿A qué sitio te refieres?

—Todos tenemos un sitio en esa acera, es como nuestra casa. Nuestro sitio, ¿entiendes?

Asiento.

—He ido a hablar con Charlie un rato —hace un ademán, como quitándole importancia—, un amigo, y cuando he vuelto he visto la caja esa ahí, en mi sitio. Tenía una nota encima.

—¿Qué decía la nota?

—Que si llevaba esa caja delante del Grand Hyatt conseguiría cincuenta dólares.

Me inclino hacia él.

—¿Cómo sé que no estás mintiendo?

El vagabundo hurga en su bolsillo y saca un billete de cincuenta.

—Lo he encontrado debajo de un ladrillo al volver. Iba a inhalar un poco para celebrarlo, pero has llegado tú y me has fastidiado el desayuno.

—¿Dónde está esa nota?

—La he quemado. Decía que la quemara.

—Y ¿no sabías lo que había en la caja? Venga, no me tomes por idiota.

—No, no. Te juro que no lo sabía.

—¿No has tenido curiosidad por abrirla?

—Yo no voy husmeando donde no me llaman. En la calle aprendes que cada uno tiene sus movidas.

—Y ¿eso qué significa?

—Que, si no molestas a los demás, ellos no te molestarán a ti.

Vacilo.

—¿Sabes quién es? —Señalo el móvil con la barbilla.

—María Antonieta —suelta de pronto y se ríe como si hubiera hecho el mejor chiste de la historia. Va más colocado de lo que yo creía.

Espero a que continúe, pero no lo hace. Levanto las manos y arqueo las cejas: quiero una respuesta seria.

—No sé cómo se llama, pero sí, la conozco. —Se rasca el brazo derecho—. Oye, ¿qué habéis hecho con mi...?

—¿Sabes quién es pero no sabes su nombre?

—La veía mucho. Le pillaba a Henry, un buen tipo. A los chicos del barrio nos hace descuento.

—Y ¿dónde puedo encontrar a ese tal Henry?

—En Ellis Street. —Ríe—. El desgraciado ha sido el primero en salir pitando de allí cuando has sacado la pipa. Tendría los huevos envueltos de todo tipo de material. —Se pone serio—. Eh, pero yo no he dicho nada. Lo considero un amigo, no me gustaría que lo trincaseis por mi culpa. Como he dicho, es un buen tipo.

Saco la Moleskine y lo anoto.

—No te preocupes por eso, yo solo trinco asesinos.

—Sé algo más.

Levanto los ojos de la libreta.

—¿El qué?

—Sé dónde vive esa mujer.

—Eso no juega a tu favor.

El hombre se encoge de hombros.

—Creo que la cárcel sería un hotel de cinco estrellas comparado con lo que tengo ahora, así que, si me tenéis que llevar allí, que sea cuanto antes. Se pasa mucho frío en la calle, ¿sabes? Y más en esta época. No me extrañaría que quien haya hecho eso sea alguien del barrio buscando un techo y comida caliente.

Le doy un vistazo rápido a mis anotaciones y paso un par de páginas. Le acerco la libreta y el bolígrafo y digo:

—Escribe la dirección aquí.

El vagabundo respira hondo y lo hace muy lentamente. Me lo devuelve y reviso lo que ha escrito. Entonces se me ocurre algo. Me levanto y me acerco a la cámara de la esquina. Apago el vídeo y el audio. Lanzo una mirada furtiva al espejo, desactivo el micrófono de la sala y mis ojos se posan de nuevo en el vagabundo.

—¿Quieres ganarte otros cincuenta dólares?

—¿A qué ha venido eso? —quiere saber Watson, enfurecida.

—Quería ver si soltaba prenda fuera de cámaras. Pero no he conseguido nada.

—Pero te ha dado la dirección de la víctima, ¿no? ¿Qué más querías que te dijese?

Niego con la cabeza. Saco la Moleskine y la abro para enseñarle a Watson lo que ha escrito el indigente: QUE TE JODAN.

—Será... —Reprime el exabrupto—. ¿Tú le crees?

—Sí, le creo. Tenemos que soltarlo.

—¿Y si nos está mintiendo?

—Un vagabundo no suele tener un billete de cincuenta dólares encima todos los días. Además, viendo su adicción a la heroína, el dinero debe de quemarle en los bolsillos. No tardará en gastárselo.

—Entonces no es el Verdugo —se lamenta Watson.

—No, él no es nuestro hombre. Hay que dejarlo ir.

—No sé si eso es lo más apropiado ahora.

—Es inocente —sostengo.

—Pero las cámaras lo han visto portar una caja con una cabeza decapitada en su interior.

—Es un heroinómano, solo piensa en chutarse. No encaja como asesino en serie y menos como alguien que prepara escenarios.

Los ojos de Watson viajan del vagabundo a mí repetidamente.

—Espero que no te equivoques. Un fallo así podría ser...

—Mortal, lo sé.

Watson suspira.

—Está bien. Lo sacaremos antes de que lleguen los altos cargos de la policía, tengo una reunión en treinta minutos. ¿Has leído lo que se ha enviado a las comisarías de la ciudad?

—No. ¿A qué se refiere?

Watson cierra los ojos y hace un gesto con la cabeza.

—A algo de muy mal gusto.

—Llevo toda la noche trabajando, no he parado ni un minuto.

—Mejor, sigue así. Alguien ha jugado con fuego: ha creado una cuenta falsa de Gmail y nos ha enviado un artículo bajo la máscara de una extensión VPN para que no podamos dar con su verdadera dirección IP. Lo que ha escrito va en contra de todo. Pero, bueno, tú no te contamines de su odio. Ve a hablar con ese camello y sácale todo lo que sepa —dice antes de cruzar la puerta de la sala de observación.

¿Qué será lo que se han inventado ahora? No me gusta el sensacionalismo. Por su culpa Marcus White se enteró de mi paso por Los Ángeles y de mi relación con Jennifer. Si la prensa amarilla no se hubiese metido, nada de aquello habría ocurrido.

Miro una última vez al vagabundo a través del espejo unidireccional. Se remueve en la silla, rascándose el cuerpo con ansia.

Empieza el show.

Saco el móvil y hago un par de llamadas.

54
Fernando Fons
Seis meses antes, junio de 2018,
Tavernes de la Valldigna

La noche había caído. La luna llena resplandecía en lo más alto del cielo estrellado. Hacía rato que Fernando no oía el rumor de los coches. Ni un solo ruido salvo el canto de los grillos o el aleteo de algún ave nocturna. Había pasado muchas horas allí escondido, sin comer ni beber, pero no tenía hambre. De hecho, sentía el estómago encogido, como con los brazos cruzados, reacio a cualquier cuerpo extraño. En cambio, notaba la lengua como la de un gato, áspera y seca. Estaba sediento. ¿Cómo no se le había ocurrido comprar agua cuando había ido a por la lejía?

Sus ojos no tardaron en adaptarse a la oscuridad. En un momento dado, bajó la mirada hacia Andrea y el corazón le dio un vuelco.

Lo estaba mirando.

Fernando retrocedió un paso, incapaz de despegar sus ojos de los de ella. Andrea no se había movido ni un centímetro. Pero sus ojos...

—¿Andrea?

Retrocedió un poco más y notó las ramas de un naranjo en su espalda. Andrea no contestó. Fernando esperó, por si acaso, por si seguía con vida. Por miedo.

—¿Andrea? —insistió.

Pero nada.

Avanzó muy lentamente. Las hojas secas crujieron bajo sus pies. Se acercó a su lado y se acuclilló. Entonces lo entendió. Sus párpados habían caído por sí solos. Solo se estaban cerrando poco a poco. Por un instante había creído que...

Vislumbró movimiento en su pelo. Fernando sacó su móvil y encendió la linterna. Bichos. Insectos de todo tipo recorrían la cabeza de Andrea. Su rostro, iluminado de cerca por el haz de luz del teléfono, resultaba escalofriante. Sin apagar la linterna, Fernando dejó el móvil en el suelo, la luz proyectada hacia arriba. Cogió la botella de lejía, casi vacía, y levantó a Andrea por la nuca para echar el líquido restante por la parte superior de su cabeza y por el suelo. Así limpiaría la sangre y ahuyentaría a cualquier ser vivo que quisiera darse un festín con ella. Sin volver a dejarla en el suelo, agarró el móvil con la mano libre, apagó la linterna y se lo guardó en el bolsillo. Cogió a Andrea en volandas e hizo un esfuerzo por ponerse de pie. Fue entonces cuando se dio cuenta de la ligera rigidez de las extremidades del cadáver, el *rigor mortis*, pero no era muy pronunciado y pensó que podría transportarla sin mucha dificultad.

—Nos vamos.

Fernando salió al camino y vio, bajo la luz de la luna, los tres derroteros que podía tomar. ¿Cuál sería la mejor elección? Optó por ir hacia el este. Tenía que alejarse de la ciudad, escapar de la sociedad y de los peligros que conllevaba.

¿Qué puede haber más peligroso que un asesino?

¡No soy un asesino!

Caminó en línea recta un buen rato. Andrea pesaba cada vez más sobre sus delgados brazos y dudó de sus fuerzas. Avanzó mientras iba cambiándola de posición. Primero la cargó sobre su hombro derecho, luego sobre el izquierdo. Le dolía todo el cuerpo. Deseaba parar, irse a casa y descansar. Pero no podía hacerlo. Debía acabar la faena.

El camino pasaba frente a una casa vieja y blanca que quedaba a la derecha. Una farola sobresalía de la fachada y teñía el suelo de naranja. Fernando se asustó. Temía que hubiese alguien allí y lo viera con un cadáver a cuestas. Esperó al resguardo de la oscuridad, a distancia. Miró en todas direcciones, pero no se veía ni un atisbo de luz que no proviniese de la maldita farola. La casa no estaba habitada.

Tras un segundo de duda, fue con paso decidido hacia la luz, pasó por debajo de la farola y vio cómo su sombra se transformaba a medida que avanzaba. Imaginó que alguien lo observaba escondido entre los árboles, imaginó cómo se le vería desde detrás, con el pelo de Andrea colgando por su espalda. Aguantó la respiración, no supo por qué, y espiró al llegar a la negrura del otro lado.

Bendita oscuridad.

Jadeó un poco. Volvió la mirada y vio a lo lejos la silueta de la montaña de Les Creus, imponente y majestuosa. Entonces sintió que ya no pertenecía a aquel lugar. Se había convertido en un forastero, un paria. Un criminal cuyo rostro ocupaba todos los carteles de SE BUSCA. Ahora su mundo eran las sombras. El corazón le dolió y volvió a percibir esa sensación de vacío en las entrañas. Bajó la mirada hacia el cadáver de Andrea, que estaba de nuevo sobre sus brazos, y se preguntó cómo demonios había llegado a eso.

Reprimió el llanto. No era momento para debilidades, así que reanudó sus pasos y siguió en dirección al este. Al cabo de unos cien metros, unas luces amarillas viajaron de lado a lado a gran velocidad. Luego otras. Y otras. El sonido de los coches llegó a sus oídos de forma ascendente.

La carretera. No podía acercarse a ella. Lo verían. Se le acababan las opciones.

Buscó una alternativa. En el huerto de su izquierda había una suerte de pozo, cubierto por una plancha metálica, que descansaba dentro de la seguridad de una valla. A su derecha, un huerto abierto, solo con tierra y naranjos. Tenía que ser ahí. Se adentró en él y avanzó hasta el final. En el intento de dejar a Andrea en el suelo, perdió las fuerzas y cayó con ella. No podía consigo mismo. Tumbado sobre la tierra, Fernando contempló la luna, enorme y preciosa. Parecía que lo estuviese vigilando, atenta a cada paso que daba, expectante por ver cómo salía de esta sin la menor ayuda. Fernando imaginó que le hablaba con la voz de su madre:

¿Qué has hecho, Fernando?

—No lo sé, mamá. Yo no quería. Ha sido un accidente.

Lo sé.

—¿Tú me crees?

¿Cómo no voy a creer a mi pequeño?

Escuchó su risilla amable.

Pero la gente no lo entenderá. Debes asegurarte de que no se entere nadie.

—¿Cómo lo hago?

Entiérrala.

Fernando vaciló.

—Tarde o temprano la encontrarán —dijo—. Estoy perdido, mamá. ¿Y si voy a comisaría y lo confieso todo? ¡Ha sido un accidente! Diré la verdad: que yo solo quería hablar con ella, que la he empujado o que se ha tropezado. No sé, estoy confuso. Pero si digo que ha sido un accidente puede que me crean.

Si ha sido un accidente, ¿cómo explicas que la cabeza de Andrea rezume lejía?

Él suspiró, rindiéndose a la evidencia: no había vuelta atrás.

Ahora hazlo cuanto antes y vete a casa, te mereces un descanso.

Fernando se levantó, examinó el terreno y tragó saliva. Ese fue su único sustento líquido durante aquellas horas largas e infernales. En cuanto escogió un buen sitio debajo de la falda de un naranjo, hundió las manos en la tierra y empezó a cavar con fuerza.

55
William Parker
24 de diciembre de 2018, San Francisco

Conduzco despacio, con las dos manos en el volante, el cinturón abrochado y mirando sin cesar por los espejos retrovisores. Doy un rodeo por el distrito de Tenderloin, girando a izquierda y derecha de manera arbitraria. Cuatro cigarrillos después, me dirijo hacia Ellis Street. Aparco un poco antes del Happy Donut, donde puedo ver desde una distancia prudencial a los indigentes de la manzana siguiente. Busco a alguien con la mirada. Ah, ahí está. Luego miro al otro lado de la calle, a la acera de enfrente. La gente va de un lado a otro. Algunos vagabundos cuentan sus monedas y regatean entre ellos en una suerte de trueque clandestino. La puerta de la iglesia metodista está abarrotada de feligreses.

Espero dando golpecitos en el volante.

Nada.

Reviso mi reloj. No debería tardar en...

Entonces oigo unos gritos.

Por fin.

Vislumbro a unas personas que salen de un edificio y corren calle abajo. Mi mirada viaja de una acera a la otra con rapidez, cerciorándose de que todo sale como estaba previsto. Sí. Creo que el plan ha sido un éxito.

Espero unos cinco minutos antes de bajar del coche. Una vez fuera, me subo la cremallera del abrigo y me acerco al grupo de indigentes con parsimonia. Una mujer delgada, con la cara llena de manchas solares, me observa desde el suelo, apoyada en la pared de un edificio.

—Hola.

La mujer no hace amago de responderme.

—¿Me puedes ayudar? Estoy buscando a una persona. Quizá la conozcas.

—¿Por qué debería ayudarte?

Buena pregunta.

—¿Por qué no?

—Porque eres poli. He visto cómo te llevabas a uno antes. ¿Estás haciendo una colección de desgraciados o algo así?

Ese ha sido un golpe bajo, pero lo ignoro y sigo intentándolo.

—Se llama Henry, y creo que es quien vende la mercancía por aquí.

—No conozco a ningún Henry.

—¿Estás segura? Me han dicho que esta mañana estaba aquí, creo que frecuenta bastante este lugar.

—Por aquí pasa mucha gente.

—Ya.

Lo tengo. No esperaba que nadie me dijese dónde encontrar al camello con el que seguramente todos hacen negocio a diario. Pero necesitaba hablar con alguien, fuese quien fuese, para pronunciar su nombre en voz alta sin llamar mucho la atención. Si cree que no he visto cómo ha levantado las orejas y ha empezado una huida sigilosa, lo lleva claro.

Me despido de la mujer y voy detrás del camello. Lo sigo a lo largo de la calle y, cuando está a punto de llegar a la esquina, se da la vuelta y me ve apuntándolo con la SIG Sauer.

—¡Alto!

—Eh, tío —dice nervioso, levantando las manos—. Baja la pistola, ¿vale? Te juro que no me iré, pero no me dispares.

Henry es bastante grande y parece esconder una barriga prominente debajo del abrigo verde militar. Pero tanto él como yo sabemos que eso no es una barriga, es su forma de ganarse la vida.

—¿Me lo prometes?

—Por supuesto. Soy un tío legal, en serio.

—Seguro que sí —digo según enfundo la pistola—. Quiero hacerte unas preguntas.

Saco el móvil y busco la foto de la cabeza de la caja para enseñársela.

—¿La conoces?

—No me jodas. Claro que la conozco. Es Fiona. Dios, ¿qué le ha pasado?

—El Verdugo —me limito a explicar mientras saco la Moleskine—. ¿Fiona qué más?

—Foster. Fiona Foster. Era... una amiga.

—Sé a qué te dedicas, Henry. No me hagas perder el tiempo. No te voy a detener por tráfico. Hoy no.

Henry suspira.

—Fiona me pillaba de vez en cuando —dice tristemente—, aunque ella no era como todos esos de ahí. Estaba camino de serlo, eso sí.

—¿Qué quieres decir con eso?

—Iban a desahuciarla. Se había separado, hacía tiempo que la habían despedido del último trabajo y estaba en la ruina. El banco ya le había dado el último aviso.

—¿Sabes cuántos años tenía?

—Cincuenta y tantos.

—¿Tenía hijos?

—No que yo sepa.

—¿Y el exmarido? ¿Sabes su nombre?

—Lo único que sé es que se fue a Europa y que no quería verla ni en pintura.

—Vale. ¿Sabes con quién podía tener relación?

Henry se ruboriza ligeramente.

—No sé, con mucha gente.

—Déjame adivinar. Te acostabas con ella.

El rojo se vuelve más intenso.

—Solo una vez. Nada más.

Tomo nota.

—Pero yo no era el único, ¿eh? Ha habido otros. Y *otras* de vez en cuando.

—¿Quiénes?

—No lo sé, últimamente no tenía filtros. Le era indiferente con quién lo hacía. En realidad, ya nada le importaba. Me daba una pena increíble.

—Pero bien que te aprovechabas de ella.

—No diga eso. No me aproveché, yo la apreciaba. No me gustaba el camino que estaba tomando y le dije que podía ayudarla, echarle una mano con lo del piso. Pero no quiso mi dinero. Decía que no era una de esas que piden limosna en la puerta de la iglesia. Después de eso, me negué a venderle nada. Quería que fuera consciente de lo que se le venía encima. Pero ella lo pillaba en otra parte y se pasaba el día bebiendo. No había nada que hacer con ella.

—¿Bebía en casa?

—No. Iba siempre a la misma cafetería.

Frunzo el ceño.

—¿Una cafetería?

—Decía que un bar no es sitio para una mujer porque está lleno de borrachos babosos. Pero... —hace una mueca—, en fin.

—¿Sabes qué local era?

—Sí, el Golden Soul Cafe, en Fillmore Street. Bastante lejos de aquí para solo tomar unas cervezas, lo sé, pero Fiona quería huir de este barrio. Quería ir a una zona «más distinguida».

Lo apunto y cierro la libreta.

—Gracias.

Henry asiente, algo tocado.

—Fiona vivía...

—Ya sé dónde vive —digo cruzando la calle y dejándolo atrás.

Voy al portal y llamo a Watson.

—Espero que tengas buenas noticias —dice nada más descolgar—. No sabes lo mal que lo he pasado en la reunión.

—Fiona Foster. Ellis Street, 344.

—Buen trabajo, William. Sabía que podía confiar en ti. El equipo llegará en unos minutos.

56
William Parker
2017, Los Ángeles

—La operación ha sido difícil, no les voy a mentir
—les dijo el neurocirujano. Tenía perilla y unas gafas pequeñas y redondas sobre la nariz—. La bala ha lacerado la
parte izquierda del cráneo. Por suerte, el proyectil no ha
tocado el cerebro, pero, cuando se produce una perforación
de este tipo, se crean astillas que actúan como metralla a
causa de la onda expansiva. El lóbulo temporal ha sido
afectado y hemos tenido que lidiar también con una he-
morragia copiosa.

—Santo Dios —murmuró Alfred.

—Pero ha salido todo bien, ¿no? ¿Cómo está Jennifer?
—preguntó William con un hilo de voz.

El neurocirujano le estudió con la mirada antes de hablar.

—Hemos hecho todo lo posible. La paciente se encuentra estable, sedada.

—Pero ¿sobrevivirá? —preguntó Cox.

El médico se rascó la coronilla.

—Si el tirador hubiese disparado unos centímetros
más a la izquierda, ahora la detective Morgan estaría muerta. Es pronto para decir que está fuera de peligro. Su situación es muy complicada. Tenemos que ver cómo responde
a la operación. Está en cuidados intensivos. La enfermera
los avisará cuando puedan visitarla.

Asintieron varias veces y le dieron las gracias.

—Parker, tenemos que hablar —dijo Cox en cuanto el
cirujano desapareció pasillo adelante.

—Usted dirá.

El detective al mando miró a su alrededor.

—A solas —apuntó.

Salieron fuera del hospital y William sintió que sus pulmones se llenaban de un aire renovador. Las palabras del cirujano, aunque no habían sido del todo alentadoras, le habían aflojado la presión que sentía en el cuello. Cox sacó una cajetilla de tabaco, se encendió un cigarrillo y echó el humo lentamente hacia arriba. William esperó a que se decidiera a hablar.

—Mire, Parker —dijo al fin—. Aunque me gustaría hundirle en la miseria ahora mismo, vamos a protegerle y no contaremos la versión oficial.

—¿Qué quiere decir?

—Si alguien pregunta, la actuación de la policía ha sido incuestionable. Diremos a la prensa que fue White quien disparó. —William se sorprendió. Cox dio otra calada—. No quiero que se genere polémica por este altercado, y para ello tenemos que hacer que la gente lo olvide pronto.

William se dio cuenta de lo que Cox pretendía. Su intención no era protegerlo a él, sino a sí mismo. A pesar de que el caso no se había resuelto de la mejor forma, quería quedar como el héroe que la ciudad de Los Ángeles necesitaba. A fin de cuentas, había sido él quien había apartado del caso a Jennifer y había pedido su colaboración, y el trágico final de esa historia lo dejaba en mala posición. Porque la realidad era cruda: la policía había perdido la partida contra el asesino.

—Vamos a desmentir los rumores sobre su relación con Jennifer —continuó el detective al mando—, agradeceremos públicamente su participación en el caso y nadie volverá a verle por aquí. Con suerte, todo se habrá diluido en unos días. Pero para que esta farsa funcione, tiene que obedecer por una vez en su vida. No vuelva a pisar esta ciudad nunca más, ¿entendido? Si no, diremos que fue usted quien ajustició a la detective Morgan en un acto de desacato.

—Yo no he «ajusticiado» a nadie, y tampoco he desobedecido órdenes.

—Sacar de ahí a los rehenes era prioritario. Y, en vez de eso, usted ha optado por matar a una de ellas.

—Jennifer no está muerta —lanzó, enfadado y triste a la vez.

—Disculpe —dijo alguien a su espalda.

William se giró y vio a un hombre con bigote fino y camisa a rayas que le dirigía una sonrisa. Reparó en que estaba delante de las puertas automáticas del hospital y se hizo a un lado para que pasara. Las puertas se abrieron y empezaron a cerrarse a la espalda de aquel tipo, con un zumbido bajo.

—Hágase a la idea, Jennifer morirá esta noche —contraatacó Cox antes de que se cerraran del todo—. Dígame, ¿es así como trata a sus parejas?

William apretó los labios, furioso.

—No era mi intención.

—Pero lo ha hecho.

William bajó la mirada. Aunque Jennifer se salvase, él ya la había perdido.

—Lo siento mucho —murmuró.

—Yo lo siento más. Fui un estúpido al recurrir a usted. Debía haber confiado en Morgan. Ella nunca habría hecho algo así.

Cerró los ojos.

—Ojalá estuviera yo en su lugar ahora.

—En eso estamos de acuerdo.

De algún modo, William supo que aquello sería una herida abierta que no cicatrizaría jamás. Cox había dado por zanjada la conversación y fumaba mirando para otro lado. Él se quedó anclado en el suelo, hipnotizado con el humo que salía de la boca del detective al mando.

Carraspeó y dijo:

—¿Me da uno?

Cox dudó. Luego sacó la cajetilla de tabaco y le tendió un cigarrillo.

—¿Desde cuándo fuma?

—Desde ahora.

Pasaron la noche con Jennifer. Yacía tendida en una litera, sedada, con una mascarilla de oxígeno y un monitor que les permitía escuchar sus latidos. Llevaba una venda en la cabeza y tenía la cara hinchada y gris. Cox se fue pronto. El agente uniformado se mantuvo despierto, como William, todas y cada una de las horas de luna. Alfred, después de una pequeña disputa con William, se fue a casa, hizo la maleta y volvió al hospital con la intención de irse a San Francisco con su amigo a la mañana siguiente. Luego se quedó dormido en el sillón de la habitación. El pecho de Jennifer subía y bajaba sutilmente. Vivía. Viviría. William no sabe cuántas veces le pidió perdón. No sabe cuántas lágrimas derramó ni cuántas veces besó su mano. Aquella fue la peor noche de su vida. Y aún tiene pesadillas en las que lo revive todo.

Con los primeros rayos de sol, Cox se presentó en el hospital y les contó que, tras la muerte de Marcus White, las cuatro personas restantes que habían sobrevivido a su juego se habían entregado. Sin la amenaza viva, pudieron confesar con libertad.

Muy a su pesar, William tuvo que despedirse de Jennifer.

—Sé que vas a salir de esta —le dijo—. Eres la persona más valiente que he conocido. Esto no es nada para ti. —Hizo una pausa, con el corazón en un puño—. Lo siento mucho, Jennifer.

Según salían por la puerta de la habitación, el ritmo cardiaco de Jennifer se aceleró bruscamente. El monitor empezó a emitir sonidos más fuertes y rápidos y se crisparon las caras de todos los presentes.

—¡Enfermera! —gritó Cox.

William quiso volver a entrar, pero Cox se interpuso en su camino. Lo apartó de un empujón y el vigilante lo inmovilizó por la espalda.

—¡Llévatelos de aquí! —ordenó el detective al mando.

Dos enfermeras acudieron a toda velocidad. El policía llevó a William a la fuerza hasta la salida. Alfred, preocupado, los siguió arrastrando su maleta mientras repetía que no era necesario tratarlo de esa forma tan violenta. William se retorcía entre sus brazos, pero el agente de uniforme era mucho más fuerte que él y se sentía como un niño llevado en volandas por un gigante. Un coche patrulla los esperaba en la puerta. Con un último empujón, el agente lo metió en el asiento trasero y un portazo le imposibilitó la salida. Alfred, mucho más dócil, dejó que guardaran su maleta en el maletero, subió al asiento delantero y saludó tristemente al policía que iba al volante.

Los llevó a la sede central del Departamento de Policía para que William escribiera su informe y, una vez terminado, viajaron a San Francisco en el mismo Dassault Falcon 900 que había llevado a Parker a Los Ángeles. William no articuló una frase en todo el viaje. Alfred intentó sacarle algo de conversación, pero él solo respondía con monosílabos. No podía pensar más que en Jennifer, en lo que habían pasado juntos esos días y en cómo su relación se había desdibujado en cuestión de minutos. Ella le había pedido que la matara. Le dijo que no podía destruir la familia de Nora —quien ya tendría a la pequeña Mia en brazos—, que era ella quien debía morir. Sin embargo, en el último segundo se arrepintió. «¡No! ¡Espera!». Esas dos palabras se repetían en su mente una y otra vez. No quería morir. No quería que William disparase. Pero disparó. Lo hizo. No quedaba tiempo. Marcus los habría matado a los tres. Jennifer no quería morir. Claro que no quería hacerlo.

Una vez en San Francisco, fueron directamente a casa de William. Fue un día largo, las varillas del reloj se dejaban arrastrar pesadamente y, aunque Alfred hizo muchos esfuerzos, los labios de William estuvieron sellados en todo momento. Esa noche se sumió en un profundo sueño, tal vez por el cansancio acumulado, por los nervios y la angustia que lo habían mantenido alerta durante tantas horas, y, cuando su cuerpo tuvo la oportunidad de descansar, lo hizo sin dudar. Fue a la mañana siguiente cuando pronunció sus primeras frases. Quería saber cómo se encontraba Jennifer, lo necesitaba. Después de lo que había pasado, esperaba una llamada de Cox con información sobre su estado de salud. ¿Era tanto pedir? De modo que, cuando Alfred despertó, le pidió que lo llamara.

—William, no sé si...

—Por favor.

Alfred vaciló un segundo y fue a buscar su teléfono. Poco después, entró en la cocina con el móvil pegado a la oreja. Tenía el sonido tan alto que William podía escuchar los tonos de llamada. Esperó impaciente, pero no respondió nadie.

—Puede que no lo haya oído —murmuró Alfred.

—Vuelve a llamar.

Alfred accedió, con el mismo resultado.

Desayunaron en silencio sobre un mantel amarillo desgastado por los años. Alfred encendió la televisión, pequeña y de tubo y, después de unos parpadeos, apareció la presentadora de los informativos matinales.

«... de Los Ángeles está de luto. Anoche murieron cuatro personas en un tiroteo que tuvo lugar en el distrito Campton, cuando dos hombres armados bajaron de un furgón y abrieron fuego contra la multitud. Otras seis personas se encuentran heridas, dos de ellas en estado crítico. La policía no tardó en llegar al lugar de los hechos y se produjo un enfrentamiento hostil en el que, desafortunadamente, el detective al mando Daniel Cox perdió la vida por herida de bala».

William y Alfred se miraron alarmados. No lo podían creer. Cox había muerto.

La opresión en el pecho, la culpabilidad, regresó con fuerzas renovadas. No entendía por qué, pues William no tenía nada que ver con su muerte. Pero no pudo evitar pensar que era como si todo lo que él tocaba se marchitara. Aunque Jennifer aún podía vivir. Ella era fuerte, él sabía que iba a salir adelante.

Su atención volvió al televisor:

«... última hora sobre el caso del asesino del ascensor, que concluyó hace dos noches en el hotel Ritz-Carlton, donde Marcus White capturó a dos rehenes y amenazó con detonar unos explosivos. Según informan las autoridades, el inspector William Parker, del Departamento de Policía de San Francisco, intentó negociar con el asesino, pero este se negó. En un forcejeo, Marcus White disparó a una de las rehenes y escapó. El inspector de policía se quedó a asistir a la herida hasta que llegaron los paramédicos y el asesino del ascensor se suicidó antes de que la policía lo atrapara. Hoy, la *Date Magazine* nos estremece el corazón con la noticia de la muerte de esta rehén, que no era otra que la detective Jennifer Morgan».

William Parker
24 de diciembre de 2018, San Francisco

En pocos minutos, tres coches patrulla, el furgón de Criminalística y el de la oficina forense han llegado a Ellis Street. Henry y unos cuantos sintecho se han esfumado en cuanto han visto las primeras luces estroboscópicas. Los agentes acordonan el edificio y se despliegan de esquina a esquina. Los de Criminalística se ponen un traje de bioseguridad, con su capucha, guantes de látex, mascarilla quirúrgica y bolsas para el calzado. Cogen unos maletines negros del furgón y vienen conmigo.

—Inspector Parker, le tengo que pedir que se ponga uno de nuestros trajes para entrar en el domicilio de la víctima —me dice uno. Su voz me llega ligeramente amortiguada por la mascarilla—. No podemos arriesgarnos a adulterar la escena del crimen.

—No me lo habéis pedido las otras veces —digo mientras pienso en Ian, cogiendo la cabeza de Kevin Smith de la calzada y depositándola, seguro que con las manos desnudas, sobre el regazo del cadáver.

—Son órdenes de arriba. El caso se ha complicado demasiado y tenemos todos los focos encima. Además, esta carta nos sugiere mantener las distancias con usted, ¿no cree? —dice entregándome un papel arrugado.

Me sorprendo al leer el titular: WILLIAM PARKER HA VUELTO. A esto se refería la teniente Watson. Noto cómo mis dedos se van tensando a medida que avanzo. ¿«Problemas psicológicos»? ¿«Enfermo mental»? La sangre me hierve. ¿Cómo saben...?

—¿Desde cuándo Criminalística se guía por la prensa sensacionalista?

—No se lo tome como algo personal. Si no se pone la indumentaria, le tendré que pedir que espere fuera hasta que lo avisemos.

Charlotte aparece con una carpeta en la mano y una expresión desconcertante en el rostro. Es como si no fuese ella, como si esa jovialidad tan peculiar suya hubiese desaparecido por completo.

—Hola —me saluda apartando la mirada.

—Hola.

—Tome, inspector. —El de Criminalística me tiende un traje de bioseguridad—. Póngaselo. Por el bien de la investigación.

Le mantengo la mirada unos segundos. Finalmente accedo y cojo el traje. No quiero quedarme fuera.

—Aquí tiene el suyo. —Le entrega otro a Charlotte.

Me visto de blanco, con todos los complementos, y me siento como un payaso de circo. Cuatro técnicos de Criminalística han subido apretujados por el ascensor, y dos oficiales, por las escaleras. Charlotte ha vuelto a llamar el ascensor y lo espera de espaldas a mí. Al llegar la cabina a la planta baja, oigo dos sonidos melódicos y un chasquido metálico.

—¿Vienes? —me pregunta, aguantando la puerta con el pie.

Observo el interior de la cabina, las dos paredes laterales recubiertas de madera y un espejo en la frontal. Es un ascensor pequeño, viejo. Noto un peso sobre los hombros, un pavor descontrolado. Recuerdo el calor, la luz naranja de seguridad, los gritos, la bomba. Jennifer. Y lo que hice después.

—No. Subo por las escaleras.

Charlotte asiente y cierra la puerta tras ella.

Alcanzo el quinto rellano entre jadeos. La mascarilla no me deja respirar, espero no tener que ponérmela nunca más. Como ya sabía, la puerta está abierta. Los dos oficiales la custodian charlando sobre el último partido de los

Golden State Warriors: por lo visto, anoche ganaron a Los Angeles Clippers por solo dos puntos. «A ver si lo repiten mañana contra los Lakers», oigo de pasada y, como tantas veces, me sorprende la capacidad que tiene la vida para abrirse paso en cualquier escenario.

Entro en el piso y la veo desde el recibidor. Un cuerpo femenino desnudo sobre un charco de sangre seca, de un color entre el rojo y el negro, con la espalda apoyada en la pared enfrentada a la entrada. Tiene la piel casi transparente y un agujero en el cuello en vez de cabeza. Su brazo izquierdo cae a un lado, con la mano boca abajo; el derecho, en cambio, está milimétricamente colocado sobre el muslo con la mano en una posición antinatural, al menos para una muerta, manipulada con hilos de coser. La palma se encuentra boca arriba y los dedos pulgar, índice, anular y meñique permanecen contraídos, unidos a la pierna mediante un nudo complejo. El dedo corazón se mantiene en alto gracias a un único hilo que lo une al pulgar del pie, de modo que el cadáver le hace la peineta a todo el que entra por la puerta del domicilio.

Justo como la he dejado hace un rato.

El olor es muy fuerte y agradezco tener la boca y la nariz cubiertas por la mascarilla quirúrgica. Los de Criminalística han desplegado su arsenal por el salón, completamente vacío si no fuera por unas cajas que hay amontonadas a un lado. Henry no mentía en lo del desahucio. Charlotte, vestida también con el traje de bioseguridad, inspecciona el cadáver acuclillada.

—Se llama Fiona Foster —digo—. Cincuenta y tantos. Divorciada. Su exmarido se fue a Europa y Fiona no lo había visto desde entonces, al menos que sepamos. Desempleada y a punto de ser desahuciada. Era alcohólica y tanteaba con la droga. Es muy posible que...

—Esta mujer lleva más de un día muerta —me interrumpe Charlotte.

—¿Estás segura?

—Totalmente. —Se incorpora—. No sabría decir cuándo murió, pero hace más de veinticuatro horas.

—Eso no cuadra. No corresponde con el *modus operandi* del Verdugo.

—¿Por qué?

El boceto del asesino engañando a Sarah Evans vuelve a mi mente. Luego aparece la cabeza de la joven en el callejón de North Beach, en escala de grises. La sigue la cerradura de la casa de Kevin Smith, las luces apagadas, el lorazepam de Martha Smith sobre la mesilla de noche y el cuchillo deslizándose en la garganta del farmacéutico. Por último, su cabeza en la calzada, mojándose bajo la lluvia, e Ian llevándola dentro de la casa para cobijarla del agua.

—No tiene sentido —señalo—. En las otras muertes, la cabeza apareció la mañana siguiente en la calle. ¿Por qué ahora no? ¿Por qué esperaría a exponerla hoy?

Negros, grises y blancos. Todos mezclados en un combinado de dudas. Estoy pasando algo por alto.

—¿Qué día es hoy? —pregunto.

—Nochebuena.

—24 de diciembre.

—Eso digo: Nochebuena.

—La cabeza de Kevin Smith apareció el sábado, el día 22. Y la de Sarah Evans, el jueves.

—El día 20 —piensa la forense en voz alta.

—Exacto. Aunque Fiona Foster estuviese muerta hace días, el Verdugo no quiso exponerla. ¿Por qué? Porque su obra no sería perfecta. Necesita una simetría, seguir una regla temporal. Generalmente, los asesinos en serie tienen un tiempo de enfriamiento después de cada muerte, como un descanso en el que recuerdan su último crimen y piensan en cómo mejorarlo. Debió de matar a Fiona cuando no tocaba y esperó a que llegase el momento oportuno para dar a conocer su hazaña.

—Pero, si el asesino busca simetría, ¿por qué mató a Fiona antes de lo esperado?

—Porque se le presentó la ocasión. Sus víctimas fueron vulnerables en el momento de sus muertes: Sarah Evans cayó en sus mentiras y lo llevó a su piso pensando que estaba herido; Kevin Smith estaba dormido; y Fiona... —desvío la mirada hacia el cadáver, objetivo de las cámaras de los de Criminalística— estaría borracha. Su camello me ha dicho que se pasaba el día bebiendo, que frecuentaba una cafetería de Fillmore Street. Tendré que ir y preguntar cuándo fue la última vez que la vieron por allí y si notaron algo extraño en ella o en algún otro cliente.

Charlotte asiente. Me mira, pero creo que no me escucha. De pronto dice:

—¿Podemos hablar?

Levanto las cejas, algo descolocado.

—Supongo.

Charlotte me coge del brazo y me lleva a la cocina. La pila está llena de platos sucios. Tres vasos de plástico descansan sobre la encimera, uno al lado de otro.

—Ya has visto lo que han escrito, ¿no? —dice en voz baja.

La miro intentando comprender.

—¿Eso lo has contado tú? —pregunto incrédulo.

—¡No! Yo no he hablado con nadie, si es lo que piensas.

Caigo en la cuenta.

—Ha sido tu hermana. Ella es la única que sabe lo de la novela. —Niego con la cabeza—. Esto es increíble.

—Ella tampoco ha dicho nada.

—No me lo creo.

—William, por favor, deja que me explique.

Hago un esfuerzo por serenarme y me cruzo de brazos.

—Ayer un tipo nos espió a Alice y a mí en la entrada del Salón de la Justicia. Y... a lo mejor dijimos sin prestar atención cosas que no deberíamos haber dicho. Pero no sabíamos que nos estaban escuchando.

—Entonces tan amigos, ¿no? Como fue sin querer...

El color de su rostro se enciende.

—Estás siendo muy injusto conmigo, ni Alice ni yo queríamos eso. No sé, William. Supongo que te pasó algo de lo que no tengo por qué saber nada. Pero, si tú quisieras —empiezo a negar con la cabeza otra vez—, yo estaría dispuesta a ayudarte. A veces uno solo necesita enfrentarse a sus miedos para poder seguir adelante.

—Déjalo, ¿vale? Tú no me puedes ayudar. Es imposible ayudarme.

—Eso no es así. Todo tiene solución en esta vida.

Siento como una patada en el estómago. Una patada que me destroza por dentro.

—Tú lo has dicho, en esta vida.

Charlotte frunce el ceño.

—Espera. No será por el caso de Los Ángeles, ¿verdad? Tú no tuviste la culpa de...

—¡No, Charlotte! No lo entiendes. Ni lo entiendes ni podrás entenderlo nunca. La maté. Fui yo, no el asesino del ascensor. Maté a la mujer a la que amaba. Olvídate de ayudarme porque no puedes hacerlo. Es imposible.

Charlotte me mira con los ojos a punto de salírsele de las órbitas. Pero, como esperaba, no dice nada al respecto.

Doy un manotazo contra la pared de la cocina que hace retumbar toda la estructura. Los de Criminalística se vuelven hacia nosotros, cámaras en mano. Yo maldigo entre dientes y salgo de la vivienda con aplomo. Me cruzo con los dos oficiales en el rellano, pero no les dedico ni una sola palabra. Bajo las escaleras furioso. Los ojos me arden y me nace un nudo en la garganta. Me quito la mascarilla y la tiro con fuerza al suelo. Nadie puede ayudarme. Estoy solo en esto.

58
Fernando Fons
Seis meses antes, junio de 2018,
Tavernes de la Valldigna

Fernando salió de aquel río negro de naranjos y desembocó en un mar de luces y sombras. Atravesó el descampado de grava y caminó por debajo de los edificios, donde los ojos de detrás de las cortinas no lo alcanzaban. Aunque, pensándolo bien, eran las dos y media de la madrugada de un miércoles. ¿Quién se mantiene despierto a esas horas? ¿Los yonquis? ¿Los borrachos?

No te olvides de los asesinos.

Dado que no disponía de coche y no había transporte público a esas horas, se acercó a la CV-50, que cruzaba de punta a punta la ciudad, y llamó a un taxi. Vivir en la playa de Tavernes de la Valldigna también tenía sus inconvenientes.

—Me vas a dejar la tapicería hecha un Cristo —comentó el taxista durante el trayecto, mirando por el retrovisor con el ceño fruncido—. ¿Qué te ha pasado?

Fernando se miró de arriba abajo en el asiento trasero del vehículo: estaba lleno de tierra y hojarasca.

—He... —¿Qué podía decir?—. Me han dado una paliza.

—¡No me digas! ¿Quieres que vayamos a la policía para denunciarlo? —Una expresión de asombro había reemplazado el recelo.

—¡No! No —repitió bajando la voz—. Está bien así. En realidad, me lo merecía.

—¿Estás seguro?

—Sí, sí.

Cuando llegó a casa, cerró la puerta con llave, fue a la cocina y se bebió tres vasos de agua como si acabara de salir del desierto. Luego le envió un mensaje a Cornelio Santana: «Perdona que te moleste a estas horas, Cornelio. Mañana no podré ir a la redacción, me encuentro indispuesto. Estoy echando hasta la primera papilla. No he podido avanzar mucho en lo del robo de Antonia Grau, pero ahora te envío el artículo para mañana. Siento que no esté a la altura». Encendió el ordenador y escribió una auténtica basura de doscientas palabras sobre los índices de delincuencia, la costumbre de guardar joyas en casa, el problema con los seguros y demás relleno. Le dio a enviar, se desplomó sobre la cama y se durmió enseguida.

El sol rebosaba por las ventanas cuando despertó. Miró su reloj: 15.37. Se incorporó de un salto. Cogió su móvil y vio que tenía un mensaje de Cornelio: «No te preocupes. Todos tenemos derecho a caer malos. A recuperarse».

Fue a la cocina dando tumbos. Abrió la nevera y le echó un vistazo a la carta. Estaba hambriento. Se preparó un plato de arroz con lomo de cerdo, dos huevos y tomate frito. Mucho tomate frito. Mientras comía, recordó lo que había pasado. No había sido un sueño, ¿no? Miró sus ropas y descubrió pruebas de todo tipo: restos de tierra, manchas de vómito, lejía y sangre. Tenía las manos despellejadas, las uñas negras de tierra seca.

En efecto, todo había sido real.

Entonces le entró la ansiedad. Andrea estaba pudriéndose bajo tierra. Había cavado un hoyo con sus propias manos, pero no era lo suficientemente profundo. No. La encontrarían. Estaba seguro, solo era cuestión de tiempo. La garganta se le cerró y no pudo comer más. Soltó la cuchara y fue a ducharse.

Cambio de planes.

Nada más salir de la ducha, buscó por internet dónde podía alquilar un coche. Poco después estaba cogiendo el autobús, luego un tren. Bajó justo después de que una voz

femenina dijera por el altavoz: «Próxima parada, Gandía».
Salió de la estación, sacó su teléfono y escribió la dirección
en Google Maps. Llegó al concesionario en unos diez minutos y alquiló un Fiat Panda blanco, el más barato. Era
pequeño, pero le serviría. El hombre del concesionario le
cogió los datos, cosa que no le hizo la menor gracia.

—¿Le puedo preguntar a dónde tiene pensado ir?

—¿Eso importa? —titubeó.

—Con esta modalidad de alquiler tiene un rango de
kilometraje máximo. Digo yo que si alquila un coche es
para algo, ¿no?

Rio. Fernando se unió a la risa, aunque eso tampoco le
hizo gracia. Se imaginó diciendo la verdad: «Pues no se lo va
a creer, pero necesito el coche para transportar un cadáver».
Mejor no.

—Voy a Peñíscola. Quiero darle una sorpresa a mi novia. —Las palabras salieron de su boca sin avisar.

—Ah, ya veo. Una escapadita romántica —dijo el
hombre sacudiendo la cabeza y mirándolo de reojo.

Una vez que dispuso del coche, condujo hasta el Carre-
four más cercano. Allí compró bolsas de basura, una
pala de jardinería pequeña y una linterna frontal. Puso la
compra en los asientos traseros del Fiat y se acercó al
McDonald's de al lado. Pidió una hamburguesa y una
Coca-Cola en el McAuto y comió dentro del coche.

Cuando el sol desapareció por el horizonte, giró la llave de contacto, encendió las luces y se dirigió a Tavernes de
la Valldigna. Aunque conducía despacio, muy por debajo
del límite de velocidad, su corazón iba a mil por hora. No
sabía qué le asustaba más, desenterrar un cadáver o conducir un coche.

Las primeras luces de la ciudad lo recibieron desafian-
tes. Lo siguieron con la mirada como a un repudiado. Él
las ignoró y, al alcanzar la rotonda de la entrada, salió por
la tercera salida. El descampado lo esperaba en penumbra,
silencioso y perturbador. Giró hacia la izquierda y condujo

por el asfalto rodeado de grava. Fue como si le diera paso, como si le hiciera un pasillo por el que pasaba avergonzado y recibía golpes a medida que avanzaba. Las luces del coche iluminaron la entrada al camino. Fernando redujo la velocidad. El mal estaba allí dentro, aguardándolo, invitándolo a entrar. En la primera bifurcación, giró a la derecha, luego a la izquierda. Pasó por delante del huerto de aquel hombre, el que saludó a Andrea. No había nadie. Solo Fernando y su culpa. Volvió a girar a la derecha, a la izquierda otra vez.

El charco de sangre.

Había sido allí. Algún coche lo había pisado y ahora aquella sustancia se extendía unos metros en línea recta. Siguió el camino hacia el este y llegó a la casa blanca y la farola. De alguna forma, se sintió protegido con el techo del coche sobre él cuando pasó por allí. Entonces vislumbró la carretera a lo lejos, el pozo vallado a la izquierda y el huerto donde había enterrado el cadáver de Andrea a la derecha.

Paró y apagó el motor y las luces. Se quedó a oscuras. Permaneció unos segundos en el interior del coche. El miedo por ser descubierto era cada vez mayor. Tras un suspiro que le supo a desesperanza, se apeó y cogió la pala de jardinería de los asientos traseros. Entró en el huerto y caminó hasta el lugar donde se hallaba Andrea. No le hizo falta la linterna frontal, pues la luna, como la noche anterior, le iluminaba tenuemente el camino. Se arrodilló y cavó la tierra removida hasta que dio con ella. Como había pensado, estaba enterrada a muy poca profundidad. Era un milagro que no la hubieran descubierto ya. La sacó del hoyo y la apartó a un lado. Volvió a tapar el agujero con la pala e intentó dejarlo de forma que no levantase sospechas. Sin soltar la herramienta, cogió el cadáver en brazos y cruzó el huerto desviando la mirada en todo momento. No soportaba mirarla a la cara. Al llegar al camino, depositó a Andrea en el suelo, sacó una bolsa de basura del coche y se la ató alrededor de la cabeza. Así mucho mejor. Abrió el maletero e hizo un esfuerzo por meterla dentro. El *rigor mortis* no ayudaba, y el poco espacio del maletero del Fiat Panda tampoco, debería haberlo pensado y haber alquilado un coche más grande. Una vez que lo consiguió, cerró de un portazo y miró al cielo. La luna ya no le parecía tan bonita como la noche anterior. Una fina franja negra se había adherido a ella por un lado como una enfermedad mortal.

Subió al coche y encendió el motor.

59
Fernando Fons
24 de diciembre de 2018, San Francisco

El sol ha caído y la cafetería está vacía. El silencio reina en el Golden Soul Cafe, aunque no es así ahí fuera, en Fillmore Street. La multitud ha salido a las calles por no sé qué desfile. Parece mentira con todo el revuelo que se ha montado por lo del Verdugo. ¿A la gente le da igual que haya un asesino suelto? Supongo que la Navidad es más importante para ellos, estar en familia y esas cosas. Hay lucecitas de colores esparcidas por toda la ciudad. Aquí, en la cafetería, no teníamos ningún tipo de decoración navideña, pero Amanda se ha empeñado hoy en colgar unas cuantas luces en las ventanas.

—Aunque solo sea para integrarnos en la sociedad, anda.

—¿Para qué queremos tal cosa?

Pero ella no me ha respondido. Ha sacado las luces del cajón —lo cual le ha llevado unos diez minutos, ya que había un lío de cables del copón— y las ha colgado en las ventanas y en la puerta.

Se escucha música desde la calle. Los niños gritan entusiasmados a hombros de sus padres. Todos saludan con la mano en la misma dirección. Ceso el vaivén de la fregona y observo con curiosidad. Una carroza enorme, cubierta de tela roja y adornada con todo tipo de objetos navideños, avanza despacio por Fillmore Street. Subido en ella, un hombre con peluca, barba y barriga falsa devuelve el saludo a los niños.

—¿Qué es todo ese alboroto? —pregunta Amanda a mi espalda.

—Ven y verás. Es Papá Noel, Santa Claus para ti.

Amanda se pone a mi lado, los dos mirando hacia el exterior a través de la puerta acristalada.

—Fernando, escucha. —Me vuelvo hacia ella—. No quiero que estemos enfadados. Lo del artículo..., me alegro por ti, de verdad. Pero entiéndeme, a mí también me habría gustado estar allí, investigar contigo, trabajar como periodista y no de camarera. No sé si me comprendes.

—Claro que te entiendo, Amanda. Fui un idiota al no proponértelo. Lo hice por tu bien, pero ahora veo que debería habértelo dicho. ¿Me podrás perdonar?

Amanda esboza media sonrisa.

—¿Qué tienes pensado hacer esta noche?

La pregunta me pilla por sorpresa y vuelvo la mirada al gentío de fuera.

—No lo sé.

—Fernando.

—¿Qué? —pregunto sin mirarla.

—Es Nochebuena y la gente hace planes para esta noche. Había pensado que podríamos cenar juntos.

Digo que no con la cabeza, sin comprender.

—¿Cómo puedes querer cenar conmigo después de lo que te he contado?

Lo he hecho: le he contado que maté a Andrea.

—Fue un accidente, tú lo dijiste.

—Ya, pero...

—Fernando, mírame, por favor.

Hago un esfuerzo inhumano por hacerlo.

—Sé que la muerte de esa chica no es lo que más te preocupa —dice, y me dispongo a protestar, pero ella alza una mano—. Sí, obviamente, no es algo de lo que estés orgulloso, pero no creo que sea eso lo que hace que estés tan distante conmigo. Lo has pasado mal. Andrea era una mala persona y te hizo daño. Mucho. Después tuviste un par de malas experiencias. Pero ya está, no es más que eso.

—¿Te parece poco? —digo incrédulo.

—¡No! Lo que digo es que la vida sigue, y te estoy proponiendo cenar juntos esta noche. —Apoya una mano en mi hombro y tiemblo como una gelatina—. Es Nochebuena, y me gustaría pasarla contigo. Después de todo, esta será mi primera Navidad sola. Además, tengo curiosidad por escuchar el final de esa historia.

—Ya sabes cómo termina. Estoy aquí, en San Francisco, ¿no?

—Bueno, tú ya me entiendes. ¿Qué me dices? ¿Cenamos juntos?

No sé qué responder.

—Yo no te voy a hacer daño, Fernando —dice muy cerca de mí.

La miro a los ojos y siento su aliento. Bajo la mirada hacia sus labios, ligeramente entreabiertos. Noto su mano en mi hombro. Puedo sentir su calor. Me pongo nervioso, pero solo un poco. Cierro los ojos y me acerco muy lento. Cuando mis labios están a punto de encontrar los suyos, Amanda suelta mi hombro y se aparta. Abro los ojos y la veo mirando hacia la calle. Hay un hombre en medio del desfile abriéndose paso hacia la puerta del Golden Soul Cafe.

—No me encuentro bien —dice Amanda—. Creo que... —Se va hacia la cocina, apresurada.

—¿Necesitas ayuda?

—No. —Su voz suena lejana, desde el almacén—. Cúbreme, por favor, si viene algún cliente, estoy un poco mareada.

—Tranquila, no va a entrar nadie en la cafetería, está el cartel de CERRADO.

Tres golpecitos en el cristal de la puerta.

Ese es... ¡Es Parker! ¿Qué hace aquí? ¿Acaso se habrá enterado de que soy yo el autor del artículo anónimo? Me aseguré de que fuera imposible rastrearme. ¿Cómo lo habrá conseguido? ¿Tan bueno es este tío?

Otros tres golpes, ahora más fuertes.

Me agarro de la fregona y apoyo mi peso sobre una pierna. Luego gesticulo con los labios un «Está cerrado» señalando el cartelito de la puerta. El inspector Parker hurga en su bolsillo y saca la placa.

Resoplo. Piso sobre fregado, giro la llave de la puerta y abro.

—Está cerrado —insisto.

—Ya, pero quiero hablar con usted, si no le importa.

—¿Conmigo? ¿Por qué?

—¿Puedo entrar?

—Pues, a ver, acabo de fregar. No me gustaría, la verdad.

—Es solo un momento —dice entrando a sus anchas—. Inspector William Parker, de Homicidios. Estoy aquí para preguntarle acerca de una clienta suya, Fiona Foster.

¿Fiona Foster? ¿Y el artículo?

—No me suena.

—Según tengo entendido, venía cada día.

—Tenemos muchos clientes satisfechos, pero no les pregunto sus nombres. Lo siento.

—Ya. —Saca su móvil y busca algo en él. No parece estar muy familiarizado con ese cacharro. Lo gira hacia mí y me enseña una foto de una cabeza cortada dentro de una caja.

—¡Virgen santa!

—¿La conoce?

—Sí, es la mujer de la cerveza. Sí que es verdad que venía todos los días. ¿La ha matado el Verdugo?

—No puedo decirle nada al respecto. ¿Qué me puede contar sobre ella? —dice sacando una libreta negra.

Parker tiene mala cara, los ojos rojos y la tez pálida. Parece que le irían bien unas horitas de sueño. ¿Será por lo del artículo?

—Que se dejaba todo su dinero en alcohol. No era una mujer muy amable, la verdad.

—¿Venía alguna vez acompañada? ¿Hablaba con alguien aquí?

—No. Nadie hablaba con ella. Era la típica borracha de bar, solo que metida en una cafetería. Ya se lo puede imaginar.

—Entiendo. ¿Sabría decirme cuándo fue la última vez que la vio?

Pienso en ello.

—El sábado, creo. Sí, el sábado. Los domingos no abrimos y hoy ya no ha venido. El sábado, seguro.

—De acuerdo. ¿Pasó algo raro ese día? ¿Discutió con alguien, quizá?

Recuerdo que Amanda discutió con ella por un supuesto botellín caliente, pero, por supuesto, no voy a mencionarlo. No quiero que la policía la investigue. Solo le faltaría eso.

—No, con nadie.

—¿Sabría decirme a qué hora vino Fiona el sábado?

—A las..., no lo sé con exactitud, pero estuvo aquí casi toda la jornada. Vino por la mañana, se fue a mediodía y volvió por la tarde.

El inspector toma notas en su libreta.

—¿Está solo?

—Sí.

—¿Es usted el dueño de la cafetería?

—No, mi jefe está cuidando de su mujer, recién salida de una operación de corazón.

—Y ¿le ha dejado a usted al cargo?

—A mí también me sorprende.

Asiente lentamente.

—¿Cómo se llama su jefe?

—Thomas Green.

—Y ¿desde cuándo está usted solo en el negocio?

—Desde el pasado viernes.

Noto cómo se sorprende, pero intenta ocultarlo.

—¿Le avisó con tiempo de que se iba?

—El día de antes.

Parker levanta las cejas y lo anota.

—Por casualidad, ¿le dicen algo los nombres de Sarah Evans y Kevin Smith?

—¿No son las víctimas del Verdugo?

—Sí. ¿Las puede relacionar de alguna forma con Fiona Foster?

—Entonces sí que ha muerto a manos del Verdugo.

Qué buen periodista soy.

Parker frunce los labios, impaciente.

—No estamos seguros. ¿Los puede relacionar o no?

—No.

—Está bien. Gracias por su tiempo, señor...

—Fons. Fernando Fons.

—Que pase una buena noche.

Eso espero.

Cuando Parker deja la cafetería, vuelvo a cerrar la puerta con llave. Atravieso la cocina con paso ligero y entro en el almacén. Encuentro a Amanda sentada sobre unas cajas de botellas de vidrio vacías.

—¿Estás mejor?

—¿Quién era?

—William Parker, el inspector de policía.

—Y ¿qué quería?

—Preguntarme por la mujer de la cerveza. Ha muerto.

—¿Qué?

—Lo que oyes. El Verdugo la ha matado.

—Madre mía, Fernando. No me digas que no a lo de esta noche, por favor. No quiero estar sola.

Sonrío. No la dejaría sola por nada del mundo.

—¿Vamos a tu casa?

Ella me mira sorprendida y sonríe también, aliviada.

—No, mejor vamos a la tuya.

60

William Parker
24 de diciembre de 2018, San Francisco

Somos muy pocos los que nos encontramos en la oficina. Esta noche es especial para todos. Los policías con suerte tienen la oportunidad de estar con su familia, olvidándose por completo del trabajo, o al menos intentándolo. Luego están los patrulleros, que son más que necesarios en los días señalados. Los más desgraciados, en cambio, no salen de la oficina ya sea por papeleo o por una investigación abierta. Puede que sea más seguro, pero no deja de ser tedioso.

He distribuido el fondo de la sala solo para mí. La pizarra blanca está atestada de anotaciones escritas a rotulador y fotografías escabrosas de los tres escenarios del crimen. He separado la información de las víctimas en tres columnas: a la izquierda, todo lo perteneciente a Sarah Evans; en el centro, Kevin Smith; a la derecha, Fiona Foster. Tres víctimas, un único asesino.

Fiona Foster fue al Golden Soul Cafe el sábado, y Charlotte ha afirmado que lleva más de veinticuatro horas muerta. El camarero ha dicho que no abren los domingos, lo cual indica que Fiona pudo no emborracharse allí ayer. Tal vez fuera a otro sitio, pero es difícil saberlo. En cualquier caso, todo apunta a que murió el sábado por la noche. El asesino se aprovechó de su embriaguez para matarla. El hecho de que muriese hace dos días y que el asesino haya expuesto la cabeza esta mañana es algo inquietante. Sigue una regla temporal, pero no importa tanto el cuándo del asesinato. Eso me lleva a pensar que puede volver a matar esta noche.

«Deja de jugar a las muñecas y date prisa, inspector».

Vamos, William, puedes hacerlo.

Lo mejor será esquematizarlo todo. ¿Qué ha pasado? Se han perpetrado tres asesinatos a manos de un mismo individuo. Ha decapitado a sus víctimas y ha sacado sus cabezas a la calle para que todo el mundo las vea. ¿Qué pretende conseguir con esto? Fama, reconocimiento, que la gente sepa que hay un asesino suelto que, además, es inteligente, escurridizo. Quizá sea un mensaje, pero ¿cuál? El miedo es un arma para todo asesino en serie.

Veamos la victimología, el quién.

Sarah Evans, veintiún años. Vivía sola, independizada. Con estudios, pero sin trabajo. Con pareja: Karla Mendoza, dependienta en el Andronico's. Arthur Evans, el padre de Sarah, no aprobaba esta relación y habló con su amigo, Robert Owens, para que su hijo, Logan, se acostara con ella con el fin de quitarle la homosexualidad de la cabeza. La madre, Grace Evans, ayudaba a Sarah para verse con Karla a espaldas de su padre y fue ella quien detuvo aquella violación.

La segunda víctima es Kevin Smith, cuarenta y ocho años, farmacéutico. Casado con Martha Smith, sin descendencia. Deseaban tener hijos, lo habían probado todo, pero nada había funcionado. Martha le era infiel con Adam Harper, el fotógrafo, el cual parece haberse enamorado de la viuda. Kevin Smith frecuentaba el California Tennis Club, donde entrenaba a diario y tenía una especie de rivalidad con Brandon Gray, el mejor tenista del club. Iban a enfrentarse en el primer partido del torneo de enero, pero el asesinato de Kevin evitó el choque. Ah, se me olvidaba: Martha Smith toma lorazepam, ansiolíticos que la mantuvieron dormida mientras alguien le rajaba el cuello a su marido.

Cabe destacar que los padres de Arthur Evans y Kevin Smith eran los fundadores de la marca de ropa Lifranbarter, cuya relación se vio truncada por la sospechosa muerte de Barbara Smith, la madre de Kevin.

Por último, Fiona Foster, cincuenta y tres años (su documentación estaba en el piso). Divorciada y sin hijos. Desempleada y a punto de ser desahuciada. Alcohólica. Frecuentaba una cafetería de Fillmore Street, el Golden Soul Cafe. Fernando Fons, el camarero, ha afirmado que Fiona fue el sábado y pasó toda la jornada allí. Fiona le pillaba droga al camello de Ellis Street, «Henry» (dudo que ese sea su auténtico nombre). Él le había ofrecido ayuda económica, pero ella la rechazó. Se acostaron una vez.

Me quedo mirando la pizarra. En mi interior, una marea de ideas inconexas choca entre sí como olas en una orilla. ¿Qué relación hay entre las tres víctimas? Sarah Evans y Kevin Smith tienen algo en común: Lifranbarter, ese pasado oscuro. Pero ¿dónde encaja Fiona Foster en todo eso?

No importa, seguimos. El cuándo.

El asesino mata por la noche. No puedo confirmarlo aún con Fiona Foster, pero es lo más probable. Después da el espectáculo con lo de las cabezas por la mañana. ¿Por qué este cambio de horario? Para llegar a más personas. Vale, las fechas. Sarah Evans murió el 19 (miércoles), y su cabeza fue expuesta el día 20 (jueves). ¿Cómo llevó la cabeza hasta el callejón? Aunque había mucha niebla esa mañana, el asesino no podía confiar solo en eso y, viendo lo de la caja de Fiona Foster, casi seguro que hizo algo similar con la cabeza de Sarah Evans. Nadie se alarma al ver a alguien con una caja, es algo muy normal.

Kevin Smith murió la madrugada del 22 (sábado), cuando él y Martha dormían profundamente, y se encontró su cabeza decapitada esa misma mañana. Fiona Foster murió, en principio, el día 22 (sábado) y un sintecho llevó su cabeza en una caja hasta el hotel Grand Hyatt esta mañana, día 24 (lunes). ¿Por qué el Grand Hyatt? Supongo que el hecho de que esa parte de Ellis Street esté llena de vagabundos le haya hecho plantearse llevar la cabeza lejos de allí; demasiados ojos al acecho. El día de la muerte parece ser algo secundario, algo que sucede en la sombra. El día de la exposición de la cabeza, su firma, cobra fuerza y es importante para él hacerlo cada dos días.

¿Cómo mata el Verdugo? Siempre de la misma forma: apuñalamiento en la garganta, hacia arriba. Eso debería ser más que suficiente. Si no, la decapitación posterior acaba la faena. El cuchillo es un instrumento que permite el contacto directo con la víctima, algo muy valorado por los asesinos en serie. Además, conlleva un *modus operandi* sigiloso, lo cual facilita mucho las cosas sin hablar del degollamiento, imposible de realizar con un arma de fuego.

¿Cómo es su método de aproximación? Con Sarah Evans me decanto por el engaño: fingió estar herido con sangre falsa y consiguió que la joven lo llevara a casa para ofrecerle ayuda de algún tipo, llamar a una ambulancia o algo similar. Con Kevin Smith utilizó la sorpresa: tenía las llaves de su casa, que Kevin perdió unas semanas atrás, y lo mató mientras dormía. Y con Fiona todo es más borroso. Estoy casi seguro de que se aprovechó de que estaba borracha, pero tenía que subir a su piso. ¿Cómo lo haría?

«Fiona no tenía filtros».

La sedujo. Ella lo llevó a casa.

Cojo aire muy despacio. Aguanto unos segundos. Lo expulso poco a poco.

El Verdugo actúa cuando está seguro de que puede hacerlo. Ha matado a sus víctimas cuando estas estaban indefensas, cuando eran vulnerables. Que ese tipo es precavido es algo obvio, pero dudo que sea muy fuerte. No ha atacado en ningún momento en igualdad de condiciones. Sarah era joven y estaría asustada; Kevin estaba completamente dormido; y Fiona, borracha. Como advertí en el piso de Sarah Evans, dudo que el asesino tenga adiestramiento militar, dada la imprecisión de sus cortes. Usa un cuchillo no muy grande, una herramienta silenciosa y fácil de manejar. Posiblemente, no tenga licencia de armas, aunque no le hace falta.

61
Fernando Fons
24 de diciembre de 2018, San Francisco

Me miro en el espejo y no me encuentro. Me he puesto unos pantalones negros y un jersey gris encima de una camisa blanca. No lo veo, es demasiado. ¿O demasiado poco? Si Amanda me hubiese dicho lo que se iba a poner, tendría una referencia para vestirme y no desentonar demasiado. Pero voy a ciegas. A ver, es Nochebuena, pero no es una cena familiar, protocolaria, sino una cena informal, entre dos amigos que... Ay, madre. ¿Va a ser una cita? Si es así, voy bien, ¿no?

Define «bien».

El timbre suena.

El corazón me martillea en el pecho. Le doy un último vistazo al chico del otro lado del espejo. Por mucho que lo intente, no consigo verme. Ese no soy yo.

Nervioso, voy al recibidor y abro la puerta. Amanda me sonríe desde el portal. Se ha puesto un abrigo ceñido gris con detalles negros. Me gusta. No sé lo que llevará debajo, pero creo que no será tan diferente a lo mío, al fin y al cabo. Un bolso pequeño y negro cuelga de su hombro derecho.

Sonrío y hago un gesto para que pase.

—Esta es tu casa.

Amanda se acerca y me da un beso en la mejilla. En España damos dos besos, pero no lo comento. Prefiero mantenerme callado mientras cierro la puerta y espero a que me baje el rubor repentino.

—Vaya, huele muy bien.

—He comprado pavo de camino a casa.

—¡No hacía falta tanta molestia!

Me encojo de hombros.

—La ocasión lo merecía.

Amanda me responde con una sonrisa.

—¿Me enseñas la casa?

—Claro, ¿por qué no?

La llevo al salón. La mesa está puesta, con mantel de seda y cubiertos para dos. Amanda se quita el abrigo y lo deja en el respaldo de una silla. Lleva un vestido negro con mangas largas pero finas, cintura entallada y falda acampanada por encima de las rodillas. Camina encima de unos zapatos de suela gruesa, negros también. Y las medias suben por sus piernas hasta...

—Fernando.

Levanto los ojos hasta los suyos. Ahí deben estar y ahí se quedarán.

—Dime —disimulo.

—La casa.

—¡Ah! Sí. Bueno, este es el salón. Supongo que te habrás dado cuenta ya. No es mucho, pero me basta. —Ella asiente mirando a su alrededor, divertida—. Ven, te voy a enseñar el resto.

Le muestro el baño de la planta baja rápidamente y vamos a la cocina. Un aroma dulzón emana del horno, el cual proyecta una luz amarilla sobre el pavo que he comprado en el súper. Aún le falta un buen rato. Todo está limpio y ordenado, me he asegurado de que así fuera antes de que Amanda llegara. Ella se queda mirando el cuenco de comida de Mickey, en una esquina. Está hasta arriba, incluso hay unas cuantas bolitas marrones esparcidas por el suelo. ¿Por qué no ha comido? ¿Acaso no le ha gustado? ¡Si es lo mismo de siempre!

—¿Y tu gato? Me encantaría conocerlo.

Entonces reparo en que no ha dejado el bolso en el salón. Lo lleva colgado del hombro.

—No tardará en salir de su escondite. Además, no ha cenado. Pronto le entrará hambre. ¿Seguimos?

—Sí, por favor —responde con una sonrisa de oreja a oreja.

La dejo echar un vistazo al cuarto de la colada y subimos al piso de arriba. Con nuestras pisadas, la madera de las escaleras cruje más de la cuenta. No suele hacer estos ruidos, ¿por qué me tiene que dejar en evidencia justo ahora? Hablaré con mi casera, estoy pagando demasiado por una casa muy del montón. Llevo a Amanda a la habitación de invitados. Las cortinas son de un azul claro que me recuerda al mar Mediterráneo, y los edredones de las dos camas individuales, una a cada lado de la habitación, al azul más oscuro de sus profundidades.

Pasamos por delante de la puerta cerrada y Amanda se detiene.

—¿Y esta?

—Es el cuarto de los trastos. Como no tengo garaje, lo guardo todo ahí. ¿Has visto alguna vez una nevera por detrás? —Amanda asiente—. Pues esa es la parte de atrás de la casa. Y, créeme, a veces pienso que va a salir un ratón disparado de ahí dentro.

Los ojos de Amanda se abren como dos platos redondos y relucientes.

—Mejor la dejamos cerrada. —Se aparta de la puerta y me coge del brazo. Yo hago como si no me diera cuenta.

—Este es el cuarto de baño de aquí arriba, y esta —empujo un poco la puerta— es mi habitación.

—¿Puedo? —pregunta señalando al interior.

—Por favor.

Amanda entra en la habitación lentamente y mis ojos la recorren de arriba abajo, ahora por detrás. Está espectacular. Esto no puede estar pasando, no puede ser real.

—Me sorprende tu habitación.

—¿Por qué?

—No lo sé. —Ríe—. La esperaba diferente.

Entro para verla, como si no la hubiese visto nunca. Una cama de matrimonio en el centro con un edredón blanco y varios cojines colocados de manera estratégica sobre él. Hay una mesita de noche en cada lado, una cómoda a la izquierda y un armario empotrado a la derecha, todos los muebles de un color blanco roto más propio de una casa en primera línea de playa que de una en Saint Charles Avenue. También está la silla del rincón donde suelo dejar la ropa sucia, pero, obviamente, ahora está vacía.

—¿Qué tiene de malo?

—Nada. Pero nunca hubiese dicho que tú duermes aquí.

Me ruborizo de nuevo con solo pensar que Amanda está imaginándome durmiendo en esa cama. Intento decir algo, pero no me sale nada.

—Fernando.

—¿Qué?

Amanda deja el bolso sobre la cama, se acerca y vuelve a cogerme del brazo.

—Esta tarde, en la cafetería... —dice en voz baja.

—Sí.

Ella me mira los labios un segundo. Luego se muerde el suyo.

Caray.

Su mano sube por mi brazo, recorre mi hombro y se detiene en mi nuca. Yo respiro hondo, lento y pausado.

Tranquilo.

—¿Por dónde íbamos? —susurra ella, cada vez más cerca—. ¿Lo recuerdas?

No me da tiempo a pensar, y mucho menos a responder. Nuestros labios se encuentran por fin y siento cómo la tensión de mi cuerpo se desvanece. Me inclino hacia delante y la cojo por la cintura. Nos besamos con suavidad, lento y sin prisa. Noto su cuerpo pegado al mío. Sus manos, una en mi nuca y la otra algo más arriba, pidiéndome que no me separe de ella ni un segundo. Y no quiero hacerlo. Le pongo una mano sobre la mejilla. Nuestras cabezas se mueven de un lado a otro, siguiendo el movimiento de nuestros labios, de nuestros besos cada vez más intensos.

62
William Parker
24 de diciembre de 2018, San Francisco

—Piensa, William, vamos.

El Verdugo ha escenificado sus asesinatos. Ha dispuesto los cadáveres de una forma específica para representar algo en cada caso. Sarah Evans estaba arrodillada y atada a las paredes de modo que se mantenía ligeramente inclinada hacia delante. Era como si estuviera rezando, suplicando o postrándose ante alguien. Kevin Smith se hallaba sentado en un sillón, con los brazos sobre los reposabrazos, tranquilo y muy cómodo. Fiona Foster se encontraba en el suelo, con la espalda apoyada en la pared y con una parte de su cuerpo manipulada con hilos de coser para que el cadáver le sacara el dedo corazón a todo el que entrara por la puerta.

Dudo que las cabezas cortadas sean mensajes del asesino. No, eso solo es una manera de causar el caos en San Francisco, de que el terror se adhiera a las carnes de la población. Los mensajes están en las escenas del crimen. Siempre han sido para la policía, para mí. Y detrás de ellos no hay más que burlas, una mente perversa que se cree más lista que sus perseguidores.

Encontramos a las tres víctimas desnudas, sin rastro de la ropa que llevaban en el momento de su muerte. El asesino no puede irse del lugar del crimen sin un recuerdo. Ahí va mi hipótesis: el cuerpo es para la policía; la cabeza, para las masas; y la ropa, para él. Un trofeo, algo que le permite rememorar el crimen y le causa satisfacción solo con verlo. Pero ¿esto cómo me puede ayudar a encontrarlo?

El perfil de las víctimas es muy dispar. Sarah Evans era joven, con pareja, independizada pero sin trabajo. Sus padres son gente adinerada de cuna por el éxito que tuvieron sus antecesores con Lifranbarter. En segundo lugar, Kevin Smith ya no era tan joven, casado, con trabajo y con el mismo pasado económico que los Evans. Pero el molde se rompe del todo con Fiona Foster: cincuenta y tres años, divorciada, desahuciada —o casi— y sin trabajo. Tampoco se parecen físicamente. Sarah era rubia; Kevin y Fiona tenían el pelo negro. Sarah era joven, delgada; Kevin se mantenía en forma; y creo que no me equivocaría si dijese que a Fiona el aspecto físico la traía sin cuidado.

La primera, homosexual; el segundo, heterosexual; la tercera..., ¿bisexual? ¿Esto lo sabría el Verdugo? Son demasiado diferentes entre sí. ¿Cómo voy a encontrar una conexión entre ellos?

El dónde. Tengo que pensar en el dónde.

Voy a mi mesa y muevo el ratón del ordenador.

Entro en Google Maps y busco Filbert Street. Lo tengo. Ahora arrastro el mapa con el ratón hacia abajo y a la izquierda en busca de Nob Hill o Washington Street, pero no salen ni la mitad de calles y distritos.

Esto es una porquería.

Rebusco entre los cajones del escritorio. Luego voy a uno de los armarios de la oficina y pierdo unos cinco minutos muy valiosos buscando un mapa de San Francisco. Por fin lo localizo, de un metro de alto y otro de ancho, enrollado y sujeto con una goma elástica. Perfecto. Vuelvo a mi mesa, hago espacio, le quito la goma y lo abro. Tengo que sujetarlo con el lapicero y unas carpetas para que no se cierre como un pergamino viejo. Cojo el rotulador rojo y le quito la tapa. Busco con el dedo el distrito de North Beach y, seguidamente, Filbert Street. Hago un punto con el rotulador. Luego Nob Hill para encontrar Washington Street. Aquí está, mucho más rápido que Google Maps. Finalmente busco el distrito de Tenderloin para marcar con otro punto la zona de la casa de Fiona, en Ellis Street. Hecho. Miro los tres puntos situados en la zona nordeste de la ciudad con detenimiento. No están demasiado separados entre sí. Podría tratarse de una zona de caza para el asesino. El Verdugo debe de vivir cerca o tener un lugar base próximo al domicilio de sus víctimas. Pero esas personas no permanecían encerradas en sus casas. Se supone que salían a diario.

Sarah Evans se veía con Karla Mendoza. Según Karla, era ella quien solía visitar a Sarah. Pero ¿quién dice que Sarah no iría nunca al piso de Karla?

Dibujo un punto en Irving Street, un poco más arriba del campus de la UCSF, y lo uno con el de la casa de Sarah. Los padres de Sarah también iban de vez en cuando a visitarla. Trazo otra línea desde Filbert Street hasta Pacific Avenue.

Kevin Smith iba todos los días a trabajar a la farmacia. Y esa farmacia estaba en...

Saco la Moleskine y paso páginas a lo loco.

—¡California Street! Eso era.

Pero California Street es una calle muy larga. Dejo la libreta y el rotulador a un lado y vuelvo con el ordenador. Busco «farmacia Martha y Kevin Smith» y sale en la primera entrada. Está al lado de una tienda de comida para animales, en la perpendicular con Presidio Avenue. Vale, vuelvo a coger el rotulador y uno Washington Street con la farmacia de California Street. Además, Kevin iba al club de tenis. Eso está más abajo, en Scott Street. Otra línea.

Que yo sepa, Fiona solo iba a esa cafetería. Uno Ellis Street con el Golden Soul Cafe, en una esquina de Fillmore Street. De acuerdo, ya no hay más. Esto es todo lo que sé.

Retrocedo un paso para ver el mapa desde algo más lejos y...

No me lo puedo creer.

Lo tengo. Hay un punto en común.

Varias imágenes vuelven a mi cabeza: Grace Evans bebiendo agua con una taza con las siglas CSC grabadas en la porcelana. Me equivoqué, debí hacerlo. No se trataba de la Contemporary Services Corporation porque la primera letra no era una «C», sino una «G» borrada por el uso. Luego recuerdo el vaso de cartón para café en la taquilla del California Tennis Club de Kevin Smith. Y Fiona, que prácticamente vivía allí.

Daba igual el perfil de las víctimas. No importaba lo más mínimo su sexo, su trabajo, su situación económica, su orientación sexual, su estado sentimental. Nada de eso es relevante para el Verdugo. Porque, al final, las tres víctimas son iguales: son personas. Detrás de cada adjetivo hay una persona que nace y muere igual que otra. Alguien que tiene una vida que vivir, que siente, que ama a su manera. Hay quien disfruta de la suerte de crecer en un lugar acomodado, pero poco distarán sus hábitos más básicos de los de otro con menos facilidades. Todos respiramos el mismo aire, todos pisamos el mismo suelo. Todos tenemos miedo e ilusión por algo. Al final, no somos tan distintos.

Ya sea porque a uno le pilla cerca del trabajo, porque pasa por allí, porque ha quedado con alguien, porque está sediento, hambriento o quiere pasarse el día bebiendo, nunca verá mal entrar en un sitio así. Es un lugar para todo el mundo, para todas las personalidades. Un local inofensivo con todo tipo de clientes donde estos se abren para hablar de sus alegrías, sus problemas cotidianos y sus inseguridades mientras se toman un café o una cerveza. Es su momento de desconexión, una pausa en el ajetreo de sus vidas. Es entonces cuando bajan la guardia, y tres personas han perdido la vida por ello.

Saco el teléfono y llamo a la teniente Watson.

—Un momento, William —dice al otro lado.

Se oye gentío de fondo, voces y risas de una familia pasándolo bien en Nochebuena. Yo espero caminando en círculos, nervioso. Unos segundos más tarde, el ruido se aísla.

—Ahora, dime.

—Teniente, necesito un equipo conmigo. Debemos intervenir enseguida, el Verdugo quizá vuelva a matar esta noche. Sigue una norma temporal, pero no de los asesinatos, sino de la exposición de las cabezas.

—Espera, espera. Ve más despacio. ¿Qué has averiguado?

Intento tranquilizarme.

—Sé dónde está el foco de todo esto. Sé dónde escoge sus víctimas el Verdugo.

—¿Dónde?

—En el Golden Soul Cafe.

Fernando Fons
24 de diciembre de 2018, San Francisco

Después del beso nos quedamos un rato en silencio, con los ojos cerrados, la frente apoyada en la del otro, escuchando nuestras respiraciones. Es como si no hiciera falta decir nada, como si todo lo que teníamos que decir ya hubiera quedado muy claro entre nosotros. Luego Amanda abre los ojos mirándome fijamente y dice:

—¿Aún piensas que te voy a hacer daño?

En un primer momento no sé cómo encajar la pregunta, pero, al ver sus ojos y su sonrisa, todos mis miedos desaparecen sin dejar huella.

—No.

—Ya te lo dije ayer, Fernando: lo que tú y yo tenemos en común es algo mágico. Estábamos destinados a estar juntos y ahora tenemos a alguien en quien confiar plenamente.

—Tienes razón —digo—. He tenido mucha suerte de conocerte, Amanda. De venir a San Francisco sin saber dónde caerme muerto y que tú acabaras en el mismo lugar que yo. Ha sido una coincidencia muy bonita.

Ella sonríe.

—¿Me da tiempo a retocarme un poco? He ido a visitar a mi abuela antes de venir y no he podido.

—Claro, tómate el tiempo que necesites. Le echaré un vistazo al pavo para que no se queme.

Amanda saca de su bolso unos cuantos productos de maquillaje, me da un beso y se dirige al cuarto de baño. Yo la sigo con la mirada hasta que se pierde por la puerta. Entonces cierro los ojos, me dejo caer sobre la pared de mi espalda y suspiro.

Esto ha sido increíble. Nunca había sentido algo así. No sé cómo explicarlo. Creo que...

Creo que me he enamorado.

William Parker
24 de diciembre de 2018, San Francisco

Hay cuatro coches sin marcar aparcados cerca del objetivo. Luces de todos los colores parpadean por las casas como si fueran parte de un parque de atracciones. Todas tienen decoración navideña. Todas menos una. Pensar que en cada casa hay una familia cenando entre villancicos y risas despreocupadas me estremece. El Verdugo ha estado siempre aquí y nadie se ha dado cuenta. Los criminales viven con nosotros, vagan a nuestro alrededor y no somos conscientes de ello. Pensamos que esa clase de personas no existe, que solo aparecen en la ficción, y precisamente eso nos convierte en potenciales víctimas de un crimen despiadado.

«Unidad Uno —dice alguien por la radio—: Nos acercamos por la derecha».

«Unidad Dos: izquierda».

«No quiero ver ni una pistola en alto, ¿entendido? —Esa es la voz de la teniente Watson, que debe de estar dentro de algún coche sin marcar—. Al menos, no antes de entrar. Es Nochebuena, no queremos llamar la atención. Si alguien diese un grito, el Verdugo podría oírlo y escapar».

Veo desde dentro del Mini a las dos unidades acercarse a la casa, una por cada lado. Van de paisanos, pero con los chalecos antibalas debajo del abrigo. Charlan entre sí fingiendo dirigirse a un lugar de reunión donde acuden a cenar juntos.

Cojo la radio y le doy al botón.

—Esperadme, la fiesta no empieza sin mí.

«Si quieres intervenir, ya sabes lo que tienes que hacer», me dice la teniente.

—Entendido.

Me pongo el chaleco debajo del abrigo y salgo del coche. Es una Nochebuena heladora. Las dos unidades me ven y ralentizan sus pasos. Cruzo la calle y saludo a los cuatro oficiales de la izquierda, entre los que están Ian y Madison con pinganillos metidos en las orejas. Los nueve policías nos encontramos delante de la casa del Verdugo.

Hay luz en la casa, lo cual indica que está dentro. Mientras los oficiales siguen fingiendo ante posibles miradas y oídos ajenos, echo un vistazo a través de las cortinas del salón de la casa. No veo a nadie. A lo mejor está en otra habitación. No creo que haya dejado las luces encendidas para aparentar. Si eso fuera así, se habría molestado también en poner las lucecitas de colores por la fachada.

Los ocho oficiales cruzan una mirada conmigo. Todos asentimos al unísono, serios, conscientes de la gravedad de la situación. Subo los escalones del portal y pego la oreja a la puerta. No se oye nada. De pronto veo cómo los oficiales se disponen a ambos lados del marco. Ya tienen las armas en mano.

Vacilo un segundo y llamo al timbre una sola vez.

El transcurrir de los segundos es asfixiante.

No abre nadie.

Vuelvo a llamar, dos veces ahora.

Entonces oigo pasos al otro lado de la puerta. Los oficiales levantan el arma y se preparan para lo que sea.

Una voz masculina, otra femenina.

Cuando la puerta se abre los primeros centímetros, la empujo con una patada y me abalanzo sobre el hombre que ha abierto. Los dos caemos al suelo y oigo los gritos de la mujer y de los policías, que entran en la casa con las pistolas en alto. Yo forcejeo con el hombre y alguien me ayuda a voltearlo y esposarlo.

—Ya te tengo, sabandija.

Tanto el hombre como la mujer gritan cosas que no alcanzo a entender. La mujer llora esposada, con tres oficiales que la sostienen a la fuerza. Madison e Ian levantan al hombre del suelo y le ponen el cañón de las SIG Sauer en el cuello.

—No te muevas.

—¿Qué coño están haciendo? —vocifera el hombre con la cara roja, llena de ira.

Saco la pistola y le apunto a la cabeza. La mujer suelta un grito de terror.

—Podría matarte igual que has hecho con esas personas inocentes. Qué justo sería eso, ¿verdad? Debería degollarte y exponer tu cabeza para que San Francisco esté tranquila. «El Verdugo decapitado», ya veo los titulares.

—¡¿Pero de qué coño está hablando?! Se han equivocado. ¡Yo no soy el Verdugo! Cariño —se dirige a la mujer, quien no puede cerrar la boca del asombro—, no te creas ni una palabra. Yo no he matado a nadie. Te lo juro por Dios.

—Vamos, Thomas, no mientas más. Tu mujer se merece saber quién eres antes de que te sentencien a pudrirte en la cárcel.

—Dice la verdad —exclama ella, muy nerviosa—, estos días hemos estado fuera. Por favor, no le hagan daño. Thomas es una buena persona —añade entre lágrimas.

—Las víctimas del Verdugo eran clientes del Golden Soul Cafe —señalo—. Tu empleado me ha comentado lo de tu ausencia. Según él, tu mujer acaba de ser operada a corazón abierto y necesitabas cuidarla. Pero ahora resulta que ella está perfectamente y me dice que habéis estado fuera estos días. ¿En qué quedamos? ¡Es Navidad! Unas fechas demasiado extrañas para cogerse días libres, ¿no crees? Y decides hacerlo justo el día de la muerte de Sarah Evans, la primera víctima del Verdugo. Curioso, Thomas, muy curioso. Pero, por si no era suficiente, dejas a un solo camarero al cargo de la cafetería. Cualquiera se daría cuenta de que hay algo raro en todo esto. Te crees muy listo, pero tienes un cartel de asesino pegado en la frente.

—No he dejado a Fernando solo en la cafetería. Está con alguien más.

—No mientas. No había nadie con él esta tarde. La cafetería estaba vacía.

—No puede ser. Estaría en la cocina o en el almacén. Dudo que haya dejado a Fernando solo.

Afilo la mirada.

—¿Quién es?

—No puedo explicárselo.

—¿Cómo que no? Pero ¿tú has escuchado lo que te acabo de decir?

—No estoy autorizado para contar nada —insiste.

Inspiro, trato de serenarme.

—A ver si me explico, Thomas: han muerto tres personas y puede que esta noche muera una cuarta. Si no das el nombre de ese otro empleado, haces que pierda quince minutos en averiguarlo y resulta ser el Verdugo, puede que te acuse de ser cómplice de asesinato. Y supongo que no querrás tal cosa, ¿verdad?

—No.

—Bien, nos vamos entendiendo. Soy todo oídos, Thomas.

Thomas piensa en ello. Vacila de nuevo.

—¡Vamos! —vocifero—. A lo mejor esa cuarta persona ya tiene el cuchillo clavado en el cuello por tu culpa.

Thomas mira al suelo. Sabe que lo que va a decir puede acarrear muchas consecuencias. No obstante, lo hace:

—Es la detective Jennifer Morgan, del Departamento de Policía de Los Ángeles.

65

Fernando Fons
24 de diciembre de 2018, San Francisco

Amanda está en el baño. Yo aún me encuentro en mi habitación. Me he quedado absorto, confuso por todo lo que me está ocurriendo. No he podido evitar recordar mi primer beso con Andrea y su posterior rechazo. Por un momento he pensado que Amanda iba a hacer lo mismo, que me iba a producir una herida más sin motivo, sin merecerlo, pero no ha sido así. Amanda no es Andrea. Amanda es Amanda, y no tengo por qué compararla con nadie.

Amanda me está cambiando la vida o, al menos, mi forma de verla. Gracias a ella, en cuestión de días he dejado atrás el divorcio de mis padres, el desencuentro con Andrea, la frialdad de Silvia, las dudas con Manuel, el accidente.

¿Fue un accidente?

Sí, lo fue. Puede que no lo haya olvidado, pero ya no me duele pensar en ello. Y es que los malos recuerdos duelen tanto como los deseos imposibles. Ahora tengo a Amanda. Ella es todo lo que necesitaba. Si hubiera aparecido mucho antes, posiblemente no hubiese sufrido tanto. Pero no la puedo culpar de eso. Sería muy egoísta por mi parte.

Debería bajar a la cocina, el pavo estará casi listo.

Me dispongo a salir de mi habitación. Pero algo suena, un zumbido. Proviene del bolso de Amanda. Alguien la está llamando.

Sé que no debo hacerlo, pero ¿qué puedo decir? Deformación profesional de periodista: siempre con la curiosidad por las nubes. Así que alcanzo el bolso, saco el móvil y el nombre que aparece en la pantalla me desmorona por completo: «Eric Rogers».

66

Fernando Fons
24 de diciembre de 2018, San Francisco

Mientras dejo la bandeja del pavo sobre la mesa del salón, veo cómo Amanda baja las escaleras con los productos de maquillaje en las manos. Me quito las manoplas y digo:

—*Et voilà.*

—Qué buena pinta.

Aparto caballerosamente su silla de la mesa para que tome asiento y ella accede con gusto. Cuando voy a dejar las manoplas en la cocina, señalo su bolso, que cuelga del respaldo de una de las sillas.

—He bajado tu bolso, te lo habías dejado en la habitación. Espero que no te importe.

—En absoluto. Gracias —oigo a mi espalda.

Al volver de la cocina, me siento a la mesa y la miro fijamente a los ojos. Nuestros rostros están a menos de un metro de distancia.

—Eres increíble, Amanda.

Noto cómo se ruboriza y baja la mirada.

—Tú también lo eres.

—Eres mi invitada más especial. Espero que te guste el pavo.

—¿Tienes muchas visitas?

—Eres la primera.

Ríe. Yo no lo hago. Al menos, no enseguida. Es al cabo de unos segundos cuando suelto unas carcajadas en forma de murmullo.

—Bueno —señalo la comida con el cuchillo—, ¿me dejas hacer los honores?

—Por favor.

Me dispongo a cortar el pavo y veo cómo el cuchillo tiembla bajo mi mano. Ella me acerca un plato y le pongo su ración. Luego me preparo la mía, tan imperfecta como la de ella, y sirvo vino blanco en sendas copas.

—¿Quieres probarlo tú antes? —pregunto—. Así me dices cómo está.

—Oh, no. Mejor los dos a la vez.

—Insisto.

Amanda duda.

—De acuerdo.

Corta un trozo pequeño de carne. Me mira y nos sonreímos, una de esas sonrisas que fuerzas cuando no sabes qué decir. Entonces, víctima de la presión, prueba el pavo con mis ojos observando cada movimiento de sus facciones.

—¿Y bien?

—Está buenísimo.

—Genial —digo satisfecho.

—¿Tú no comes?

—Claro. No voy a dejar que se escape.

Con un nuevo bocado, Amanda sonríe como toda respuesta.

Nuestra conversación se enfría durante unos minutos en los que no decimos nada. Comemos en silencio y la situación se vuelve un tanto incómoda.

—¿Por qué aquí? —dice por fin ella.

—¿Cómo dices?

—Esto está muy lejos del Golden Soul Cafe.

—Ya, bueno. Fue lo más barato que encontré en su momento.

—Entiendo. —Otra vez ese silencio, ese sorbo de vino, ese masticar ruidoso—. Tengo que darte las gracias, Fernando.

—¿Por?

—Por aceptar esta... cita. —Ríe tontamente—. Con todo eso del Verdugo, no sé si hubiese podido cenar sola en casa. Que haya un asesino suelto por ahí me aterra.

Muestro media sonrisa.

—¿Me vas a contar el final de esa historia? —me pregunta.

Dejo los cubiertos sobre el plato con cuidado. Cojo mi servilleta y me limpio la boca con paciencia. Luego levanto los ojos muy poco a poco hasta encontrar los suyos al otro lado de la estrecha mesa.

—Si te lo cuento, ¿dejaremos de hablar de ello?

—Te lo prometo. Nunca más.

—Nunca más —repito sonriente.

67

Fernando Fons
Seis meses antes, junio de 2018,
Tavernes de la Valldigna

Fernando se incorporó a la CV-50 y se detuvo en un semáforo en rojo. Risas y gritos inundaban la calle desde una cervecería atestada de gente. El semáforo cambió de color y reanudó la marcha, ahora más deprisa. Pasó por delante de la cervecería sin apartar la vista del asfalto. ¿Lo habrían visto? ¿Lo habrían reconocido? Apretó las manos sobre el volante. Aunque así fuera, ¿qué podían saber ellos de lo que había hecho?

Otro semáforo. Tendría que haber ido por la parte baja de la ciudad, cerca del río Vaca, donde no había ni un solo semáforo. Ni gente. ¿En qué estaría pensando?

Durante aquella eterna pausa, creyó escuchar algo. ¿Qué era? Miró a ambos lados de la calle, pero no había nadie. Además, tenía las ventanillas subidas. Ese ruido provenía del interior del coche.

Del maletero.

Se puso tenso. Aguzó el oído. El sonido era débil e intermitente. Era como plástico moviéndose. ¿Qué podía ser? Entonces cayó en la cuenta. La bolsa de basura que le había puesto a Andrea en la cabeza. Era eso, estaba seguro. Cesó su respiración. Se limitó a escuchar. Ese sonido. Se estaba moviendo. Pero eso era imposible, Andrea había estado veinticuatro horas enterrada bajo tierra.

—No es real —se dijo a sí mismo con los ojos cerrados.

Un claxon le hizo abrirlos de golpe. El semáforo estaba en verde y el conductor del coche de atrás le hacía aspavientos para que avanzara. Ya no oía nada, el sonido había desaparecido. Fernando metió primera y pisó el acelerador. Con un golpe de suerte, alcanzó el tercer semáforo en verde y el coche de detrás se esfumó por una calle afluente. Redujo la velocidad de nuevo y empezó a vagar por zonas pantanosas. Se encontraba en la periferia del lado oeste de Tavernes de la Valldigna. La comisaría de policía estaba a la izquierda, imponente, amenazadora, con la fachada del color de la sangre y cámaras de seguridad a ambos lados.

¿Vas a confesar?

Claro que no iba a confesar. Pasó por delante de la comisaría e imaginó cómo se veía el Fiat Panda en los vídeos de seguridad. Imaginó verse en él. Imaginó cómo pausaban el vídeo y ampliaban la imagen hasta que aparecía su cara completamente nítida en la pantalla.

Sácame de aquí.

Vio su destino a la derecha: una antigua fábrica de mobiliario escolar que ahora descansaba abandonada en la penumbra. Su aspecto era devastador, un enorme fantasma de lo que había sido años atrás. Abarcaba toda la manzana y se dividía en nueve naves ordenadas de izquierda a derecha; la primera era la más alejada de la comisaría. Varios árboles que en el pasado le habían otorgado un aspecto de pulcritud y grandeza a la fábrica crecían ahora entre la maleza y los escombros tras la verja.

Fernando condujo hasta el final de la manzana y giró a la derecha. Reparó en que una de las farolas estaba fundida y detuvo el coche bajo su oscuridad. Vigiló desde dentro del Fiat durante unos minutos. Su corazón iba a explotar de un momento a otro. No vio a nadie, aquella zona de la ciudad estaba desierta. Inspeccionó la verja de la fábrica. No era muy alta. Podría saltarla sin problema.

Todo estaba a punto de acabar.

Bajó del coche y abrió el maletero. El cadáver de Andrea seguía allí, en la misma posición en la que lo había dejado. Por supuesto. Lo cogió y se acercó a la verja. Sintió que pesaba menos que en otras ocasiones, como si se hubiese deshinchado o, por el contrario, él hubiese ganado fuerza de repente. Con un impulso, levantó el cuerpo y lo lanzó al otro lado de la verja.

—¿Por qué vamos por aquí?

Un escalofrío le heló la sangre.

Fernando se volvió y vio a dos jóvenes que aparecían por la esquina de la carretera. Miró el maletero del Fiat, abierto de par en par. No quiso mirar hacia la fábrica.

—Podríamos haber subido por la calle de antes. Ya sabes que no me gusta este sitio.

Fernando se quedó paralizado, apoyado contra la verja. Se acabó. Iban a ver el cadáver. Lo iban a descubrir. Llamarían a la policía y lo detendrían.

—Por aquí no hay na...

Sus miradas se cruzaron. Los jóvenes fingieron indiferencia al ver la silueta de Fernando entre las sombras y avanzaron hacia él en silencio. Caminaron hacia la boca del lobo, pero el lobo tenía otro asunto entre manos. Cuando estaban a tan solo unos metros, Fernando los miró a los ojos sin pudor, dándole la cara al destino, infundiéndoles un miedo al que ni él mismo estaba familiarizado. Los jóvenes no soportaron su mirada y desviaron la suya hacia otro lado. De ese modo, no pudieron ver el bulto oscuro que yacía detrás de la verja, a poca distancia de los pies de Fernando. Él los observó hasta que torcieron por una esquina y se quedó a solas de nuevo.

Tras cerciorarse de que no había nadie al acecho, cogió la linterna frontal del maletero y se la colocó en la cabeza, pero no la encendió, aún no. Cerró el maletero del Fiat, saltó la verja y cayó junto al cadáver de Andrea. Sin erguirse del todo, lo cogió por los brazos y lo arrastró hasta detrás de unos contenedores industriales. Desde allí, agazapado, vislumbró el camino que quería seguir. Había un hueco entre el tercer y el cuarto portón de la fábrica. Entraría por ahí. Al otro lado de la carretera, enfrente de las puertas cinco y seis, había una gasolinera, así que debía tener mucho cuidado de no ser visto.

Arrastró a Andrea por el suelo de cemento y maleza sin quitar ojo a la carretera, atento a los posibles peatones. Llegó enseguida a la primera puerta y se detuvo un momento para examinar el terreno. Para llegar al segundo portón debía sortear unos palés de madera que había amontonados en el suelo y, por consiguiente, tenía que alejarse unos metros de la pared de la fábrica. No le gustó la idea, pero no había otra opción. Arrastró el cuerpo sin vida de Andrea y llegó a una zona donde las sombras de la fábrica no alcanzaban; la luz de la luna bañaba el suelo.

—No me traiciones ahora —le pidió en un susurro.

Entonces algo se movió entre la maleza.

¿Qué había sido eso? Fernando no podía quedarse allí. Debía avanzar, llegar al segundo portón, esconderse donde la luz no lo tocara. Vaciló. Luego se apresuró hasta la pared de la fábrica y, una vez allí, miró en todas direcciones. No vio nada. Ni a nadie. ¿Habría sido solo su imaginación? Bueno, era normal, ¿no? Estaba en una situación de estrés, esas cosas pasaban.

Fernando levantó la cabeza y vio un rótulo que rezaba PUERTA 2. Tenía la mitad del camino hecho. Cuando se dispuso a avanzar hacia la tercera, se volvió a mover algo.

—Maldita sea.

De pronto, un gato apareció entre los escombros y se le acercó con el rabo erguido. Fernando no supo qué hacer. El gato ronroneó y él soltó los brazos de Andrea y se agachó alarmado.

—Chis, no hagas ruido.

El gato se acercó más y le lamió la mano. Fernando no pudo evitar morir de ternura y lo acarició detrás de la oreja.

—Buen chico.

El felino se escabulló de sus manos y corrió delante del hueco que había entre los portones tres y cuatro. Se volvió hacia él y maulló. Fernando se sorprendió. Era como si supiese qué iba a hacer y lo animaba a seguir con su misión.

Agarró a Andrea por las muñecas y tiró. La arrastró sin parar unos veinte metros y se metió en el agujero. Estaba dentro. Lo había conseguido. Allí la oscuridad era casi absoluta. Encendió la linterna frontal y un haz de luz, bastante débil, se proyectó ante él. El suelo estaba atestado de esqueletos de sillas y trozos de madera carcomida por las termitas. Olía a humedad. Fernando cogió a Andrea en brazos y siguió al gato, que se deslizó por el hueco de una puerta entreabierta. Fernando la empujó con el pie y entró en una de las naves, posiblemente la número cuatro. Una decena de máquinas cubiertas de polvo y serrín presidían el lugar. Avanzó hacia la pared posterior de la nave esquivando todo tipo de escombros hasta que perdió al gato y cesó sus pasos. ¿Dónde se había metido? No se oía más que su respiración, y no era algo que lo ayudara a calmarse. Al no dar con el felino, Fernando decidió seguir solo. Tan solo era un animal vagabundo, no necesitaba su ayuda. Anduvo varios metros y lo oyó. El gato chilló con todas sus fuerzas. En décimas de segundo, Fernando bajó la mirada sobresaltado y vio al animalito con una pata debajo de su zapato. Sobresaltado, levantó el pie y se echó hacia atrás, tropezó con una silla que había en el suelo y perdió el equilibrio. Como acto reflejo, soltó a Andrea para tener las manos libres y poder amortiguar de alguna forma la caída, pero de poco le sirvió. Su espalda chocó contra el esqueleto metálico de la silla y notó un dolor inhumano en la zona lumbar. Casi gritó desde el suelo, pero se frenó a tiempo. Estuvo varios segundos conteniendo la respiración sin poder quitar la mano de su espalda y, cuando pudo volver a coger aire, se quedó tendido sobre el polvo.

Se levantó quejándose de cada movimiento y buscó al gato con la mirada, pero no lo encontró. Se habría escondido en algún sitio para lamerse la pata dolorida.

—Lo siento.

Cuando se volvió para recoger a Andrea, la vio tumbada boca abajo sobre una mesa. Había caído de manera que el borde de la madera coincidía con su cintura y parecía que sus piernas la sostuvieran por voluntad propia. «Qué raro», pensó. Pero entonces se acercó y lo entendió. No se trataba de una mesa cualquiera, sino de una sierra circular de mesa. El cuello de Andrea había quedado enganchado en la hoja vieja, y eran sus propias carnes las que resistían la caída del cuerpo al suelo. El terror asaltó a Fernando de golpe, pero esta vez se tranquilizó enseguida. Esto no cambiaba nada. Nadie lo había visto. Nadie sabía lo que le había pasado a Andrea y mucho menos a su cadáver. La agarró por el hombro y la cabeza, envuelta por la bolsa de basura. Tiró lentamente hacia arriba y vio cómo la hoja de la sierra quedaba pringada de una sustancia viscosa. El cuerpo no había sangrado. El corte era limpio, pero no había llegado a decapitarla. Fernando se quedó mirando el cuello de Andrea. Aquello era hipnótico, visceral.

¿Qué me has hecho, Fernando?

Otra vez esa voz. Él sabía que no era Andrea la que hablaba, ella estaba muerta. Pero ¿por qué la oía?

Irás al infierno por esto. Eres un asesino.

—No, te equivocas —dijo sin saber a quién dirigirse.

Tu madre dirá que no te conoce, que tú no eres su hijo.

—No, no.

Y no habrá nadie en este mundo que te quiera, Fernando. Vas a estar solo el resto de tu miserable vida.

—¡Cállate!

Le dio la vuelta al cadáver y lo empujó con fuerza contra la sierra circular. La cabeza de Andrea se desprendió de su cuerpo y este cayó al suelo produciendo un sonido sordo. Un placentero silencio reinó en la fábrica. Esa voz se había callado por fin. La respiración de Fernando, agitada, fue apaciguándose en el transcurrir de los segundos. Tardó en ser consciente de dónde estaba y qué había hecho. Acababa de decapitar a Andrea. ¿Lo había hecho? Sí, la cabeza bajo su mano se lo confirmaba. ¿Qué sentía? Difícil describirlo. Pero estaba seguro de que no era miedo, ni tristeza, ni tampoco arrepentimiento. Paz, eso era. Se sorprendió al descubrir que algo tan inmoral y prohibido fuera tan gratificante. Llegado ese momento, quiso más. Le quitó la bolsa y pudo verla.

Y solo entonces sintió cómo una leve sonrisa se abría paso entre sus comisuras.

Actuó con determinación. Llevó la cabeza decapitada hasta el final de la nave, donde unos pequeños cristales traslúcidos dejaban pasar la luz tenue de las farolas de la calle, y la depositó en el suelo, pegada a la pared. Acto seguido, volvió a por el cuerpo para ponerlo en el mismo sitio y lo observó con nostalgia. Le daba pena que ese amor que había sentido una vez, con quince años, hubiese acabado así. La imagen de su madre oliendo las camisas de su padre le vino a la mente y se le ocurrió algo. Le quitó la camiseta a Andrea, sucia de tierra y polvo, y cubrió el cadáver con todos los escombros que encontró.

Suspiró.

—Ya está.

Salió de la fábrica sin hacer ruido y apagó la linterna. Deshizo el camino hasta la verja mucho más rápido que antes, la saltó y subió al coche. Tras dejar que la adrenalina se disipara un poco, arrancó el motor y escuchó un maullido. Se volvió y vio al gato en el asiento trasero. Sus ojos de color miel lo miraban con expectación.

—¿Cómo has...?

El gato ladeó la cabeza. A Fernando le pareció un animalito adorable. Entonces le sonrió y dijo:

—Nos vamos a casa.

A la mañana siguiente recibió una llamada de Cornelio Santana.

—Fernando, ¿cómo estás? ¿Mejor?

—Sí, sí. Mejor, gracias.

—Me alegro. Qué te iba a decir. Sobre lo del robo...

—Ya —lo interrumpió—, el artículo es una chapuza. Lo siento.

—No te preocupes por eso. Lo que quería decirte es que tenemos algo mejor.

—¿El qué?

—Una desaparición. Es una tal Andrea Santos. Lleva dos días sin presentarse al trabajo y sus familiares no consiguen dar con ella. La policía ha entrado en su casa; ni rastro de ella. Esto sí que es noticia.

—¿Qué quieres decir?

—¿Estás de broma? Una desaparición en Tavernes de la Valldigna. ¡Es fantástico! Hacía tiempo que no teníamos una de estas, ¿verdad?

Así era. Fernando llevaba tiempo esperando una buena noticia, una de las que te encogen el corazón al leerla. Pero, llegada la hora, todo cambia cuando estás en el otro lado.

—Seguro que no ha desaparecido. Estará de viaje o algo parecido.

—¿Y se va sin avisar? ¿Sin ni siquiera su móvil? A esa chica le ha pasado algo, Fernando. Estoy seguro.

Le faltaba el aire.

—No sé. No lo veo.

—¿Qué te pasa? No es propio de ti rechazar una buena noticia cuando se presenta.

Fernando pensó bien la respuesta. Luego, con un nudo en la garganta, dijo:

—Hace días que quiero hablar contigo de algo, Cornelio.

—¿De qué se trata?

No sabía si era la mejor elección, pero se vio obligado a hacerlo.

—Quiero dejar *Les Tres Creus*.

68
Fernando Fons
24 de diciembre de 2018, San Francisco

A Amanda se le van a salir los ojos de las cuencas.

Bajo la cabeza hasta apoyar el mentón en mi pecho.

Le he contado dónde escondí el cadáver de Andrea. Cómo la decapité en aquella fábrica. Cómo lo disfruté.

Empiezo a sollozar.

Hace días que trabajo con ella. Le he contado hasta el más mínimo detalle de mi vida. Me he abierto como nunca lo había hecho. Y así me lo paga.

—Te ha llamado Eric Rogers —murmuro entre lágrimas mientras cojo el bolso, saco su móvil y lo dejo sobre la mesa. Ella se queda sin aliento. Sus ojos se clavan en los míos—. Me he tomado la molestia de hacer un pequeño trabajo de investigación: Google, ya sabes. Eric Rogers, detective al mando del Departamento de Policía de Los Ángeles. Ah, y he visto que estabas grabándolo todo. He detenido la grabación y he borrado el archivo, de modo que lo que te acabo de contar no lo tienes registrado en ningún sitio.

—Fernando, te lo puedo explicar.

—¿Quién eres? —Mi voz es casi inaudible.

—Soy tu amiga, Fernando.

—¡Y una mierda! —grito dando un puñetazo sobre la mesa. Luego lloro como un niño pequeño, triste y decepcionado—. Pensaba que eras diferente, Amanda. Pero ya veo que eres como Andrea, una puta mentirosa. He sido muy ingenuo al pensar que sentías algo por mí. —Mi llanto se intensifica, no lo puedo evitar—. Nadie me quiere ni me ha querido nunca.

—No digas tonterías, Fernando. Tus padres siempre te han querido.

Niego con la cabeza.

—Mi padre eligió a la zorra de Anna y mi madre me utilizó.

Amanda se queda callada.

—Todo esto te estará pareciendo de lo más gracioso —digo reprimiendo el llanto—. Dijiste que eras periodista y que habías acabado en el Golden Soul Cafe, igual que yo. Ahora lo pienso y me avergüenzo de mí mismo. Demasiadas casualidades. —Suspiro, intentando tranquilizarme—. Supongo que no quise verlo. —Esbozo una sonrisa forzada entre lágrimas—. Una parte de mí me decía que todo en esta vida no podía ser sufrimiento, que tenía que llegar mi momento de ser feliz. Pero está claro que nunca llegará.

—Fernando, dime que no tienes nada que ver con esos asesinatos. No te miento si digo que he sospechado de ti cuando ha venido Parker a la cafetería. Ya tenías el antecedente de Andrea y... —Frunce el ceño—. Pero luego he pensado que no podía ser, que, a pesar de todo, tú no eres así. Dime que no me he equivocado, Fernando. Por favor.

Cojo la botella de vino blanco que hay sobre la mesa, lleno mi copa hasta arriba y doy un pequeño sorbo.

—Después de entender que no encontraría la felicidad en el amor, ¿cómo lo diría un policía? Me obsesioné con el trabajo. Vi que el periodismo me podía dar algo que no me podía ofrecer nadie. Digamos que me enamoré de mi trabajo. Eso no es malo, ¿no? Hay mucha gente así. —Vuelvo a esbozar esa sonrisa falsa—. Me involucré mucho, quizá demasiado, y, cuando pasó lo de Andrea, todo se vino abajo. Esa chica me lo arrebató todo, incluso después de muerta. Tuve que huir, escapar de Tavernes de la Valldigna y desaparecer un tiempo. Aquí no podía dedicarme al periodismo. Tenía que pasar desapercibido, ¿lo entiendes? Conseguí unos papeles falsos y Thomas me dio una oportunidad en el Golden Soul Cafe. No es el mejor trabajo del mundo ni mucho menos, pero me ha servido. Hasta ahora.

Entorno los ojos y la miro fijamente. Me echo hacia delante en la silla y cojo aire:

—Un día, la curiosidad me carcomía por dentro. Fui a un cibercafé y busqué por internet noticias relacionadas con la desaparición de Andrea. —Hago una pausa—. No te puedes creer cómo me sentí al ver todos aquellos artículos. Se había montado un revuelo increíble en Tavernes de la Valldigna. Y todo —agrando los ojos, emocionado— gracias a mí. No se lo digas a nadie, pero me excité. Experimenté un placer incomparable, y me pregunté qué habría pasado si hubiesen encontrado su cuerpo y su cabeza separada del mismo. Entonces di con la solución. Podía seguir haciendo periodismo, pero de una forma distinta. Pasaría de escribir noticias... a crearlas.

Amanda escucha con la boca entreabierta.

—La cafetería era un lugar perfecto para escoger a mis víctimas. No era necesario hablar con ellas, solo tenía que escucharlas conversar entre sí. Ni te imaginas de las cosas que se entera uno en una cafetería. Luego buscaba información sobre las que consideraba más adecuadas y pensaba el modo de sorprenderlas. No creas que escogí esas tres víctimas a la primera. No, cambié de objetivos muchas veces hasta dar con las personas idóneas. Cuando Sarah Evans se presentó en el Golden Soul Cafe, me puse de los nervios. ¡Era extremadamente parecida a Andrea! Fue como si me estuviese persiguiendo allá donde fuera. No podía permitirlo, tenía que matarla otra vez. Ella sería mi primera víctima. Descubrí que vivía sola en un piso de Filbert Street, lo que me facilitó mucho las cosas. Todo el mundo tira la basura, así que una noche esperé a que ella lo hiciera junto al portal de su edificio y entré antes de que la puerta se cerrase. Ella cogió el ascensor al volver y yo solo tuve que esconderme por las escaleras y esperar a ver en qué piso se detenía. El tres fue el número ganador. Nada más abrir la puerta de su casa, salí de mi escondrijo y la empujé hacia dentro de la vivienda. Y, cuando se dispuso a gritar, se lo impedí con el cuchillo. Fácil y rápido. Una vez decapitada, la até de forma que nunca más pudiera encontrarme. En medio de mi cometido se me derramó un poco de la sangre falsa que tenía preparada para la mañana siguiente —me encojo de hombros—, pero, bueno, cosas que pasan.

»Con el segundo fue aún más fácil. Era un cliente habitual de la cafetería, un estúpido. Hacía un par de semanas había venido a por un café para llevar. Fue al baño y se dejó las llaves de casa encima de la barra. Se las cogí. Una vez había estado hablando con su mujer sobre diferentes tipos de medicamentos, todos para conciliar el sueño. Ella tomaba ansiolíticos y dormía toda la noche de un tirón, así que sabía cuándo era el mejor momento para entrar en su casa y asesinarlo con mis propias manos. El jueves pasado, Thomas y yo estábamos cerrando y él estaba sentado con su mujer en una de las mesas. Le pedí amablemente que pagasen y se fueran, pero el tipo se puso gallito pidiéndome la hoja de reclamaciones, el muy imbécil. Tras matarlo, lo dejé sentado en un sillón de su casa. Aquel día no quería levantarse de la silla, así que le di el placer de permanecer así para siempre. Sus deseos son órdenes, señor Smith.

—Hago media reverencia—. Podría haber matado a su mujer también, pero no entraba dentro de mis planes. Lo habría hecho todo más imperfecto, ¿entiendes?

—Fer...

—Déjame acabar —la interrumpo secamente—. Y la tercera. —Asiento melancólico—. La mujer de la cerveza. Qué ganas le tenía. Era una persona despreciable y creo que todos los clientes de la cafetería me lo agradecerán. El sábado te fuiste antes, me dijiste que te habían llamado por la alarma de tu... —Caigo en la cuenta—. Pero eso era mentira —susurro—. En fin, que me quedé a solas con la mujer de la cerveza y vi una oportunidad de oro para matarla. Hablé con ella, estaba borracha hasta las cejas, y le propuse echar un polvo. Ni siquiera la toqué, solo le dije las ganas que tenía de hacerlo y ella se limitó a sonreír y a decirme que eso sería una semana de cervezas gratis. Se esperó a que cerrara, me llevó a un piso de mala muerte en Ellis Street y lo hice, pero no lo que ella pensaba. Revolviendo sus cosas encontré un rollo de hilo de coser y se me ocurrió algo. Me puse a hacer una manualidad con ella y conseguí que se quedara con el dedo corazón levantado para recibir a cada uno de los policías que entrara en su piso. Tú la has conocido, ¿no crees que es muy propio de ella? Si te das cuenta, es como si hubiese enfrascado a esas personas en la eternidad. ¿No te parece poético?

—Tú no has enfrascado nada, Fernando. Las has asesinado.

Hago caso omiso a sus palabras.

—Lo de sacar sus cabezas de casa ha sido un poco más complicado, no te voy a engañar. He tenido que pasar las noches en casas ajenas y meterlas en cajas, las del género de la cafetería, que dejaba cerca de la puerta para colocarlas en la calle cuando nadie miraba. Bueno, en el caso de la borracha ha sido distinto y he tenido que volver esta mañana, eso no me ha gustado, pero lo he compensado con la ayuda de un sintecho. Desde el pasado miércoles, he llevado siempre una mochila con ropa limpia conmigo. Como comprenderás, no sería demasiado lógico ir por ahí manchado de sangre. Y todo antes de abrir la cafetería, lo cual lo hace más meritorio. Me ha dado tiempo a volver a casa, ducharme e ir al trabajo como si nada. Ah, y te preguntarás por qué cada dos días. Los últimos meses en Tavernes de la Valldigna acostumbraba a trabajar día y noche por conseguir buenas golosinas, tú ya me entiendes. Ahora no iba a ser menos. Tenía pensado hacerlo cada día, pero esto lleva más trabajo del que pensaba. Y mucho estrés. Eso sí, estoy durmiendo como un lirón.

—Fernando, dame mi móvil —dice nerviosa—. Tengo que...

—¿Quieres irte? —Niego con la cabeza—. No tengas tanta prisa. —Ahora hablo muy tranquilo, he parado de llorar—. ¿Sabes? No tenía pensado escribir el artículo, pero la prensa no estaba dando el nivel y tuve que hacer algo. Te preguntarás por qué a las comisarías. Bueno, sabía que los periódicos no publicarían nada sin contrastarlo y no quería perder tiempo, y eso de enviar cartas como asesino ya está muy visto, ¿no crees? Vi la oportunidad de desmoronar los cimientos de la policía con las palabras de la teniente Watson y su hermana y así lo hice. Obrar como un simple periodista fue todo un reto para mí: no podía escribir nada de lo que pudiera sospechar nadie, incluso tú, porque quería enseñarte mi hazaña a la mañana siguiente, y tuve que fingir que ignoraba la muerte de Fiona Foster. Yo lo sabía todo acerca del Verdugo, pero tenía que averiguar algo por mí mismo, algo que la policía no hubiese contado a los medios. Y con una sola noche conseguí mucho más que los periodistas de esta ciudad en días. ¿Se puede ser más incompetente? —Chasqueo la lengua—. En fin... En cuanto al móvil, ya no lo vas a necesitar. —Lo cojo y lo sumerjo dentro de la copa de vino.

—¡No!

—Tranquila, Amanda. Solo es un móvil. —La miro de arriba abajo—. Me gusta tu vestido. —Agarro un cuchillo de la mesa—. Ya tengo un sitio preparado para él en la habitación cerrada.

Amanda se levanta de la silla con los ojos entornados.

—¿Qué? ¿Pensabas que era un simple cuarto para los trastos? —Aprieto los labios y hago un gesto con la cabeza—. Es mucho más que eso.

Amanda echa un vistazo rápido a la puerta y río divertido.

— No soy tan tonto como para dejar la puerta abierta, Amanda. —Me levanto de la silla con el cuchillo en mano—. Está cerrada con llave.

—No tienes por qué hacer esto, Fernando. Te juro que no se lo contaré a nadie. Te lo prometo, nadie lo sabrá jamás.

—Es curioso que me digas eso después de mentirme todo este tiempo. Tus palabras ya no valen nada, Amanda. Ahora morirás y serás parte de mi obra. Tu cabeza colgará mañana del Golden Gate Bridge.

Levanto el cuchillo en alto y me abalanzo sobre ella con un grito. Amanda consigue esquivarme y me empuja contra la puerta. Va a la mesa, coge el otro cuchillo y apunta hacia mí.

—No quiero hacerte daño, Fernando. Soy policía, ¿recuerdas? Mis compañeros saben dónde estoy. No tardarán en llegar.

—Pues intentaré ser más rápido que ellos —digo acercándome.

Amanda se apresura por el pasillo y entra en la cocina.

—No corras, Amanda. Solo vas a alargar lo inevitable.

Cuando alcanzo el marco de la puerta, la encuentro acorralada con la espalda contra la encimera.

—Conseguiré que te absuelvan de tus delitos —insiste.

Yo arrugo la nariz y muevo el cuchillo en el aire.

—Guárdate tus numeritos. No me apetece tanta palabrería en este momento. Prefiero que estés callada mientras te mato. ¿Me harás ese favor?

—Fernando, escúchame, por favor. Sé que no has tenido la vida que te habría gustado, pero aún estás a tiempo de cambiarlo todo. Y yo voy a estar a tu lado, de eso que no te quepa la menor duda. Mira, dejaré el cuchillo en el suelo para que veas que no miento.

Se agacha muy lentamente. Yo la observo algo confuso. Cuando sus manos tocan el suelo, coge el cuenco de comida de Mickey y me lo tira a la cara. Yo me protejo con los brazos y medio segundo después siento la hoja de su cuchillo perforándome el muslo.

Grito de dolor.

—¡Hija de puta!

Bajo la mirada y veo el cuchillo clavado.

Amanda vuelve apresurada al salón.

Agarro el mango del cuchillo y tiro con fuerza. Otro grito se desgarra en mis cuerdas vocales.

Un cristal se rompe en mil pedazos.

Me tapono la herida con ambas manos, que se tintan de rojo rápidamente, y vuelvo la mirada hacia el salón. Hay un agujero en la ventana lo suficientemente grande como para escapar por él.

69
William Parker
24 de diciembre de 2018, San Francisco

El Mini aúlla por Capitol Avenue y las sirenas de los tres coches patrulla chillan a mi espalda. Conduzco casi sin mirar por dónde voy. Si alguien cruzara la calle ahora, lo aplastaría contra el capó a cien kilómetros por hora. Y es que tengo la cabeza en otro sitio, en eso que ha dicho Thomas Green: «Es la detective Jennifer Morgan».

¿Jennifer está viva? Eso es imposible. Anunciaron su muerte en las noticias. Yo la maté. Recuerdo mi conversación con Alfred después de asimilarlo todo...

—Esto ha sido demasiado duro, Alfred. No puedo seguir. Al menos no por ahora.

—Casi no la conocías, William. ¿En serio te enamoraste de verdad?

Suspiré.

—Qué más da ya.

—Pues, si tú te pides esa excedencia, yo tendré que jubilarme.

—Tú ya estás jubilado, Alfred.

—También es verdad.

Los dos nos reímos bajito, como si no fuera el momento para hacerlo. Supe al instante que Alfred lo había hecho adrede, quiso sacarme una sonrisa en un instante de debilidad, y estoy seguro de que lo hizo para demostrarme sin palabras que no todo estaba perdido. Él siempre tenía buenas intenciones.

—Oye —me dijo—, y ¿qué quieres hacer ahora?

—Pues no lo sé. No lo he pensado.

—¿Qué te parece Oakland?

Fruncí el ceño.

—¿Oakland?

—Mi hijo vive allí. Lleva un bufete de abogados y le va bastante bien. Tiene una casa reservada para cuando su padre sea un vejestorio, y no estaría mal ir a verla, ¿no crees?

—Tú no vas a envejecer nunca, Alfred.

—Lo sé. —Rio—. Bueno, ¿qué me dices?

Vacilé.

—No sé, Alfred —dije tristemente.

—Puede que nos venga bien a los dos. Solo una temporada, lejos de aquí, lejos del cuerpo y de los recuerdos. Te buscaremos un hobby, jugaremos a las cartas y te prestaré mis libros más preciados. Y no quiero un no por respuesta. —Me cogió del brazo—. No te voy a dejar solo después de esto, amigo. Así que ya puedes empezar a hacer la maleta.

Volví de Oakland hará cosa de una semana. Si tuviera que describir mi estancia allí, no sé qué adjetivos utilizaría, pues me vi enfrentándome a una lucha interna en la que necesitaba sobrellevar el duelo, exprimir la pena y la ira, pero sin que Alfred se preocupase demasiado por mí. Muchas veces fingía, incluso reprimía emociones repentinas solo por él. Porque, después de todo lo que Alfred había hecho por mí, sentía que se lo debía. Allí surgió la absurda idea de la escritura, la cual no ha llegado a nada. Supongo que fue mejor que pasar esos meses en casa, solo. La compañía de Alfred Chambers siempre se agradece.

Las luces viajan a toda velocidad fuera del coche.

No creo que sea ella, no debería hacerme ilusiones. No, soy un iluso. Claro que no es Jennifer. Aunque, después de la revelación de Thomas, la teniente Watson se ha puesto en contacto con el Departamento de Policía de Los Ángeles y han dicho que llamarían a Jennifer enseguida.

Niego con la cabeza.

—No puede ser.

Thomas nos ha hecho un resumen de la labor de... esa mujer en su cafetería. Fernando Fons es un experiodista español, sospechoso de secuestro en no sé qué ciudad y ella estaba infiltrada en el negocio para ganarse su confianza y sacarle información sobre dicho secuestro. Es verdad que Thomas ha estado fuera: fue a Los Ángeles a prestar declaraciones, pasó la noche del viernes 21 al sábado 22 allí, de modo que no pudo matar a Kevin Smith, Watson también lo ha confirmado con esa llamada.

Me paso una mano por la cara.

Eso solo quiere decir una cosa: Fernando Fons tiene antecedentes y podría ser el Verdugo.

Y pensar que he hablado con él esta misma tarde, en el Golden Soul Cafe. «Entonces sí que ha muerto a manos del Verdugo», ha dicho refiriéndose a Fiona Foster. Es él. Quería ponerse la medalla, no soporta que le quiten la autoría de sus crímenes.

Agarro el volante con fuerza. Los dedos se me ponen blancos por la presión. Giro a la derecha con un volantazo y las ruedas derrapan sobre el asfalto. Me incorporo a Alemany Boulevard y piso el acelerador. Poco después giro hacia la izquierda y avanzo por Saint Charles Avenue. Localizo la casa a la derecha, con la fachada de color crema y sin garaje. La puerta está abierta. Hay una ventana rota y una silla en el suelo.

Freno bruscamente y me deslizo unos metros por la calzada. Me apeo y veo a los tres Ford pararse detrás del Mini. Las sirenas se detienen, pero las luces estroboscópicas siguen bailando a nuestro alrededor. Desenfundo la SIG Sauer y me asomo por los cristales rotos, apuntando al interior. No veo a nadie. Entramos con las armas en alto. La mesa del salón está puesta. Un móvil bucea en las profundidades de una copa de vino blanco. Hay comida de algún animal derramada por el suelo. Voy hacia allí y encuentro unas gotas de sangre entre las bolitas marrones.

—¡Eh! —grita alguien—. ¡Aquí arriba!

Me abro paso entre los agentes y subo las escaleras a trompicones. Llego al sitio de donde provienen los gritos y entro en la habitación situada a la derecha del pasillo, justo enfrente de otra que parece reservada para invitados. Las paredes están cubiertas de papel de periódico, portadas de todas las redacciones de la ciudad con titulares referentes a los crímenes del Verdugo. En el suelo, un par de mochilas. En el centro de la habitación, una estantería metálica donde reposa un taladro y un rollo de hilo de coser junto con cuatro prendas de ropa: una camiseta negra sucia, una sudadera de la UCSF, la camisa de un pijama beis y un jersey manchado de lo que supongo que es cerveza.

—Es el asesino —dice la teniente Watson a mi espalda, equipada con chaleco antibalas y arma en mano.

Rápidamente, bajo las escaleras y salgo al exterior. Miro en todas direcciones. La gente ha salido de sus casas para ver qué sucede.

Vislumbro un rastro de sangre en el suelo.

Entonces oigo un grito.

La persigo. Voy cojeando por la puñalada que me ha asestado en el muslo, pero algo me empuja a seguir con una energía sobrehumana. La adrenalina, o quizá el ansia de matar. Ahora que sabe que maté a Andrea y que soy el Verdugo, su muerte es una necesidad para mí.

Cuando consigo acercarme un poco más, levanto el cuchillo y lo descargo contra ella. La hoja se desliza por la carne de su brazo y grita.

Está sola, herida, desarmada y sin móvil para pedir refuerzos. Por muy policía que sea no puede...

Me da un codazo en el pecho que me corta la respiración. Emito un sonido gutural y caigo de espaldas al suelo. Mis pulmones parecen haberse cerrado. Se abren de nuevo y doy una bocanada ansiosa que me obliga a toser varias veces.

Me incorporo a duras penas. Miro a ambos lados de la calle, pero no la veo. ¿Dónde se ha metido? Entonces oigo las voces, y atisbo las luces azules y rojas reflejadas en las ventanas de las casas. Ya están aquí.

Me escondo detrás de unos coches aparcados en Chester Avenue y espero en silencio. El muslo me arde y me es difícil controlar la respiración. Unos pasos se acercan apresurados, pero se detienen cerca de mi posición, al otro lado del coche. ¿Por qué?

—¿Jennifer? —Es la voz temblorosa de Parker.

Eres mío, inspector.

Salgo de detrás del coche y lo embisto de frente con fuerza. Los dos caemos al suelo y él pierde su pistola. Por un momento nuestros rostros quedan a pocos centímetros.

Yo me encuentro sobre él sonriente y veo cómo sus ojos me miran sin entender qué sucede.

—¡William! —grita Amanda, que se aproxima para atacarme de nuevo.

—Me he equivocado contigo, Amanda —digo según me incorporo—. Tú no eres igual que Andrea. Eres mucho peor.

Le suelto un puñetazo que espero que le recuerde el sabor de la sangre, ese sabor a hierro dulzón. Amanda choca contra un coche y gime de dolor.

—¿A él también le dijiste que teníais algo mágico? ¿También le mentiste y te aprovechaste de él como has hecho conmigo?

Me acerco de forma arrítmica y la empujo bruscamente contra el coche de su espalda.

—Amanda, Amanda —le digo muy cerca—. Debes estar contenta, no todos pueden ser la quinta víctima del Verdugo.

La ira se apodera de mí, la separo del coche y la lanzo con fuerza al suelo. Entonces, entre quejidos, Amanda atisba la silueta de Parker a su lado. El cuchillo clavado en su estómago. Una mancha oscura se abre paso en su ropa.

—¡No!

Me dispongo a levantarla de nuevo para acabar con esto de una vez por todas, pero ella me lo impide dándome una patada en el muslo. Yo grito con todas mis fuerzas y me llevo las manos a la herida abierta, que no para de sangrar. Amanda se incorpora y me propina otra patada en la cara. Intento mantenerme en pie, pero me derriba con una última patada en el tobillo. Me nace un nuevo dolor en el costado y, una vez en el suelo, me voltea rápidamente boca abajo, sube sobre mí y me retuerce los brazos por la espalda.

Llegan las luces, los coches patrulla y los agentes armados hasta los dientes.

—¡Lo tenemos!

—¡No te muevas!

—¡Suéltalo, tranquila!

—¡Parker!

—¡Llamad a una ambulancia! ¡Rápido!

Siento el frío metal alrededor de mis muñecas. Tres hombres me levantan esposado mientras media docena de agentes me apunta con una pistola. Yo sonrío, entre empujones, y digo orgulloso:

—¿Os ha gustado mi obra?

Me meten en un coche y cierran de un portazo.

71
William Parker
24 de diciembre de 2018, San Francisco

—Tenemos a un agente herido. Estamos en Chester Avenue. Dense prisa, por favor.

Jennifer se acerca y se arrodilla junto a mí.

—William, aguanta. —Me acaricia el pelo y mira un segundo mi estómago. No dice nada, pero sé que tiene mala pinta—. La ambulancia no tardará en llegar. Sé fuerte, ¿vale? No te vayas ahora. Ahora no.

Yo toso y hablo con un hilo de voz.

—Pensaba que estabas muerta.

—Es una larga historia. Pero aquí me tienes, más viva que nunca. —Le cuesta contener las lágrimas—. No es momento de irte ahora, ¿no crees? No quiero volver a perderte.

Sonrío. Y ella sonríe también. Una sonrisa tierna, sincera y encantadora.

—Ahora estamos en paz —consigo decir.

—¿Qué? No. William, escúchame. No me digas eso. No te mueras. Aguanta. Aguanta, por favor.

Cierro los ojos.

William Parker
25 de diciembre de 2018, San Francisco

Dentro de una oscuridad opaca, profunda y extraña, oigo ráfagas de voces a la lejanía. Creo sentir movimiento, como si estuviera conduciendo mi Mini Cooper. Entre las voces, hay una que me resulta familiar, la de una mujer. No para de repetir mi nombre una y otra vez.

—¡Habéis tardado demasiado!

Alguien responde a eso muy bajo y no consigo entenderlo. Si me concentro, puedo saber cuántas voces hay, pero estoy tan cansado que solo quiero dormir, así que me dejo llevar y me hundo en la oscuridad.

El Verdugo me persigue por Filbert Street. La noche ha caído y las farolas están apagadas, fundidas en una necesidad absoluta. No hay más luz que la de la luna, rebosante en un cielo que parece tener más estrellas que nunca. Las calles están vacías, no hay ni un solo coche aparcado. Nada. Solo él y yo. Me adentro en un callejón y la cabeza de Sarah Evans me mira desde el suelo, sobre un charco de sangre que ahora sé que es falsa. Oigo detenerse sus pasos detrás de mí y me vuelvo hacia... ¿Jennifer?

—William.

Abro los ojos y la luz que se cuela por las cortinas me deslumbra. Jennifer está a mi lado, con parte del brazo vendado y una sonrisa en los labios. Noto su mano sobre la mía.

—Feliz Navidad.

Intento incorporarme, pero algo me abrasa el estómago y me quejo de dolor.

—No te muevas. El doctor ha dicho que nada de hacerse el valiente.

Cuando mi vista se acostumbra a la luz, vislumbro una cama de hospital, una habitación con azulejos blancos y un olor aséptico en el ambiente. Estoy enganchado a unos tubos que prefiero no mirar. La teniente Watson está sentada en una silla, a los pies de la cama.

—Buenos días, William. Me alegro de volver a verte.

Los recuerdos me asaltan como flashes a traición.

—Fernando Fons. ¿Qué...?

—Tranquilo —dice Watson—. Lo tenemos. La detective Morgan nos ayudó en ello. El Verdugo ya no volverá a matar. Se acabó.

—Los dos estábamos detrás del mismo hombre por casos distintos —señala Jennifer—. ¿No te parece cosa del destino?

La veo y no me lo creo.

—Sí que lo es.

—Hay algo más que debes saber —me dice la teniente—. Con todo lo sucedido se ha cerrado otro caso: una muerte que se había archivado hace casi cincuenta años como accidental por falta de pruebas.

Me sorprendo.

—¿Barbara Smith?

—Exacto —asiente Watson—. El equipo de Criminalística encontró un sobre sellado en casa de Kevin Smith con una curiosa anotación escrita en el reverso: «Nunca he sido capaz de contártelo. Espero que me perdones».

—No puede ser —digo al comprender.

—Así es. Era una carta de confesión de su padre, Peter Smith. Según sus palabras, las cuales escribió hace unos meses antes de morir, aquella tarde de mayo de 1971, él y Barbara discutieron por una cena familiar. Él se había comprado entradas para ver un partido de béisbol con Francis Evans y no llegaba a tiempo a la cena. El caso es que Barbara estaba bastante agitada y, en medio de la discusión, tropezó y cayó escaleras abajo. Fue, como se había archivado, un accidente. Pero Peter se sintió culpable por ello y le invadió el pánico. Empezó a pensar en su figura como empresario y en qué diría la gente al enterarse de que su mujer, accionista de Lifranbarter, había muerto sospechosamente de la noche a la mañana. Lo que hizo fue lo siguiente: llevó a su hijo con sus abuelos y asistió al partido como si nada hubiese pasado. Él sabía que Barbara había quedado con Lisa, de modo que, cuando volviera, podría acusarla de haberla matado. No podrían confirmarlo porque Barbara no se habría presentado a la cita y no encontrarían pruebas de ningún tipo: Lisa quedaría impune y, con sus acusaciones, la imagen de Peter permanecería intacta. No obstante, recibió las acciones de su difunta esposa tras el suceso y, al sentirse incapaz de seguir con aquello, se las vendió a Michael Long. El dinero que obtuvo lo donó a causas benéficas y se guardó el secreto hasta sus últimos días. Se sentía muy avergonzado de haber actuado como lo hizo y escribió la carta y se la dio a Martha Smith para que se la entregara a Kevin cuando él muriera.

—Pero Kevin no la leyó —adivino.

—No. Martha ha afirmado habérsela dado, pero él aún no había recogido el valor para leerla. Además, la viuda ha reconocido haber hablado con Grace Evans de ello. Parece ser que, una de las veces que Grace salió de casa con Sarah para que se viera con Karla a escondidas de Arthur, fueron al Golden Soul Cafe y se encontraron con Martha y Kevin, pero este último se fue enseguida a entrenar al club de tenis. Martha, que conocía la historia de sus antecesores, vio procedente desvelar la existencia de esa carta y Grace, invadida por la empatía, dijo que no se lo contaría a su marido para no causar problemas.

—¿Se hicieron amigas?

—Sí. Que Sarah Evans y Kevin Smith hayan sido víctimas del Verdugo no ha sido casualidad. Eran clientes habituales del Golden Soul Cafe y Fernando los veía juntos más de una vez. —Watson se levanta de la silla—. Bueno, yo ya me voy. Solo quería asegurarme de que estabas bien.

—Puedo salir si quiere, tendrán mucho que hablar —se ofrece Jennifer.

—Oh, no, querida —responde Watson con una sonrisa. ¿Es la primera vez que la veo sonreír?—. Tú quédate aquí con él. No voy a ser yo quien os separe de nuevo. —Se vuelve hacia mí y susurra—: Me gusta. Creo que voy a proponerle un traslado a San Francisco. En Los Ángeles está desaprovechada.

Reprimo una sonrisa y miro a Jennifer con ilusión.

Watson se despide y el silencio se cuela en la habitación. Entonces frunzo el ceño y me vuelvo hacia Jennifer.

—La prensa publicó la noticia de tu muerte —digo sin entender.

—Lo sé. Un paparazzi os escuchó a Cox y a ti en la puerta del hospital, no sé exactamente lo que oyó, pero lo publicó en la *Date Magazine*, una revista con muy mala reputación. Pero eso no acabó ahí. La televisión no contrastó la noticia y mi supuesta muerte se convirtió en una realidad para mucha gente. Mis padres no daban crédito a lo que estaba pasando y pusieron una denuncia. Nos dieron una compensación económica bastante abultada por ello, aunque eso no borraba lo sucedido. Te lo puedes imaginar: el teléfono de mis padres echó humo durante todo el día y tuvieron que dar explicaciones un sinfín de veces mientras yo me encontraba entre la vida y la muerte en una cama de hospital. Por suerte, salí adelante y al final todo quedó en un gran malentendido.

Lo recuerdo. Un hombre con bigote fino y camisa a rayas que me sonreía para que lo dejara pasar. Las puertas automáticas del hospital abriéndose y Cox diciendo «Hágase a la idea, Jennifer morirá esta noche» antes de que las puertas se cerraran.

—Lo siento tanto, Jennifer.

Ella me aprieta la mano.

—Hiciste lo correcto aquella noche. No tienes por qué pensar más en ello, ¿de acuerdo?

Cierro los ojos. Cuántas veces lo habré hecho. Los abro y asiento.

—¿Qué pasó en realidad?

Jennifer suelta un largo suspiro.

—En cuanto bajó la inflamación cerebral, salí de cuidados intensivos. Estuve varias semanas en el hospital aferrándome a la vida como a un clavo ardiendo. Desperté y me encontré con unas personas que aseguraban ser mi familia. Ante mi confusión, recuerdo que una enfermera los sacó a todos de la habitación a lágrima viva. Según me dijeron los médicos después de hacerme las pruebas pertinentes, arrastraba secuelas a causa de la onda expansiva de un disparo de bala que había afectado al lóbulo temporal. Entre ellas, pérdida de la memoria, dificultad en el habla y en el reconocimiento de caras. Estuve cuatro meses haciendo rehabilitación, realizando todo tipo de actividades para hacerle recordar a mi cerebro cómo se hacían todas aquellas cosas. Al principio fue muy frustrante. No entendía por qué estaba allí, no recordaba nada de ese supuesto disparo, ni a la gente que venía a verme. Era como si no tuviera un lugar en el mundo. Pero poco a poco fui recordándolo todo. Primero fueron mis padres y mi hermana. Puede que el hecho de verlos todos los días ayudara en ello. Recuerdo el abrazo que nos dimos cuando lo dije. En ese momento yo también lloré. Luego fui recuperando la fluidez en el habla y, por último, las imágenes de antes de la operación. No tardé en recordar también tu nombre.

—¿Mi nombre?

—Sí. Pregunté por ti y mis padres no supieron qué contestar. No te habían conocido, al menos no en persona. Solo sabían lo que habían dicho en la prensa y lo poco que yo les había contado durante el caso del asesino del ascensor. Al hablar con ellos, me di cuenta de que no conocían la verdad sobre lo que había pasado en el Ritz. La versión oficial era que Marcus White me había disparado, y yo no vi la razón por desmentirlo.

—Eso fue cosa de Cox.

—Me lo imaginé. Quería llamarlo para ver si él me podía decir dónde estabas. Pero entonces mis padres me lo dijeron: Cox había muerto en un tiroteo el día después de mi operación. No me lo podía creer. Nunca había pensado en él como en un amigo, pero, a pesar de nuestras diferencias, le tenía respeto y lo admiraba como superior, y jamás imaginé que podría perder la vida en una operación policial. Lo veía como alguien fuerte, muy seguro de sí mismo, impenetrable e invencible. Nosotros nos exponemos a la muerte a menudo siendo policías. Yo tuve suerte aquella vez, pero podía haber corrido la misma que Cox.

—Igual que yo ahora —digo mirando al techo.

—Más tarde, me enteré de la falsa noticia de mi muerte en la prensa. ¡Aquello era el colmo! Me pregunté si tú lo habrías visto, si te habrías creído aquella farsa. Después de la denuncia de mis padres, la televisión desmintió la noticia de mi muerte, pero supongo que no lo viste.

—Ojalá lo hubiese visto. —Hago una pausa—. Todo hubiese sido distinto.

—Quería hablar contigo y llamé al Departamento de Policía de San Francisco, pero me dijeron que estabas en periodo de excedencia.

Bajo la mirada.

—Entiéndeme, no podía seguir pensando que te había matado.

—Lo entiendo. Yo tampoco podría haberlo hecho. Intenté localizarte, pero fue en vano. No tenías móvil propio. Cuando yo te conocí, solo tenías el del trabajo, y lo destruiste el primer día que estuviste en Los Ángeles. Moví unos cuantos hilos y me alegré al descubrir que tenías teléfono fijo. Te llamé incontables veces, pero no obtuve respuesta en ninguna de ellas. Si los medios no te hubieran fotografiado en su momento, cualquiera diría que no existías, que eras producto de mi imaginación. Más tarde supe dónde vivías. Fui a tu casa y llamé al timbre con una sonrisa que aparecía y desaparecía con la misma facilidad. Volví a llamar un par de veces, pero nadie abrió la puerta. Me presenté allí al día siguiente para volver a probar suerte, pero obtuve el mismo resultado. ¿Dónde te habías metido?

—Me fui a vivir unos meses a Oakland con Alfred. Después de todo, necesitaba desaparecer una temporada. Me pedí la excedencia y, bueno, dejé que el tiempo intentara curarme las heridas. ¿Sabes? Durante las primeras semanas entraba en tus perfiles de las redes sociales todos los días para recordar tu rostro, porque tenía miedo de olvidarlo, pero Alfred me recomendó no hacerlo, me dijo que aquello no me dejaría pasar página y solo me traería más y más tristeza. Y no le faltaba razón. Así que dejé de hacerlo, posiblemente cuando empezabas a recuperarte. Pero yo no tenía ni idea...

—No te culpes. Estamos los dos aquí, juntos, ¿no?

—Sí. Perdona, no quería interrumpirte. ¿Qué pasó después?

Jennifer me dedica media sonrisa.

—Estuve una temporada de baja. Necesitaba estar con mi familia, recuperarme del todo y alejarme del trabajo. El detective al mando Eric Rogers, el sustituto de Cox, vino a verme a casa y hablamos de ello. Él no veía conveniente reincorporarme hasta que no hubiese tenido un largo y merecido descanso. Una no se encuentra entre la vida y la muerte a menudo, así que tenía que celebrar que había ganado la batalla y darme un tiempo para, una vez recordado todo, volver a olvidarlo.

—Pero lo has hecho: te has reincorporado ya.

Ella asiente.

—Hace un par de meses, me reuní con Rogers. Estaba lista para volver y deseaba hacerlo. Él se opuso en el primer instante, pero una sabe usar sus armas y terminó accediendo a regañadientes. Había un caso perfecto para mí. El Departamento de Policía de Los Ángeles había recibido un aviso procedente de España: una chica había desaparecido en una pequeña ciudad llamada Tavernes de la Valldigna y el principal sospechoso de su secuestro había cogido un vuelo hacia Los Ángeles. Para la policía española fue muy fácil atar cabos. En cuanto se publicó la noticia de la desaparición de Andrea Santos en *Les Tres Creus*, el periódico local de la ciudad, un hombre se presentó en comisaría para testificar que había visto a la chica dos días antes corriendo por unos caminos de naranjos y que también vio a un hombre, de unos treinta y pocos, correr detrás de ella sin ropa de deporte. Al agricultor le pareció extraño y, nada más leer la noticia, fue directo a contarlo todo. Acto seguido, la policía realizó una partida de búsqueda por esos campos. No encontraron a Andrea, pero sí una mancha extraña en mitad del camino y una botella vacía de lejía dentro de un huerto. El dueño negó rotundamente haber llevado lejía al campo, dijo que lo último que quería era envenenar a sus naranjos y que no sabía nada de aquella botella. También hallaron una bolsa de plástico tirada en el suelo, cerca de la mancha del camino. No tenía ningún tipo de logo estampado, lo cual les condujo a pensar que era de algún comercio local. Casualmente, había un bazar cerca de la entrada de aquellos caminos, y fueron directamente allí. Los dependientes afirmaron haberle vendido la lejía a un hombre desaliñado, con la ropa sucia y completamente sudado. Cuando les preguntaron por las cámaras de seguridad, ellos dieron unos clics en el ordenador y les enseñaron la grabación de ese día, con Fernando Fons buscando calderilla en su cartera para pagar la bolsa de plástico. Contactaron con Cornelio Santana, el director de la redacción de *Les Tres Creus* y jefe de Fernando, y este contó lo de su extraña dimisión del día anterior.

—Blanco y en botella...

—Busqué a Fernando por Los Ángeles durante días. Avisamos a la policía de las ciudades periféricas y viajé a Bakersfield en cuanto dijeron haber visto al sujeto por allí. Sin embargo, a pesar de mi empeño, no lo encontré. Más tarde recibimos otro aviso. Fernando Fons estaba en San Francisco. Viajaba de ciudad en ciudad como un nómada en busca de un refugio seguro, escapando. Rogers me consiguió un piso y me pasé varios meses recorriendo la ciudad sin éxito. Al igual que tú, Fernando parecía haber desaparecido del planeta. Y, cuando estaba a punto de tirar la toalla, recibimos una llamada del Departamento del Trabajo: Fernando estaba trabajando en el Golden Soul Cafe, una cafetería situada en una esquina de Fillmore Street. Según nos dijeron, les habían hecho una inspección de trabajo y habían visto que algo no cuadraba en los papeles del empleado. Pusieron su nombre en la base de datos y se sorprendieron al ver que el Departamento de Policía de Los Ángeles estaba buscándolo por un delito grave. De modo que, como aquello no era su responsabilidad, hicieron como que todo estaba correctamente y lo notificaron de inmediato.

—Supongo que sus papeles serían falsos.

—Efectivamente. Contactamos con Thomas Green, el dueño del Golden Soul Cafe, para ponerlo al tanto de todo. Tenía trabajando en su cafetería a un sospechoso de secuestro, o algo peor, y yo iba a intervenir cuanto antes. Rogers quería asaltarlo en el trabajo e interrogarlo en la sede central del Departamento de Policía de Los Ángeles, pero eso no iba a funcionar. Fernando no diría ni una palabra. Si realmente era culpable de lo que fuese que le había pasado a Andrea, solo hablaría con la guardia baja. El plan era el siguiente: tenía que infiltrarme en la cafetería y ganarme su confianza. De modo que creé a Amanda, una periodista que había acabado sirviendo cafés en el Golden Soul Cafe, para poder acercarme a él. Me llevó bastante tiempo prepararme el personaje, pero creo que he logrado algo más que decente. Thomas tuvo que ausentarse para que yo trabajara con libertad. No le hizo gracia, pero entendió la gravedad del asunto y me ayudó con la infiltración. La verdad es que estuvo bastante bien cuando me presentó ante Fernando.

—Y ¿cómo ha sido fingir ser otra persona durante días?

—He tenido que improvisar. Lo de la periodista camarera había colado, pero tenía que llegar más lejos, conocerlo en profundidad para encontrar sus puntos débiles. Y los encontré. Fernando es una persona inteligente, pero ha pasado por situaciones traumáticas como la separación de sus padres, en la que se vio directamente implicado, o varios desamores posteriores. Ha buscado el amor con uñas y dientes, pero no ha encontrado más que dolor y tristeza, hasta verse obligado a buscar ese afecto en el trabajo. Lo único que pedía Fernando era amor, y yo se lo iba a dar. No ha sido fácil, pues las heridas del pasado le habían endurecido la piel y tenía una especie de ataque de pánico en cuanto me acercaba un poco más de la cuenta. Un mecanismo de defensa que su cuerpo había perfeccionado con tal de no sufrir como lo había hecho tiempo atrás. Me inventé una caída de mi abuela y su consecuente ingreso en una residencia para no perder un día entero de investigación. El Golden Soul Cafe no abre los domingos, y eso significaba no poder avanzar en el caso. Además, daba un toque de pena que me aproximaba a Fernando más si cabía. Creo que fue algo exagerado, inverosímil desde mi punto de vista, pero nadie bromea con la tragedia de un familiar y Fernando no dudó ni un segundo de mis palabras.

Me gustaría hacer mil preguntas, pero no quiero interrumpirla y escucho con la boca entreabierta.

—Fue entonces cuando me confesó que había matado a Andrea. Eso fue un punto y aparte en el caso. Lo teníamos. Hasta ese momento, no sabíamos qué le había pasado a la joven, y Fernando me lo contó todo. Informé a

Rogers y se puso histérico. Yo estaba pasando los días con un asesino. Quiso detenerlo, encerrarlo de inmediato. Pero yo me negué. Fernando había confesado, sí, pero, si lo deteníamos, quizá jamás nos daría el paradero de Andrea. Puede incluso que negara su culpabilidad. Por otro lado, los padres de Andrea querrían llorar a su hija. Todo estaba yendo bien, no había necesidad de interrumpirlo ahora, solo faltaba saber dónde había enterrado su cuerpo. Ayer, cuando me enseñó el artículo que había escrito, me quedé sin aliento al ver tu foto en el papel.

—Un momento, ¿esa basura la escribió él?

—Sí. Tuve que leerlo dos veces para entenderlo: estabas en San Francisco y te habías reincorporado al cuerpo. El sábado había creído oír tu nombre en las noticias, pero me dije que no lo habría escuchado bien. Sin ir más lejos, ayer te presentaste en la cafetería. Casi me dio un ataque al corazón al verte a través del cristal de la puerta. Había mucha gente, pero te reconocí enseguida. Eres inconfundible. —Me ruborizo—. De pronto, un rayo me partió por la mitad. Si me veías, me reconocerías y echarías el caso por la borda. Fernando sabría que no era quien decía ser y yo no conseguiría nada. De modo que, aunque me moría de ganas por hablar contigo, fingí estar indispuesta, le pedí a Fernando que dijera que estaba solo y me escondí en el almacén.

—Estabas allí —repito lo obvio.

—Sí.

La miro a los ojos y sonrío.

—Me alegro de que estés viva.

—Yo también me alegro mucho —dice una voz desde la puerta.

Vuelvo la mirada y veo a Alfred, sonriente, apoyado en un bastón y con una boina en la cabeza.

—¡Alfred! —Me asombra y me alegra verlo aquí, a partes iguales—. ¿Cómo te has enterado?

—Se ve que has dicho mi nombre estando medio inconsciente, ¿sabes? Hace una semana que volviste de

Oakland y mira cómo estás, en el hospital y llamándome en sueños. ¡Si es que no puedes vivir sin mí! —Ríe—. La teniente Watson ha conseguido mi número y me ha llamado. He venido en cuanto he podido —dice acercándose.

Me incorporo entre muecas de dolor.

—Ven aquí, amigo.

Alfred se ríe y nos abrazamos.

—Gracias por venir. Ha sido una gran sorpresa.

—Para eso están los amigos, ¿no?

Al separarnos, miro a Alfred y a Jennifer y me siento el hombre más feliz del mundo.

—Estáis los dos aquí de nuevo, conmigo. Pensaba que esto no volvería a ocurrir jamás.

Al final, la verdad se muestra como la pieza que completa el puzle. Es lo que todos buscamos, lo que más anhelamos durante nuestro corto paso por la vida, y cuando la encontramos, aunque no tenga la apariencia que nosotros desearíamos, sentimos que la marea se ha disipado y flotamos en el mar, boca arriba, con la certeza de que nuestra lucha, que cada uno sabe lo dura que ha sido, por fin ha terminado.

Epílogo
Cinco meses después

No hay una mesa libre en el Golden Soul Cafe. Tras la noticia de la detención de Fernando Fons, también conocido como el Verdugo, la cafetería se ha convertido en un lugar turístico al que acercarse a tomar algo y hacerse fotos para subirlas teñidas de filtros en las redes sociales. Ahora Thomas trabaja con una camarera nueva, pero esta sí es la hija de una amiga de su mujer y no una policía infiltrada. William y Jennifer se encuentran en una de esas mesas redondas, tomándose un café entre risas sutiles y miradas encendidas. El tabaco ya no forma parte de la vida de William y mantiene una relación seria con Jennifer, con quien se ha puesto al día en todos los sentidos posibles. La televisión, colgada de una pared, muestra a la presentadora de los informativos de la FOX, que empieza a hablar sobre un tema que interesa a todos los presentes.

—Thomas, ¿puedes darle un poco de voz?

La presentadora, con unos decibelios más altos que antes, lee en antena una noticia de última hora.

«... tras varios meses de investigación. Finalmente, la policía ha dictaminado que Arthur Evans, Robert Owens y su hijo, Logan Owens, se vieron involucrados en la muerte de Fiona Foster, la tercera víctima del Verdugo. Según nuestras fuentes, se encontraron unos vasos de plástico en el domicilio de la fallecida con las huellas dactilares de los mencionados. Además, el fotógrafo Adam Harper, el cual había sido señalado como presunto asesino de Kevin Smith pero que resultó ser inocente, a causa de la suerte o la astucia, estuvo en el lugar y el momento indicado para fotografiarlos cuando huían del edificio de la víctima.

Dichas fotografías están fechadas el sábado 22 de diciembre a mediodía, día en que la señora Foster murió, eso sí, a manos de Fernando Fons. El *San Francisco Chronicle* no ha tardado en hacerse con los servicios del fotógrafo y su trabajo artístico, según él mismo, está más demandado que nunca. Por otro lado, los acusados han negado desde un primer momento tener algo que ver con el asesinato y han defendido una coartada poco creíble. Tal como lo han contado, un vagabundo que viajaba en taxi les dijo que tenían que ir al piso de Fiona Foster para encontrar la verdad sobre la muerte de Sarah Evans. Como cabía esperar, no han conseguido pruebas y han sido condenados con quince años de prisión para Robert y Logan Owens y veinticinco para Arthur Evans, que suma un delito de asalto a una casa habitada».

Esas palabras son oro líquido para William. Y es que se esforzó mucho para que eso sucediera. Primero, cuando Arthur y los Owens estaban en las salas de interrogatorios, subió la calefacción y esperó a que mataran por un vaso de agua. Luego les dio los vasos de plástico de la máquina dispensadora y se los llevó consigo, con sus huellas dactilares impresas en los mismos. Poco después entró en escena el vagabundo de la caja, ese del que nadie sabe su nombre, que aseguró saber dónde vivía Fiona Foster precisamente porque era justo enfrente de su sitio en Ellis Street. William le dio la Moleskine y el vagabundo escribió la dirección exacta. Entonces William apagó la cámara y los micrófonos y le propuso ganarse otros cincuenta dólares con algo muy sencillo: tenía que ir a casa de los Evans y a la ferretería de los Owens para decirles a Arthur, Robert y Logan lo que ha dicho la presentadora de la FOX: que encontrarían la verdad de la muerte de Sarah en ese lugar. El vagabundo accedió, pensando en la heroína que podía conseguir con aquel dinero, y William le enseñó a Watson un QUE TE JODAN que él mismo había escrito en un momento de frustración como si lo hubiese hecho el indigente. Hizo dos llamadas: una para pedir un taxi a un conocido en el que podía confiar, y otra a Adam Harper, porque aún conservaba su tarjeta e iba a darle la oportunidad de conseguir La Fotografía, con mayúsculas, de la que le había hablado. Sabía que era bueno, y Adam no le había defraudado.

Fue al domicilio de Fiona Foster y dejó los vasos en la cocina. William sabía que las puertas estarían abiertas como en las otras ocasiones. El Verdugo se lo ponía fácil a la policía para poder acceder a la escena del crimen y no fue distinto aquella vez. Después solo tuvo que hacer tiempo, conducir un poco por el distrito de Tenderloin y cerciorarse de que el plan iba sobre ruedas. Y así fue. Aparcó delante del Happy Donut y vio a Adam Harper apostado enfrente del edificio de Fiona Foster con la cámara colgada del cuello. Arthur, Robert y Logan, que habían entrado antes de que William llegara, salieron a la carrera del edificio a los pocos minutos, muy probablemente tras haber visto el cadáver de Fiona Foster desnudo, decapitado y manipulado. No avisaron a la policía simplemente porque no tenían una explicación lógica de su visita a ese piso. Adam se había encargado de cambiar la fecha y la hora de la cámara para que las fotografías parecieran hechas el sábado anterior, el día que había muerto Fiona Foster, pero eso solo lo saben él y William.

Puede que Sarah Evans ya no pueda verlo, pero William le ha hecho justicia por lo que esos hombres le hicieron en el pasado.

Robert y Logan Owens estaban solos en la ferretería cuando el vagabundo se presentó, con lo cual nadie podía defender su coartada. Naturalmente, la falta de cámaras jugó en su contra. La única persona que podía alegar a favor de su marido era Grace Evans, porque Arthur trabajaba desde casa y ella estaba allí cuando el vagabundo llamó al timbre. Sin embargo, no lo hizo.

«Después de varios juicios y entrevistas con psiquiatras expertos —sigue la presentadora—, se ha llegado a la conclusión de que Fernando Fons es un asesino con una mentalidad muy compleja que ha llevado a la controversia en numerosas ocasiones. Esto, junto con las declaraciones de la inspectora Jennifer Morgan, del Departamento de Policía de San Francisco, ha llevado al jurado a eximirle de la pena capital y solicitar su ingreso en el hospital psiquiátrico Oblivion de Los Ángeles».

—No debiste hacer eso —dice William.

Jennifer suspira.

—Fernando tenía una visión de la realidad muy distinta a la nuestra, William. Todo lo que él me contaba lo contrastaba con Rogers y con lo que nos informaban desde Tavernes de la Valldigna. La redacción donde trabajaba no era tan importante ni estaba tan bien valorada como él decía. Fernando no era tan bueno en lo suyo ni tampoco recibió ofertas de otras redacciones más grandes. Era como si quisiese adornar su vida para tener ese reconocimiento que posiblemente nunca tuvo. Fernando solo pedía un poco de afecto, sentirse querido.

—Tú se lo diste. Le cogiste cariño, ¿verdad?

Jennifer aparta la mirada.

—Si aporté esas declaraciones en el juicio no fue por eso. Fernando me habló de un gato que nunca vi. Cuando fui a su casa, había un cuenco con comida en la cocina, pero no tenía gato. Solo estaba en su mente, ¿entiendes? También me habló de una conversación que tuvo con la luna la noche en que enterró a Andrea en un huerto de naranjos. A veces oía ruidos, voces. Los expertos lo llamaron alucinaciones visuales y auditivas.

—No puede ser —replica William—. Sus actos no eran los de un loco. Parecían más bien de un psicópata organizado.

—Yo solo conté lo que él me dijo. Sabía que con eso podía eximirle de la pena de muerte y... lo hice.

Se crea un momento incómodo. Ahora es William quien suspira.

—Bueno, mejor hablemos de otra cosa.

Ella asiente, acepta la mano que Parker le tiende sobre la mesa:

—¿Estás preparada?

—¿Lo estás tú?

—Eso creo.

Jennifer sonríe.

—¿Vamos?

Los dos se levantan, pagan la cuenta y salen del Golden Soul Cafe para subirse al Mini Cooper SD de tres puertas que hay aparcado en la misma esquina. William enciende el motor y conduce hacia el distrito de Cow Hollow.

—Por cierto —dice Jennifer—, ese artículo que escribió Fernando...

—No me lo recuerdes, por favor.

—Decía que estabas escribiendo. ¿Es cierto? ¿Te has hecho escritor y no me lo has dicho?

William sonríe al volante.

—Lo intenté, pero me di cuenta de que eso no era lo mío. Yo soy policía, Jennifer. Es como si un músico escribiera una novela. No tendría sentido.

—Ni el más mínimo.

Unos minutos después, llegan a su destino y se bajan del coche algo nerviosos. Jennifer saca unas llaves del bolsillo, las zarandea y le guiña un ojo a William, que no sabe hacer otra cosa que sonreír. Se acercan a un edificio de cuatro plantas y se detienen delante del portal. Ella introduce la llave en el cerrojo y la puerta se abre con un chasquido. Una vez dentro, coge a William de la mano y dice:

—¿Juntos?

Él coge aire y lo expulsa lentamente.

—Juntos.

Le dan al botón y las puertas metálicas del ascensor se abren. Entran en la cabina y pulsan otro botón con el número cuatro. Los dos se dedican una mirada cómplice y, tras unos segundos, las puertas se cierran de nuevo.

Agradecimientos

Quiero dar un millón de gracias a todas las personas que han hecho más fácil este apasionante viaje literario. La publicación de este libro no habría sido posible sin la gente que me rodea. Me siento muy afortunado.

A María Fasce, por entusiasmarse con esta novela y apostar por mí cuando no era nadie en el mundo editorial. Gracias por ser como eres y por hacerme sentir como en casa desde el primer momento en que hablamos.

A Ilaria Martinelli, por ser una editora excepcional. A Maya Granero, por su maravillosa labor en la corrección del libro, y a José Luis Rodríguez, por hacer que esté increíblemente impoluto. Gracias por entregaros tanto.

A Lola Martínez, Berta Pagès, Teresa Gras, Paloma Castro, María Contreras y a todo el equipo de Alfaguara y Penguin Random House. Gracias por acogerme con tanto cariño.

A ese agente de la comisaría de Northern Station del San Francisco Police Department que me despejó varias dudas y me puso en la dirección correcta cuando todo estaba tan borroso. A Adam Lobsinger, del SFPD, y a Cho, del Los Angeles Police Department, por responder todos y cada uno de mis correos. William no sería el mismo sin vuestra ayuda.

A Susana Martín Gijón, por enseñarme los entresijos de la novela negra de forma magistral y por sus consejos en los momentos más importantes.

Al doctor Miguel Á. Arráez, por expresarme sus conocimientos sobre neurocirugía.

A Guillermo Dalia, por hablar conmigo sobre el dolor que el amor es capaz de producirnos.

A Joan Artés, por mostrarme las posibilidades de la informática.

A mi profesor de literatura de segundo de bachillerato, por no creerse que los textos que le presentaba los había escrito yo. De algún modo, aquello me sirvió para seguir adelante con la escritura, y mira dónde hemos llegado.

A mis padres y a mi hermana, por su apoyo eterno.

A Alba, por creer en mí desde el minuto cero. Posiblemente, esta novela no hubiese salido a la luz si no fuera por ti. Gracias, de corazón.

A mis primeros lectores. Gracias por vuestros comentarios y vuestras ganas de leer.

A mi familia y amigos, quienes sabían que estaba escribiendo esta historia mucho antes de firmar un contrato y se alegraron tanto cuando lo hice. Gracias por todo.

A William y Jennifer, por aparecer en mi vida de esta forma tan bonita. Y a Fernando. Nosotros ya nos conocíamos antes de este libro. Pedías a gritos una historia con más protagonismo y aquí la tienes. Espero que esté a la altura de tus expectativas.

Por último, a ti. Gracias por escoger esta novela entre tantísimas buenas opciones. Un músico no es nada sin su público, y un escritor tampoco lo es sin sus lectores. ¿Te puedo pedir un favor? Recomienda *El último caso de William Parker* a quien creas que le pueda gustar. Hagamos que llegue lo más lejos posible. Y antes de que cierres este libro, te voy a hacer una última pregunta: ¿nos vemos en la próxima?

ALEXANDRE ESCRIVÀ

Queremos compartir
más momentos contigo.

Únete a la comunidad de PenguinLibros
y encuentra tu siguiente lectura.

Penguin
Random House
Grupo Editorial